长三角城市乡土语文丛书

宿迁乡土语文

Suqian Xiangtu Yuwen

宿城 宿豫

沭阳 泗阳

泗洪

上海社会科学院长三角城市历史文化研究中心 编

丛书编委会主任◎熊月之

本书主编◎陈武 陈晓岩

江苏大学出版社
JIANGSU UNIVERSITY PRESS
镇江

长三角城市乡土语文丛书

宿迁乡土语文

本书主编 陈武，江苏东海人，1963年生。中国作家协会会员，文学创作一级。曾在《人民文学》《中国作家》《十月》《作家》《钟山》《花城》《天涯》《芙蓉》等杂志发表文学作品，多篇小说被《小说选刊》《小说月报》《中篇小说选刊》《中华文学选刊》《作品与争鸣》《北京文学·中篇小说月报》等选载。出版各类文学作品50余部。多次获紫金山文学奖、花果山文学奖、《山东文学》奖、《雨花》文学奖等奖项。

陈晓岩，江苏东海人，1986年生。受家庭影响，深爱文学与历史，并有多篇文学作品见诸报端，对苏北地区历史文化颇有研究。参与编写《连云港乡土语文读本》《淮安乡土语文》等多部图书。

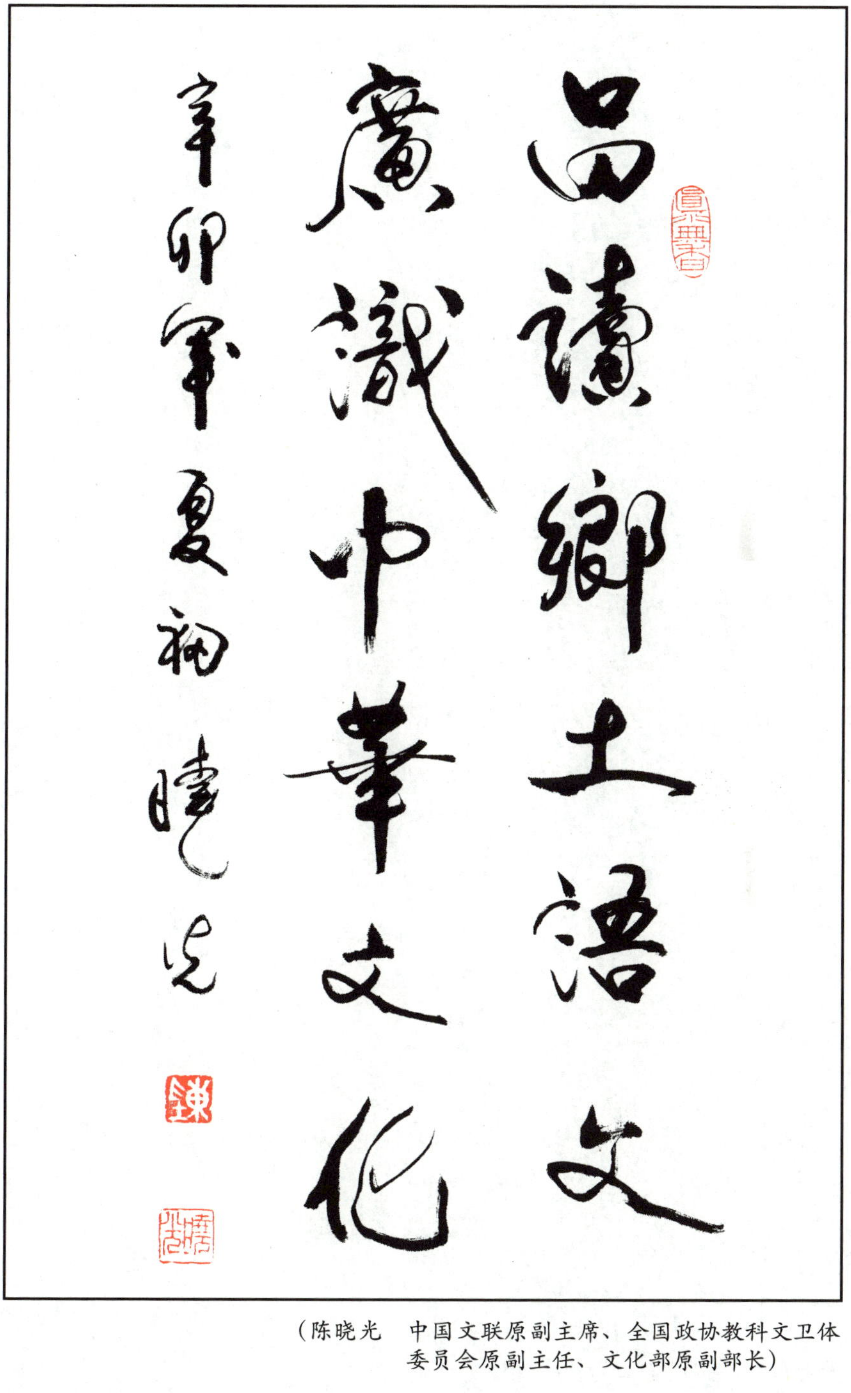

（陈晓光　中国文联原副主席、全国政协教科文卫体委员会原副主任、文化部原副部长）

前言

宿迁，古称下相、宿豫、钟吾，有着5000多年的文明史和2700多年的建城史，曾是古徐国、泗水国、钟吾国都城，历史悠久，人文荟萃，素有“华夏文明之脉、江苏文明之根、淮河文明之源、楚汉文化之魂”之称。

宿迁自古便有“北望齐鲁、南接江淮，居两水（即黄河、长江）中道、扼二京（即北京、南京）咽喉”之称。这里丘岭起伏，淮泗汇聚，曾是水运重镇。这里有“环山浪势拍天浮，烟锁长堤万象收”（清张鹏翮）的骆马湖。乾隆下江南经过宿迁，赞叹宿迁为“第一江山春好处”。京杭大运河宿迁段及乾隆行宫入选《世界遗产名录》。这里诞生过西楚霸王项羽、抗金名将魏胜、女文学家倪瑞璇、抗日英雄杨泗洪等。

历史是源泉，文化是灵魂，它们相互依存，相互浇灌。深厚的文化积淀、秀丽的自然风光造就了宿迁。这里诞生了许多文人墨客，也吸引了大量外地文人慕名而来，留下了许多美妙的诗词歌赋。历代积累的无数篇佳作，无疑是宿迁的巨大宝藏，而这些宝藏也渐渐形成了宿迁的乡土文化。

一个地方的乡土文化，是独一无二的，是特别的。它的存在是这个地方有别于其他任何一个地方的证据和说明。这是一种语言，是一个代码，是文明发展中的一个美丽的枝杈，正是这些枝杈，组成了中华文明这棵丰满的大树。

现代社会，文化渐渐趋同，乡土文化日渐淡去。如果失去了乡土文化，人们也就失去了文化的身份，这是乡土文化需要得到重视和加强的原因。乡土文化不仅仅是某个地区的知识文化，更是每个人与家乡和历史的对话，是每个人文化身份的认同。保存和守护乡土文化成为一个必然的话题和难题。

希望这本书能够对保存和传播宿迁的乡土文化做出些许贡献。

目 录

第一单元 古代诗歌篇

先秦 · 汉

南朝

唐

宋

清

第二单元　古代散文篇

先秦·汉

三国·两晋·南北朝

唐

第三单元　当代散文篇

第一单元　古代诗歌篇

先秦·汉

徐人歌

无名氏

延陵季子兮不忘故①，
脱千金之剑兮带丘墓②。

【注释】

①延陵季子：指春秋时吴国公子季札。相传吴王寿梦有四子：诸樊（或称谒）、余祭、余眛、季札。季札贤，寿梦欲废长立少。季札认为不合礼法而退让。寿梦去世后，诸樊继承王位，与余祭、余眛相约，传弟而不传子，欲终致国于季札。季札离国赴延陵（一说封于延陵），终身不入吴国，故世称延陵季子。事见《公羊传·襄公二十九年》《史记·吴太伯世家》。兮：文言助词，类似于现代的“啊”或“呀”。故：故旧、老朋友，此指徐君。

②丘墓：坟墓。

【导读】

季子挂剑的故事出自《史记·吴太伯世家》：“季札之初使，北遇徐君。徐君好季札剑，口弗敢言。季札心知之，为使上国，未献。还至徐，徐君已死，于是乃解其宝剑，系之徐君冢树而去。从者曰：‘徐君已死，尚谁予乎？’季子曰：‘不然。始吾心已许之，岂以死倍（背）吾心哉？’”

刘向在《新序》中将此事写得更详细：“延陵季子将西聘晋，带宝剑以过徐君。徐君观剑，不言而色欲之。延陵季子为有上国之使，未献也，然其心许之矣，使于晋，顾反，则徐君死于楚，于是脱剑致之嗣君。从者止之曰：‘此吴国之宝，非所以赠也。’延陵季子曰：‘吾非赠之也，先日吾来，徐君观吾剑，不言而其色欲之。吾为上国之使，未献也。虽然，吾心许之矣。今死而不进，是欺心也。爱剑伪心，廉者不为也。’遂脱剑致之嗣君。嗣君曰：‘先君无命，孤不敢受剑。’于是季子以剑带徐君墓树即去。徐人嘉而歌之曰：‘延陵季子兮不忘故，脱千金之剑兮带丘墓。’”

今宿迁市泗洪县张墩村有挂剑台遗址，泗洪民间徐文化研究者认为，张墩是春秋时古徐国徐君的墓葬。千百年来，张敦村人口耳相传，尽心守护其墓，古徐国及季子挂剑的故事更是妇孺皆知。康熙《大清一统志》引《太平寰宇记》载：“挂剑台在大徐城北临朱沛水（今朱家湖）……每水涨，周围浩淼，惟此地不没，其里名挂剑乡。”其描述与康熙十二年（1673）泗州境内总图及现在泗洪县地图相对比，位置相符，地名一致。张敦村及周边地区至今尚有在墓葬插柳枝的风俗，此俗源于明成化《中都志》卷八唐肃《季子挂剑冢》：“季子让一国，视之敝蓰然。宁当宝一剑，不为徐君悬。徐君虽亡骨未朽，剑挂坟前向杨柳。君知不知不足悲，我心许君终不移。”

《徐人歌》全篇只有两句，传唱了季子——这位春秋时期的君子——美好、动人的故事，他不忘故交，即使徐君已经去世，仍然将赠剑之事付诸行动，将宝剑挂在徐君墓前。季子挂剑的故事，最动人处不仅在其君子高义、不忘故人，更在此心光明磊落、不欺己心。尤为特别的是，故事发生在生者与亡者之间，有歌谣传唱，又有后人世代守护其遗迹，厚重的历史，更显得真挚感人。

【作者简介】

作者为先秦古徐国人，姓名已不可考。

垓下歌

项羽

力拔山兮气盖世，
时不利兮骓不逝。
骓不逝兮可奈何①，
虞兮虞兮奈若何②！

【注释】

①奈何：用反问的方式表示有没有办法，意思跟“怎么办”相似。

②若：你。

【导读】

公元前 202 年 11 月，项羽兵败于刘邦，退至垓下（今安徽灵璧），筑垒安营，整顿部队。韩信、彭越、英布等会合刘邦后，于 12 月在垓下将 10 万楚军重重包围。司马迁《史记·项羽本纪》载：“项王军壁垓下，兵少食尽，汉军及诸侯兵围之数重。夜闻汉军四面皆楚歌，项王乃大惊，曰：‘汉皆已得楚乎？是何楚人之多也！’”楚军自项羽以下莫不以为汉已尽得楚地。项羽在听到“四面楚歌”的当夜，认为大势已去，遂悲歌慷慨，留下了这首垓下歌。其时，“项王泣数行下，左右皆泣，莫能仰视”（《史记·项羽本纪》）。之后“乃上马骑，麾下壮士骑从者八百余人，直夜溃围南出，驰走（《史记·项羽本纪》）”。项羽最终杀开一条血路，至乌江（今安徽和县乌江镇）边，自觉无颜见江东父老，拒绝渡江，以短兵器与汉兵搏杀，受了十多处伤，最后自刎而死。

《垓下歌》是西楚霸王项羽在垓下所作的绝命诗。宋代朱熹《楚辞集注》卷一评价此诗云：“慷慨激烈，有千载不平之余愤。”《垓下歌》中既洋溢着无与伦比的豪气，又蕴含着满腔深情，既显示出罕见的自信，又为人的渺小而叹息，而全诗最后的着眼点又是面前的爱人。全诗以短短的四句，表现出如此丰富的内容和复杂的感情，简直是个奇迹。

在奔腾不息的历史长河里，英雄豪杰像一朵朵浪花，转瞬即逝，绚烂夺目，令人感叹。情感是长存的、永恒的，是人类进步的重要力量之一。《垓下歌》只有四句，却深刻地表现了这两个方面。

“力拔山兮气盖世”一句，项羽概括了自己叱咤风云的业绩。项羽是将门之后，少年气盛，力能扛鼎，才气超群。他胸怀大志，23 岁跟随叔父项梁起兵反秦，率领江东八千子弟投入起义的大潮，成了诸路起义首领中的佼佼者。巨鹿一战，项羽破釜沉舟，战胜几倍于己的秦军，被各路诸侯推举为“上将军”，后来进军咸阳，自封为西楚霸王。所谓“气盖世”，是项羽对自己功业、性格的概括性评价，“力拔山”是具体、生动的描述，在这一句中，通过虚实结合的手法，项羽把自己叱咤风云的气概生动地显现了出来。

然而，豪气干云的气象在第二、三句急转直下，盖世英雄充满了无力感。“时不利兮骓不逝”，天时不利，乌骓马也不肯前进了，只好徒唤“奈何”。项羽认为，在“天”的面前，人是非常渺小的，即使是最了不起的英雄，也经不起“天”的轻微的一击。所以他认为“此天之亡我，非战之罪也”（《史记·项羽本纪》）。但是从历史的角度看，项羽比之刘邦，杀戮过重，不得人心，过于自傲，不善、不喜、不会用人，并且缺乏战略的长远眼光。总结起来，这三个原因都是由于骄傲，或者说是对自身及外部局势的认知错误所导致的。

“虞兮虞兮奈若何！”这是项羽面临绝境时的悲叹。项羽被汉军和诸侯军追击，退至垓下，陷入重围。他夜不能寐，在四面楚歌中与虞姬对饮。项羽的政治生命、军事生命即将结束，已是穷途末路，绝望、悲愤、不甘等各种情绪冲击着他破碎的神经，令他痛苦难当。项羽——这个“力拔山兮气盖世”的盖世英雄，在生命的最后时刻，在他最脆弱、最痛苦、最无助的时刻，他心心念念的不是功业未成，不是刘邦和诸侯，不是后悔，而是虞姬的命运，是对爱人的担忧。英雄的柔情，令人叹息。

【作者简介】

项羽（前 232—前 202），名籍，字羽，楚国下相（今江苏宿迁）人，楚国名将项燕之孙。军事家，中国军事思想“兵形势”（兵家四势：兵权谋、兵阴阳、兵形势、兵技巧）的代表人物，也是以个人武力而闻名的武将。李晚芳有“羽之神勇，千古无二”的评价。司马迁在《史记》中写到：“项氏世世为楚将，封于项，故姓项氏。”项羽早年跟随叔父项梁在吴中（今江苏苏州）起义反秦，项梁阵亡后，他率军渡河救赵王歇，于巨鹿之战击破章邯、王离领导的秦军主力。秦亡后称西楚霸王，定都彭城（今江苏徐州），实行分封制，封灭秦功臣及六国贵族为王。而后与刘邦展开了历时四年的楚汉战争，期间虽然屡屡大破刘邦，但终因补给不力、过于骄傲、猜疑亚父范增等原因被刘邦所灭。公元前202年，项羽兵败垓下，突围至乌江边，穷途末路，自刎而死。

和《垓下歌》

虞姬

汉兵已略地①，
四面楚歌声②。
大王意气尽③，
贱妾何聊生④？

【注释】

①略：侵占，占领。

②四面：一作“四方”。

③意气：志向和气概。

④聊生：勉强而活，苟且偷生。“聊”一作“乐”。

【导读】

虞姬的这一首《和〈垓下歌〉》，一作《和项王歌》，是历史上少见的绝命悲歌和爱情悲歌（参考《垓下歌》导读）。

《史记》《汉书》都未收载此诗，唐张守节《史记正义》从《楚汉春秋》中加以引录，流传至今。《楚汉春秋》为汉初陆贾所撰，与《汉书·艺文志》所载无异，本诗既从此书辑出，从材料来源上说，并无问题。有人认为汉初不可能有如此成熟的五言诗，颇疑其伪，但从见载于《汉书·外戚传》的《戚夫人歌》及郦道元《水经注·河水注》的《长城歌》来看，可知秦汉时期的民间歌谣不乏五言，且已比较成熟。宋王应麟《困学纪闻》卷十二《考史》认为此诗是我国最早的一首五言诗，认为其在中国诗歌史上的地位很重要，但仍待更多证据证实。

虞姬常随项羽出征，楚汉战争后期，项羽趋于败局，于公元前202年被汉军和韩信、彭越、英布的诸侯军围困于垓下，兵少粮尽。项羽夜闻四面楚歌，哀大势已去，面对虞姬，在营帐中酌酒悲歌：“力拔山兮气盖世，时不利兮骓不逝。骓不逝兮可奈何，虞兮虞兮奈若何！”项羽大势已去，英雄气短，无可奈何，在生命即将终结的时刻，他最牵挂的是虞姬。随侍在侧的虞姬听完《垓下歌》后，怆然拔剑起舞，并以这首诗和之，歌罢自刎（存疑）。项羽悲痛无比。

项羽问鼎九州的大业就此终结，和虞姬的爱情也烟消云散，只留下了《垓下歌》和《和〈垓下歌〉》，以及后人无限的遐想和怀念，并演绎出了一曲《霸王别姬》的千古传奇。

【作者简介】

虞姬，史书中对虞姬的记载较少，其本名、出生地、生年、与项羽相识的时间、过程、最终结局（楚营自刎一说是后人猜测，并无实证）都没有确切记载，曾在四面楚歌的困境下陪伴在项羽身边。相传虞姬容颜倾城，才艺出重，舞姿美艳，有“虞美人”之称。西汉历史学家司马迁在《史记·项羽本纪》里仅记载道：“有美人名虞。”因此后来就出现了两种说法：一是推测“虞”是美人的名；二是推测“虞”是美人的姓，《辞源》备有此说。“虞姬”则是后人对她的称呼，关于“姬”这个字，也有两种说法：一是“姬”是她的姓；二是“姬”是古代对女性的美称。总而言之，人们只能得知虞姬的姓名与“虞”字有关，而她的真实姓名及生平等成了一个谜团。

南朝

芜城赋

鲍照

沵迆平原[1]，南驰苍梧涨海[2]，北走紫塞雁门[3]。柂以漕渠，轴以昆岗[4]。重江复关之隩，四会五达之庄[5]。当昔全盛之时，车挂轊，人驾肩[6]，廛闬扑地[7]，歌吹沸天。孳货盐田，铲利铜山[8]。才力雄富，士马精妍[9]。故能侈秦法，佚周令[10]，划崇墉，刳浚洫[11]，图修世以休命[12]。是以板筑雉堞之殷[13]，井干烽橹之勤[14]，格高五岳，袤广三坟[15]，崪若断岸，矗似长云[16]。制磁石以御冲[17]，糊赪壤以飞文[18]。观基扃之固护[19]，将万祀而一君[20]。出入三代[21]，五百余载，竟瓜剖而豆分[22]。泽葵依井，荒葛罥涂[23]。坛罗虺蜮，阶斗麏鼯[24]。木魅山鬼[25]，野鼠城狐。风嗥雨啸，昏见晨趋[26]。饥鹰厉吻，寒鸱吓雏[27]。伏虣藏虎，乳血飧肤[28]。崩榛塞路，峥嵘古馗[29]。白杨早落，塞草前衰[30]。稜稜霜气，蔌蔌风威[31]。孤蓬自振，惊砂坐飞[32]。灌莽杳而无际，丛薄纷其相依[33]。通池既已夷，峻隅又以颓[34]。直视千里外[35]，唯见起黄埃。凝思寂听，心伤已摧[36]。若夫藻扃黼帐[37]，歌堂舞阁之基；璇渊碧树，弋林钓渚之馆[38]，吴蔡齐秦之声；鱼龙爵马之玩[39]，皆薰歇烬灭，光沉响绝[40]。东都妙姬，南国丽人[41]，蕙心纨质，玉貌绛唇[42]，莫不埋魂幽石，委骨穷尘[43]，岂忆同舆之愉乐，离宫之苦辛哉[44]？天道如何，吞恨者多[45]，抽琴命操[46]，为芜城之歌。歌曰：边风急兮城上寒，井径灭兮丘陇残[47]。千龄兮万代，共尽兮何言[48]！

【注释】

①沵迆（mǐ yǐ）：地势逐渐平坦。“迆”亦作“迤”。平原：指广陵一带地势。

②苍梧：今广西一带。涨海：今南海一带。

③紫塞：长城。雁门：郡名，秦置，辖境在今山西北部。

④柂（duò）：引导，沟通。漕渠：漕河，古名邗沟，即今江苏江都西北至淮安370里的一段运河。漕：水道运粮。轴：用作动词，以……

为中心或枢纽。昆岗：又名蜀岗，广陵古城所在地。

⑤重江：众多的水道。复关：广陵有内外二城，故称。隩（yù）：水涯深曲处。四会五达：四通八达。庄：康庄大道。

⑥挂：牵挂。軎（wèi）：车轴的末端。人驾肩：人肩相摩，拥挤不堪。

⑦廛（chán）：居民区。闬（hàn）：里门。扑地：遍地。

⑧孳：同“滋”，滋生。货：钱财。铲：开掘。

⑨士马：兵马。妍（yán）：美。

⑩侈：扩大，过分，引申为超越。佚：通“轶”，超过。

⑪划：开，建造。崇墉（yōng）：高城墙。刳（kū）：挖掘。浚：深。洫：护城河。

⑫修：长。修世：永世。休命：好运。

⑬板筑：古代筑墙，在两块木板中间填上土，夯结实，叫作板筑。也作“版筑”。雉堞：城上的女墙。殷：与下句的“勤”为互文。

⑭井干（hán）：井上木栏。构筑楼台、烽橹时，梁木交架如同井栏，因而用以借喻城楼。烽橹：瞭望烽火的望楼。

⑮格：量度。五岳：东岳泰山，西岳华山，南岳衡山，北岳恒山，中岳嵩山。袤广：南北为袤，东西为广。坟：分。古人以天下九州为九分。这里“三坟”即“三分”。

⑯崒（zú）：高峻而危险。断岸：陡峭的河岸。矗：高耸。

⑰冲：突击。

⑱糊：涂饰。赪（chēng）：赤色。飞文：光彩相照。

⑲基：城基。扃（jiōng）：门闩。基扃：指城阙。固护：牢固。

⑳将：欲，打算。祀：年。

㉑三代：汉、魏、晋。

㉒瓜剖豆分：形容广陵城的崩裂毁坏。

㉓泽葵：莓苔。荒葛罥（juàn）涂：荒野葛藤爬绕道中。罥：缠绕。涂：同“途”，路。

㉔坛：祭祀的土台。罗：列。虺（huǐ）：毒蛇。蜮：短狐，据说能含沙射人，形以鳖，又称“射工”。麕（jūn）：似鹿而小。鼯：一种“大飞鼠”，昼伏夜出。

㉕魅（mèi）：古人以为是木石的精怪。

㉖嗥：野兽吼叫之声。见：同“现”。趋：奔走。

㉗厉吻：磨嘴。鸱：鹞鹰。吓：怒叱声。雏：小鸟。

㉘虦：猛兽。乳：用作动词，饮用。飧（sūn）：用作动词，食用。肤：指肉。

㉙榛：丛生的树木。峥嵘：幽深。馗（kuí）：同“逵”，大路。

㉚塞草：城垣上的草。前衰：早枯。

㉛稜稜：霜气严寒。蔌蔌（sù）：劲疾的风声。

㉜振：拔。坐飞：无故自飞。

㉝灌：丛生。莽：常绿灌木。杳：深远。丛薄：草木丛生。相依：彼此相连。

㉞通池：城濠。夷：平。峻隅：高城。颓：倒塌。

㉟直视：极目远视。

㊱凝思：凝神而思。寂听：静听。摧：忧伤至极。

㊲藻：文采。扃：这里指门。黼（fǔ）：古代礼服上白黑相间的花纹。

㊳璇渊：玉池。碧树：玉树。弋林：射鸟的地方。钓渚：钓鱼的水洲。馆：建筑在池边林中的宫馆。

㊴吴蔡齐秦之声：吴、蔡之女善于歌唱，齐、秦之女善于弹奏，形容声音的美。鱼龙爵马之玩：各种戏法杂技等玩赏节目。爵：同“雀”。

㊵薰：花草的芳香。烬：灰烬。光沉：光华淹没。响绝：音声消失。

㊶东都：洛阳。妙姬：美女。姬：古代妇人的美称。南国：南方。

㊷蕙心：性情芳洁如兰蕙。纨质：体质像纨素一样柔媚。纨：洁白的细绢。绛：红。

㊸委：弃。

㊹舆：车。离宫：俗谓“冷宫”。

㊺天道：这里指命运、造化。吞恨：含恨。

㊻抽：引出。命：使，弹奏。操：琴曲。

㊼井：井田。这里泛指田亩。径：小路。丘陇：坟墓。

㊽共尽：同归于尽。

【导读】

名城广陵曾是西汉诸王国的治所，又是南北朝时的交通枢纽，地理位置重要，市容繁华。宋文帝元嘉二十七年（450）北魏举戈南侵，广陵被北魏军焚毁。宋孝武帝大明三年（459），竟陵王刘诞据广陵叛变，孝武帝派兵讨平，并下令屠杀城中全部男丁。十年之间，广陵两遭兵祸，繁富闹市变成一座荒城。大明三年至四年（460），鲍照登广陵城楼，目睹眼前残败破乱、荒芜不堪的凄凉景象，俯仰苍茫，感慨万千，写下了《芜城赋》。这篇抒情小赋通过对广陵城昔日繁盛、今日荒芜的渲染，夸张和铺叙对比，抒发了作者对历史变迁、王朝兴亡的感慨。

【作者简介】

鲍照（414—466），字明远，南朝宋东海（今江苏连云港）人。杰出文学家。出身寒微，早年经历不详。后因献诗临川王刘义庆，受赏识，擢为国侍郎。孝武帝即位后，曾任海虞令、太守博士兼中书舍人、永嘉令等职。临海王刘子顼出镇荆州时为前军参军，掌书记，世称“鲍参军”。后晋安王刘子勋谋反，刘子顼起兵响应，兵败，荆州大乱，鲍照为乱军所杀。钟嵘说他“才秀人微，故取湮当代”。著有《鲍参军集》。

拟行路难

鲍照

泻水置平地

泻水置平地，各自东西南北流。
人生亦有命，安能行叹复坐愁！
酌酒以自宽，举杯断绝歌路难。
心非木石岂无感？吞声踯躅不敢言[①]。

对案不能食

对案不能食，拔剑击柱长叹息。
丈夫生世会几时，安能蹀躞垂羽翼[②]？
弃置罢官去，还家自休息。
朝出与亲辞，暮还在亲侧。
弄儿床前戏，看妇机中织。
自古圣贤尽贫贱，何况我辈孤且直！

【注释】

①踯躅：驻足，踏步不前。

②蹀躞（dié xiè）：小步走路状。

【导读】

《行路难》原为汉代乐府旧题，属“杂曲歌辞”，鲍照拟作 18 首。这些拟古诗，大都表现出诗人对南朝门阀制度的不满和抑郁不平的情绪。这两首诗亦是他忧愁和悲愤之情的真实写照，感情强烈，形象鲜明，表现了他沉痛难言的矛盾。

【作者简介】

见《芜城赋》。

梦还乡

鲍照

衔泪出郭门，抚剑无人逵[①]。
沙风暗塞起，离心眷乡畿[②]。
夜分就孤枕，梦想暂言归。
孀妇当户叹[③]，缫丝复鸣机。
慊款论久别[④]，相将还绮闱[⑤]。
历历檐下凉，胧胧帐里辉[⑥]。
刈兰争芬芳，采菊竞葳蕤[⑦]。
开奁集香苏[⑧]，探袖解缨徽[⑨]。
寐中长路近，觉后大江违[⑩]。
惊起空叹息，恍惚神魂飞。
白水漫浩浩，高山壮巍巍[⑪]。
波澜异往复[⑫]，风霜改荣衰。
此土非吾土[⑬]，慷慨当告谁[⑭]！

【注释】

①逵：四通八达之路。

②乡畿：故乡门内。

③孀妇：此谓独居之妇，指其妻。古诗言妇人不必夫死而后称寡，如陈琳《饮马长城窟行》中之“寡妇”。

④慊款：诚挚；恳切。

⑤相将：相互搀挽。

⑥胧胧：微明貌。

⑦葳蕤：鲜丽貌。

⑧苏：草名，即紫苏，又名桂荏。本句一作“开奁夺香苏”。

⑨缨徽：琴徽，指系琴弦之绳。

⑩违：别离。

⑪“白水”二句：钱振伦“注”认为，《列女传》记宁戚之妾引“古有白水之诗”——“浩浩白水，儵儵之鱼。君来召我，我将安居？国家

未定，从我焉如？”——而断言“此宁戚之欲得仕国家也”；黄节“补注”认为，此亦用秦嘉赠妇诗“河广无舟梁，浮云起高山”意。

⑫往复：往返。

⑬“此土”句：用王粲《登楼赋》“虽信美而非吾土兮”之意写其思乡之情。

⑭慷慨：同“忼慨”，悲叹。

【导读】

这首五言古诗当为鲍照寄寓建康（今江苏南京）而未见知于临川王刘义庆之前所作，时在宋文帝元嘉十六年（439）之前的两三年间，亦即其《拟行路难》末首所云“余当二十弱冠辰”之后的两三年间（参见钱仲联《鲍参军集注》开篇所附的《鲍照年表》）。

诗题《梦还乡》的“乡”自然是《南史》本传所说之“东海”。不过刘宋时的东海在今何地，众说纷纭。臧励龢等于1931年编成的《中国古今地名大辞典》云：“东海郡，南朝宋置。东魏改曰海西。隋废。故治在今江苏涟水县北。”

此诗开头四句为第一层，写其怀才不遇、眷念故乡的悲愤情怀。接下十二句为第二层，描述其夜梦归乡、与妻相亲的缠绵情景。最后十句为第三层，抒写其梦醒空叹、乡情难诉的愤懑之感。

钟嵘《诗品》称誉鲍照：“善制形状写物之词，得景阳（晋人张协）之諔诡，含茂先（晋人张华）之靡嫚，骨节强于谢混（晋人，字叔源），驱迈疾于颜延（南朝宋人颜延之），总四家而擅美，跨两代而孤出。”虽以四家诗比其诗风不尽妥帖，但看此诗，抑塞不平之气，刻骨思乡之情流露，堪谓擅美而孤出。

【作者简介】

见《芜城赋》。

拟青青河畔草

鲍令晖

袅袅临窗竹①，蔼蔼垂门桐②。
灼灼青轩女③，泠泠高台中。
明志逸秋霜，玉颜艳春红④。
人生谁不别，恨君早从戎。
鸣弦惭夜月⑤，绀黛羞春风⑥。

【注释】

①袅袅：随风摇摆的样子。

②蔼蔼：茂盛的样子。

③灼灼：形容女子艳丽。

④艳：一作“掩”。

⑤鸣弦：指弹琴。

⑥绀黛：指美女丹青色的秀眉。

【导读】

《古诗十九首·青青河畔草》的拟作很多，鲍令晖的这首拟作与原诗相比，虽然都是写思妇的离愁别恨，却具有不同的特点。原诗抒情显得坦率、直接，而鲍诗中明显反映出主人公对感情的理性克制及心理上的内倾，也就是说，鲍诗发乎情而止乎礼，表达出的是一种纯洁的思念。

【作者简介】

鲍令晖（生卒年不详），鲍照之妹。工诗，有才思，著名女诗人。鲍照曾对宋孝武帝说：“臣妹才自不亚于左芬，臣才不及太冲尔。”他以左思兄妹自况，足见鲍令晖才华之非凡。钟嵘《诗品》评其诗“崭绝清巧，拟古尤胜”。著有《香茗赋集》。

拟客从远方来

鲍令晖

客从远方来，赠我漆鸣琴。
木有相思文，弦有别离音。
终身执此调，岁寒不改心。
愿作阳春曲，宫商长相寻①。

【注释】

①宫商：分别为我国古代五声音阶的第一、第二个音阶，此处泛指音乐。

【导读】

诗中主人公收到远方爱人相赠的“漆鸣琴”，琴弦所发出的别离之音，使她感受到一种强烈的愿望：在《阳春曲》乐曲声中相依相欢，长相厮守。全诗通过用琴、琴声、琴曲，隐喻一对爱人的相思，以及对爱的执着和忠贞。

【作者简介】

见《拟青青河畔草》。

古意赠今人

鲍令晖

寒乡无异服，衣毡代文练[①]。
月月望君归，年年不解綖[②]。
荆扬春早和[③]，幽冀犹霜霰[④]。
北寒妾已知，南心君不见[⑤]。
谁为道辛苦？寄情双飞燕。
形迫杼煎丝，颜落风催电。
容华一朝尽，惟余心不变。

【注释】

①文练：带毛纹的绢，这里代指衣服。“衣毡”一作“毡褐”。

②解綖（yán）：指去官辞职。綖：冠冕上的装饰。

③荆扬：荆州、扬州。

④ 幽冀：幽州、冀州。霰：指雪珠。

⑤南心：指妻子之心。妻子住在南方，故称。

【导读】

这是以一个女子的口吻赠给多年征戍未归的丈夫的诗。诗中闺妇既有对丈夫无冬衣御寒的担忧，也有对丈夫远征不归的愁闷，更有对自身容颜渐衰的慨叹，但最后以“惟余心不变”作结。全诗情深意长，深沉含蓄，耐人品味。

【作者简介】

见《拟青青河畔草》。

代葛沙门妻郭小玉诗（二首）

鲍令晖

一

明月何皎皎，垂幌照罗茵①。
若共相思夜，知同忧怨晨。
芳华岂矜貌②，霜露不怜人。
君非青云逝③，飘迹事咸秦④。
妾持一生泪，经秋复度春。

二

君子将徭役，遗我双题锦⑤。
临当欲去时，复留相思枕。
题用常著心，枕以忆同寝。
行行日已远，转觉心弥甚⑥。

【注释】

①茵：车上的垫子。
②矜：顾惜。
③青云：指远大志向。
④咸秦：秦建都咸阳，故曰咸秦。
⑤遗（wèi）：送。
⑥弥：更加。

【导读】

这是鲍令晖代他人写作的两首表现离愁别恨的诗，诗中都以闺中思妇的心理活动为线索展开。虽是代人之作，但诗人作为一个女子完全能够体察和理解郭氏的心态，内心刻画含蓄细腻，因而写得极为感人。诗在表现手法上朴素而沉挚，外静而内动，无声却胜于有声。

【作者简介】

见《拟青青河畔草》。

唐

奉和出颍至淮应令[①]

虞世南

良晨喜利涉[②]，解缆入淮浔[③]。
寒流泛鹢首[④]，霜吹响哀吟[⑤]。
潜鳞波里跃[⑥]，水鸟浪前沉。
邗沟非复远[⑦]，怅望悦宸襟[⑧]。

【注释】

①奉和：作诗词与别人相唱和。颍：颍河，古称颍水，相传因纪念春秋郑人颍考叔而得名。颍河是淮河支流，发源于河南嵩山，在寿县正阳关（今安徽颍上沫河口）注入淮河。淮：指淮河。应令：魏晋以来应诸王之命而和的诗文。

②利涉：顺利渡河。

③浔：水边深处。

④鹢首：船头。古代画鹢鸟于船头，故称。

⑤霜吹：指寒风。

⑥潜鳞：鱼。汉王粲《赠蔡子笃》诗："潜鳞在渊，归雁载轩。"

⑦邗沟：古运河，连通了长江和淮河，在今江苏境内。

⑧宸襟：帝王的思虑、判断。

【导读】

诗人描绘了船解缆入水的场景及行舟水上的美景，最后抒发了情感。

【作者简介】

虞世南（558—638），字伯施，越州余姚（今浙江慈溪）人。唐初书法家、文学家、政治家，凌烟阁二十四功臣之一。陈朝太子中庶子虞荔之子、隋朝内史侍郎虞世基之弟。虞世南生性沉静寡欲，执着且向学。历仕陈、隋二代，官拜秘书郎、起居舍人。隋朝灭亡后，被窦建德任命为黄门侍郎。李世民灭窦建德后，引虞世南为秦王府参军、记室参军、弘文馆学士，与房玄龄等共掌文翰，为“十八学士”之一。贞观年间，历任著作郎、秘书少监、秘书监等职，先后封永兴县子、永兴县公，故世称“虞秘监”“虞永兴”。虞世南虽弱不胜衣，但性情刚烈，直言敢谏，深得李世民敬重，被称为“德行、忠直、博学、文词、书翰”五绝。贞观十二年（638），虞世南去世。获赠礼部尚书，谥号“文懿”，配葬昭陵。贞观十七年（643），绘像凌烟阁。虞世南书法受业于吴郡顾野王，书学王羲之七代孙智永，与欧阳询、褚遂良、薛稷合称“初唐四大家”。其所编的《北堂书钞》被誉为唐代四大类书之一。后人辑有《虞秘监集》。

早发淮口望盱眙[1]

骆宾王

养蒙分四渎[2]，习坎奠三荆[3]。
徙帝留余地，封王表旧城。
岸昏涵蜃气[4]，潮满应鸡声[5]。
洲迥连沙静，川虚积溜明。
一朝从捧檄[6]，千里倦悬旌[7]。
背流桐柏远[8]，逗浦木兰轻。
小山迷隐路，大块切劳生[9]。
唯有贞心在[10]，独映寒潭清[11]。

【注释】

①淮口：古泗口，为泗水入淮之处，又称“清泗口”“大河口”“清口”“大清口”等。因古代淮、泗二水是沟通长江、黄河的“桥梁”，所以古泗口在古代的交通和战争史上起着非常重要的作用。明代嘉靖年间，古泗口河道淤塞，遂废，此后“泗口”“清口”各有专门所指。

②养蒙：以蒙昧自隐，修养正道或教养童蒙。四渎，星官名，属井宿，共四星，古人认为它们与我国的四条大河对应，故名。《晋书·天文志》：“东井南垣之东四星曰四渎，江、河、淮、济之精也。”

③习坎：“坎”作坎坷、困难解，“习”乃学习之意，“习坎”即从困难中学习并成长，主动吸收知识、迎接挑战。三荆：喻同胞兄弟。

④蜃气：一种大气光学现象。光线经过不同密度的空气层后发生折射，使远处景物显现在半空中或地面上的奇异幻象，常发生在海上或沙漠地区。古人认为是蜃吐气而成，故称。

⑤潮满：指潮水涨至最高水位。

⑥捧檄：东汉毛义有孝名，张奉去拜访他，刚好府檄至，要毛义任守令，毛义表现出高兴的样子，张奉因此看不起他。后来毛义母死，毛义就不再做官，张奉才知道毛义是为母出仕的。见《后汉书·刘平等传序》。后以“捧檄”为为母出仕的典故。

⑦悬旌：空中飘荡的旌旗。

⑧背流：背源而流，逆流，洄流。

⑨大块：大自然，大地，世界。劳生：辛苦劳累的生活。《庄子·大宗师》："夫大块载我以形，劳我以生，佚我以老，息我以死。"

⑩贞心：坚贞不移的心地。

⑪寒潭：寒凉的水潭。

【导读】

这是一首旅怀诗，诗人写景写史，然后写到自己的心境，之后发出"大块切劳生"的感慨，最后坚定了保持"贞心"的信念。

【作者简介】

骆宾王（约638—684），字观光，婺州义乌（今浙江义乌）人，唐代诗人。高宗永徽中，为道王李元庆府属，历武功、长安主簿。仪凤三年（678），入为侍御史，因事下狱，次年遇赦。调露二年（680），除临海丞，弃官漫游河山。徐敬业起兵讨伐武则天时，骆宾王作《为徐敬业讨武曌檄》，檄文气吞山河、慷慨激昂，不仅文采超卓，而且淋漓尽致地展现了骆宾王作为传统士大夫的风骨和情怀。当武则天读到"一抔之土未干，六尺之孤安在"两句时，极为震动，责问宰相为何不早重用此人。徐敬业兵败后，骆宾王下落不明，或说被乱军所杀，或说遁入空门。骆宾王与王勃、杨炯、卢照邻合称"初唐四杰"。有《骆宾王文集》传世。

下相九日城北亭子[①]

张说

西楚茱萸节[②]，淮南戏马台[③]。
宁知相水上，复有菊花杯。
亭帐凭高出，亲朋自远来。
短歌将急景，同使兴情催。

【注释】

①下相：古县名，在今江苏宿迁境内，北齐废。西楚霸王项羽的故里。

②西楚：秦亡，项羽自立为霸王，有西楚、东楚与梁地共九郡。因建都于西楚彭城，故国号“西楚”。茱萸节：指重阳节。重阳节插茱萸是唐代节日风俗，流行于黄河中下游、淮河、长江流域等地，人们采茱萸插戴头上，亦有佩带用茱萸制成的囊的习俗，俗信能驱邪治病。

③淮南：唐时泛指淮河以南并包括淮河以北的少部分地区。戏马台：最初是项羽观看士兵操练武艺和戏马的地方。

【导读】

诗名《下相九日城北亭子》一作《湘州九日城北亭子》。

这是最早记录项羽戏马台的一首诗。诗中的“下相”“西楚”“淮南”“相水”都是宿迁的古代地名。重阳节这天，项羽戏马台“亭帐凭高出，亲朋自远来”，其中自然也有身为权臣的张说，其盛况是不难想象的，故张说发出“短歌将急景，同使兴情催”的感叹。

【作者简介】

张说（667—731），唐大臣。字道济，一字说之，洛阳人。武则天永昌元年（689），举贤良方正，授太子校书郎。因不肯依附张易之兄弟，忤旨，被流放钦州。唐中宗复位，召回。睿宗时进同中书门下平章事，监修国史。玄宗时任中书令，封燕国公。因与姚崇不和，贬为相州刺史，再贬为岳州刺史。开元九年（721），复起任宰相。翌年出任朔方节度使，官至右丞相兼中书令。张说前后历仕四朝，三秉大政，掌文学之任共 30 年，还曾率兵平定胡乱。其文笔雄健，才思敏捷，朝廷重要文诰多出其手，与许国公苏颋并称“燕许大手笔”，尤其擅长于碑文、墓志的写作，其诗除应制奉和之作外，有不少佳作传世。著有《张燕公集》。

晚次宿预馆[①]

钱起

乡心不可问[②]，秋气又相逢。
飘泊方千里，离悲复几重。
回云随去雁，寒露滴鸣蛩[③]。
延颈遥天末[④]，如闻故国钟[⑤]。

【注释】

①次：临时驻扎和住宿。

②乡心：思念家乡的心情。

③鸣蛩：蟋蟀。

④延颈：伸长脖子。

⑤钟：古乐器。

【导读】

前面四句的乡心、漂泊、离悲等词点明主基调——离乡的伤感。颈联承上启下，通过借物喻人的方式描绘了悲观的情绪，同时也是对上面四句的递进描写。尾联切换视角，将自己置于“遥天末”的场景之中，再用远方的“故国钟”作空间上的跨越，整体上扩大了全诗的空间，使得意境更加广阔，视野更加辽远，抽离出伤感的情绪，使全诗达到了“哀而不伤”高远境界。

【作者简介】

钱起（约720—约782），字仲文，吴兴（今浙江湖州）人，唐代诗人。大书法家怀素和尚之叔。唐天宝十载（751）中进士。初为秘书省校书郎、蓝田县尉，后任司勋员外郎、考功郎中、翰林学士等。世称“钱考功”。代宗大历中为翰林学士，被誉为“大历十才子之冠”。诗与刘长卿齐名，并称“钱刘”；又与郎士元齐名，称“钱郎”，当时“前有沈宋，后有钱郎”之说，诗歌技巧熟练，风格清奇，理致清淡。近体诗中，多写景佳句，为评论家所称道。有《钱考功集》。

沭阳古渡作

钱起

日落问津处，云霞残碧空。
牧牛避田烧，退鹢随潮风[①]。
回首故乡远，临流此路穷[②]。
翩翩青冥去[③]，羡彼高飞鸿。

【注释】

①退鹢：一种遇到潮水而退飞的水鸟，有遭受挫折的意思，常用来比喻落榜不中或仕途失意。

②临流：来到河边。李白《紫骝马》："临流不肯渡，似惜锦障泥。"

③青冥：青苍幽远的天空。

【导读】

首联描绘天色，落笔宏大，"落""残"二字流露出伤感的气息。颔联视角放低，描写牧牛和退飞的水鸟，进一步加强情绪的渲染，并以高低两个视角，寥寥几笔写出了极宏大辽远又很生动的意境。颈联主题出现，涌出思乡之情，回首遥望和临流路穷的意象，让伤感的气氛到达顶点。在尾联中，诗人的视角再一次面向天空，开阔高远的意境淡化了思乡的伤感，提高了全诗的格调。

【作者简介】

见《晚次宿预馆》。

僧伽歌[①]

李白

真僧法号号僧伽，有时与我论三车。
问言诵咒几千遍，口道恒河沙复沙[②]。
此僧本住南天竺[③]，为法头陀来此国[④]。
戒得长天秋月明，心如世上青莲色。
意清净，貌棱棱[⑤]，亦不减，亦不增。
瓶里千年铁柱骨，手中万岁胡孙藤[⑥]。
嗟予落魄江淮久[⑦]，罕遇真僧说空有。
一言散尽波罗夷[⑧]，再礼浑除犯轻垢[⑨]。

【注释】

①僧伽：人名，西域名僧，俗姓何，龙朔初入唐，于泗州建寺，后居荐福寺。世称为观音大士化身。

②恒河：发源于喜马拉雅山南麓，流经印度、孟加拉国，注入孟加拉湾。恒河流域是印度文明的发源地之一，不仅是今天印度教的圣河，也是昔日佛教兴起的地方，至今还有大量佛教圣地遗存。

③天竺：古代中国及其他东亚国家对当今印度和其他印度次大陆国家的统称。

④头陀：佛教用语，是佛教僧侣的一种修行方式，通常称为头陀行、头陀事或头陀功德。修头陀行的人称为“头陀行者”。

⑤棱棱：形容威严的样子。

⑥胡孙藤：藤杖，手所执者。

⑦江淮：长江与淮河。

⑧波罗夷：佛教用语，指触犯戒律的极重罪，比丘犯杀、盗、淫、大妄语四戒，叫作四波罗夷。

⑨轻垢：佛教用语，指犯轻戒之罪。

【导读】

此诗作年不详，过去很多人认为泗州僧伽大师圆寂时李白才 10 岁，故视此诗为伪作。然胡震亨云：“旧注以为即泗州僧伽，泗州于中宗时迁化，此则白与之论法，偶胡僧之同名者耳。本不足辨，亦诗纪袭误，故著之。”（《李诗通》） 胡僧名带僧伽字者甚多，武帝时亦有人名贺兰僧伽。李白所咏胡僧亦名僧伽，不足为怪。

此诗多用佛教故事和佛经教义，有飘逸韵味及浪漫色彩，通篇意境高邈，修辞美妙，格调清新，结构缜密。

【作者简介】

李白（701—762），字太白，号青莲居士，又号谪仙人，唐代伟大的浪漫主义诗人，有“诗仙”之称，与杜甫齐名，并称“李杜”，有《李太白集》传世。李白出生地一般认为是剑南道绵州（巴蜀郡）昌隆（后避玄宗讳改为昌明）青莲乡，祖籍天水，父亲为蜀地巨贾，其余家世、家族等皆不详。据《新唐书》载，李白为兴圣皇帝（西凉武昭王李暠）九世孙，但此说存疑。

李白生活在盛唐时期，年轻时随大纵横家赵蕤学习帝王学和纵横术，并“练剑十年”，24 岁只身出蜀，“仗剑去国，辞亲远游”，此后再未回乡，其间与孟浩然、杜甫等结为至交；贺知章惊其诗文与风采，誉之为“谪仙人”。李白出蜀不久后即名满天下，一生曾三至长安（存疑，一说为两至），但是仅被玄宗皇帝当作诗客文人对待，其经纶济世的理想始终不得伸展。李白是商人“贱籍”，依唐律没有资格参加科举，又不得当权者赏识，安史之乱时入永王李璘幕府，因“永王东巡”案被判流放夜郎，一年后被赦。此后三年，李白生活无着，贫病交加，最终死于当涂。李白之死有三种说法，其一见《旧唐书》，“以饮酒过度，醉死于宣城”；其二为考证之说，当李光弼东镇临淮时，李白不顾年老体衰，闻讯前往请缨杀敌，因病返回，次年病死于当涂令李阳冰处；其三为民间传说，极富浪漫色彩，说李白在当涂的江上饮酒，入水捉月而死。

李白的诗以抒情为主。其诗能够广泛地从民间和秦、汉、魏乐府民歌中吸取丰富营养，形成独特风格。他具有超乎寻常的艺术天分和磅礴雄伟的艺术力量。一切可惊可喜、令人兴奋、发人深思的现象，无不尽归笔底。杜甫有“笔落惊风雨，诗成泣鬼神”之评。

初宿淮口

宋之问

一

孤舟汴河水[①]，去国情无已。

晚泊投楚乡[②]，明月清淮里[③]。

二

汴河东泻路穷兹，洛阳西顾日增悲！

夜闻楚歌思欲断，况值淮南木落时[④]。

【注释】

①汴河：唐人习惯以“汴河”称隋炀帝所开的通济渠的东段，即运河从板渚（今河南荥阳北）经泗州到盱眙入淮的一段。

②楚乡：楚地。

③清淮：清江与淮城的合称，即今江苏淮安。

④木落：树叶凋落。

【导读】

此诗写古淮口的景色和路过时的心情。诗人将悲伤之情寄于奔流的泗水和淮南的落木，悲痛苦楚，不可断绝。

【作者简介】

宋之问（约656—713），唐代诗人，一名少连，字延清。汾州（今山西汾阳）人，一说虢州弘农（今河南灵宝）人。上元二年（675）进士及第。历洛州参军、尚方监丞、左奉宸内供奉。因谄事张易之兄弟，贬泷州参军。后召为鸿胪主簿，再转考功员外郎，又谄事太平公主。以知贡举时贪贿，贬越州长史。睿宗即位，流钦州，玄宗即位后，被赐死。宋之问在世时与沈佺期齐名，其诗多为应制之作，内容比较贫乏，但是流放途中作的一些诗有较充实的内容。在艺术形式上，宋之问的诗以属对精密、音韵协调见长，大多词采绮丽，对仗工整，对律诗体制的定型颇有影响。

晚入汴水

崔颢

昨晚南行楚，今朝北溯河。
客愁能几日[①]，乡路渐无多。
晴景摇津树，春风起棹歌[②]。
长淮亦已尽，宁复畏潮波[③]。

【注释】

①客愁：指行旅怀乡的愁思。

②棹歌：行船时所唱之歌。唐李白《越女词五首》："耶溪采莲女，见客棹歌回。"

③宁复：愿使如前。潮波：潮水的波涛，比喻纠纷或患难。

【导读】

崔颢宦海浮沉，终不得志，这首诗描写了作者晚入汴水的所见所闻，也抒发了作者的情怀， 表达了吊古感今的情感。全诗激昂豪放、气势宏伟、隐约曲折，又潇洒自如、风流蕴藉，暗寓出世高于追名逐利。

【作者简介】

崔颢（704—754），汴州（今河南开封）人，唐代诗人。唐玄宗开元十一年（723）进士，官至太仆寺丞，天宝中为司勋员外郎。《旧唐书·文苑传》把他和王昌龄、高适、孟浩然并提，但他宦海浮沉，终不得志。崔颢秉性耿直、才思敏捷，其作品激昂豪放、气势宏伟，最为人称道的是他那首《黄鹤楼》，据说李白为之搁笔，曾有"眼前有景道不得，崔颢题诗在上头"的赞叹。《全唐诗》收录诗42首，著有《崔颢集》。

题泗州刘中丞郡中新楼[①]

张祜

一槛构庭中，临川望益崇。
朗怀披夏日，高啸得清风。
紫府须黄霸，青山属谢公[②]。
夜声闻动草，春意觉抽丛。
野迥云初白，天寒树间红。
月华深委素[③]，淮色迥流空。
暮雨佳人到[④]，良辰乐事同[⑤]。
更怜初渡水，先咏子来工。

【注释】

①泗州：泗州城始建于北周，隋朝时毁于战乱，唐代重建。泗州城地处淮河下游，汴河之口，为中原区域之襟喉，南北交通之要冲，政治、经济、军事地位十分重要。清康熙十九年（1680），黄河夺汴入淮，泗州城遭灭顶之灾，至康熙三十五年（1696）全城彻底被泥沙埋没。北周时，其治所在今宿迁市郑楼镇境内，历160余年。今天宿迁的泗阳和泗洪，唐代属于泗州。中丞：官名，唐代御史台长官。

②青山属谢公：南齐著名诗人宣城太守谢朓，他酷爱当涂县青山风景之胜，称此地为“天子都”，常在此纵情山水，并筑室山南。唐天宝十二载（753），敕改谢公山，后人又称其谢家山、谢家青山。

③素：白色的亮光。

④暮雨：傍晚的雨。

⑤良辰：美好的时光。

【导读】

张祜性情狷介，不事权贵，纵情声色，在流连诗酒的同时，还任侠尚义，喜谈兵剑，也希望能够一展抱负。在人际交往中，他因诗扬名，以酒会友，酬酢往业，结识了不少社会名流和达官显宦，这一首就是他的酬唱作品之一。此诗风格沉静浑厚，有隐逸之气，是典型的张祜风格。

【作者简介】

张祜（约 785—约 849），字承吉，清河（今河北清河）人，唐诗人，家世显赫，被人称作张公子，有“海内名士”之誉。张祜性情孤傲，狂妄清高，仕途屡屡受挫，但在诗歌创作上却取得了卓越成就。《全唐诗》收录其诗 300 余首。张祜生性喜爱山水，游览了许多名胜古迹，足迹遍布大江南北，所到之处往往题诗作赋。张祜晚年在丹阳曲阿筑室，寓居下来，与村邻乡老聊天，赏竹，品茗，饮酒，过着世外桃源般的隐居生活，一生坎坷不达而以布衣终老。张祜谢世后，太常博士皮日休送挽诗云：“一代交游非不贵，五湖风月合教贫。魂应绝地为才鬼，名与遗编在史臣。”

喜五兄自泗州至

元稹

眼中三十年来泪，一望南云一度垂[1]。
惭愧临淮李常侍，远教形影暂相随。

【注释】

①南云：南飞之云，常用以寄托思亲、怀乡之情。唐李白《大堤曲》："佳期大堤下，泪向南云满。"

【导读】

元稹与白居易齐名，并称"元白"。但是自唐宋以来，研究白居易者众多，研究元稹者寥寥，造成了元稹诗中的许多细节问题难以得到解决，后世无法读元稹诗和了解元稹。这首诗中"五兄"和"李常侍"就因资料太少而难以确定是谁，只能将较知名的观点罗列如下，供读者参考。

据岑仲勉《唐人行第录》考证："……五兄，似为稹之胞兄。"据陶敏《全唐诗人名考证》更进一步推断，"五兄"为元稹胞兄元积。周相录《元稹诗文人物考实》认为：该诗成诗之时，元稹与元积最多只有十七八年的分别，而元稹另两位胞兄元沂、元秬在该诗成诗之时已经去世，所以"五兄"只可能是元稹家曾为官泗州的同宗兄长，其具体姓名已不可考。诗中"李常侍"，陶敏《全唐诗人名考证》云："疑为李进贤。"周相录《元稹诗文人物考实》认为"李常侍"更有可能是时任泗州刺史的李宜臣。

虽然"五兄"和"李常侍"的身份难以确定，但是这不影响我们对这首诗的欣赏。该诗前两句落笔磅礴，大气纵横，描写了思乡悲切之情；后两句的描写变得具体，全诗读来令人黯然神伤。

【作者简介】

元稹（779—831），字微之，别字威明，河南洛阳人。唐朝大臣、文学家。北魏宗室鲜卑拓跋部后裔，北魏昭成帝拓跋什翼犍十九世孙，比部郎中元宽之子，母亲为荥阳郑氏。元稹聪明过人，少有才名。贞元九年（793），明经及第，授左拾遗，进入河中幕府，擢校书郎，迁监察御史。后来因“元稹轻树威，失宪臣体”被贬谪十余年。元和十四年（819）奉召回京，迅速升迁，长庆二年（822）拜相。后陷入政治斗争，再遭贬谪，历经宦海沉浮，终于武昌军节度使任上，追赠尚书右仆射。元稹与白居易同科及第，结为终生诗友，共同倡导新乐府运动，并称“元白”，形成“元和体”。其诗词成就巨大，言浅意哀，扣人心扉，动人肺腑。乐府诗创作受到张籍、王建的影响，“新题乐府”直接缘于李绅。代表作有《莺莺传》《菊花》《离思五首》《遣悲怀三首》等。现存诗830余首，收录诗赋、诏册、铭谏、论议等，留世有《元氏长庆集》。

问淮水

白居易

自嗟名利客①，扰扰在人间②。
何事长淮水③，东流亦不闲。

【注释】

①名利客：追逐名位与利禄的人，此处乃诗人自喻。

②扰扰：指纷乱的样子。

③何事：为何，何故。

【导读】

这首诗表达的是一种对人生的感慨，大千世界，纷纷扰扰，不是追名，就是逐利，就连长长的淮河也在东流不息，这世上的一切，都在不停地奔流涌动，忙忙碌碌。

【作者简介】

白居易（772—846），字乐天，号香山居士，又号醉吟先生，祖籍山西太原，到其曾祖父时迁居下邽（今陕西渭南），生于河南新郑。唐德宗贞元十六年（800）中进士，官至翰林学士、左赞善大夫。白居易是唐代伟大的现实主义诗人，与元稹共同倡导新乐府运动，并称“元白”；与刘禹锡并称“刘白”。主张“文章合为时而著，歌诗合为事而作”，反对“嘲风雪，弄花草”而别无寄托的作品，有“诗魔”和“诗王”之称。代表诗作有《长恨歌》《卖炭翁》《琵琶行》，有《白氏长庆集》传世。

长相思·汴水流

白居易

汴水流，泗水流，流到瓜洲古渡头①，吴山点点愁②。

思悠悠，恨悠悠，恨到归时方始休，月明人倚楼。

【注释】

①瓜洲古渡：位于扬州市古运河下游与长江交汇处，唐代高僧鉴真从这里起航东渡日本，历代诗人墨客途经瓜洲留下了许多脍炙人口的诗篇，民间传说杜十娘怒沉百宝箱的故事就发生在这里。

②吴山：在浙江杭州市西湖东南，山势绵亘起伏，左带钱塘江，右瞰西湖胜。春秋时为吴界，故名。

【导读】

相思是人类最普遍的情感之一，也是历代诗家文人付诸歌咏的最佳题材之一。古诗中多用“长相思”三字，如《古诗十九首》中就有“上言长相思”“著以长相思”“行人难久留，各言长相思”等。南朝陈后主、徐陵，唐李白等都有拟作，内容多写女子怀念久出不归的丈夫。至于白居易这首《长相思》，则有其特定的相思对象，即他的侍妾樊素。白居易在《别柳枝》绝句中说：“两枝杨柳小楼中，袅袅多年伴醉翁。明日放归归去后，世间应不要春风。”可见作者对于樊素的离去十分伤感。这首《长相思》词也表达了相同的情感。

词的上阕写樊素回南必经之路。因为她是杭州人氏，故作者望吴山而生愁。汴水、泗水是一去不复回的，随之南下的樊素大概也和河水一样永远离开了他。三个“流”字写水的蜿蜒曲折，也酿造低徊缠绵的情韵。作者想象中的吴中山脉，点点都似愁恨凝聚而成。短短几句，把归人行程和愁怨的焦点都简括而又深沉地传达了出来。

尽管佳人已去，妆楼空空，可作者一片痴情，终难忘怀，他便于下阕抒发了自己的相思之痛。两个“悠悠”，刻画出词人思念之深，增添了愁思的绵长，特别是流泻的月光，更烘托出哀怨忧伤的气氛，增强了艺术感染力，言简意富、词浅味深。这种情感的强烈，只有樊素的回归才能停止，然而那不过是空想，作者只能倚楼而望，以回忆昔日的欢乐，遣散心中的郁闷。

这首词虽然短，却用回环复沓的句式、流水般的节奏贯穿全篇的韵脚，造成了绵远悠长的韵味，使相思之痛、离别之苦表现得更加淋漓尽致。

【作者简介】

见《问淮水》。

渡 淮

白居易

淮水东南阔，无风渡亦难。
孤烟生乍直，远树望多圆。
春浪棹声急[①]，夕阳帆影残。
清流宜映月，今夜重吟看。

【注释】

①棹：船桨。

【导读】

这首诗是在宝历元年（825）春末诗人赴苏州上任途中经淮河渡口时所作。

诗人描绘了淮河傍晚的壮丽景色，虽然“无风渡亦难”，但诗人最终想到的是“清流宜映月，今夜重吟看”，说明诗人此时并没有“行路难”的感慨，可见诗人心情舒畅，有欣赏自然风光的闲情逸致。

“孤烟生乍直，远树望多圆”两句有化用王维“大漠孤烟直，长河落日圆”的痕迹，但没有“大漠”与“长河”的广度，也就没有宽广的审美意味，仅仅勉强“壮丽”而已。在诗人笔下，长淮景色最终还是接近了平和的审美效果，应该说这是白居易一贯的审美追求与人格修养，在这一点上，他与李、杜不同，但没有高下之分。

【作者简介】

见《问淮水》。

隋堤柳[1]

白居易

隋堤柳，岁久年深尽衰朽。
风飘飘兮雨潇潇，三株两株汴河口。
老枝病叶愁煞人，曾经大业年中春。
大业年中炀天子[2]，种柳成行夹流水。
西自黄河东至淮，绿阴一千三百里。
大业末年春日暮，柳色如烟絮如雪。
南幸江都恣佚游[3]，应将此柳系龙舟[4]。
紫髯郎将护锦缆[5]，青娥御史直迷楼[6]。
海内财力此时竭，舟中歌笑何日休？
上荒下困势不久，宗社之危如缀旒[7]。
炀天子，自言福祚长无穷，岂知皇子封酅公[8]。
龙舟未过彭城阁，义旗已入长安宫。
萧墙祸生人事变[9]，晏驾不得归秦中[10]。
土坟数尺何处葬？吴公台下多悲风[11]。
二百年来汴河路，沙草和烟朝复暮。
后王何以鉴前王？请看隋堤亡国树。

【注释】

①隋堤：隋炀帝时开通济渠，沿渠筑堤，后人称“隋堤”。

②大业：隋炀帝杨广（569—618）的年号，605—618年，历时13年。其名称来自《易经·系辞上》：“盛德大业至矣哉，富有之谓大业，日新之谓盛德。” 炀天子：隋炀帝杨广是隋朝的第二个皇帝，604—618年在位，隋文帝杨坚次子。开皇二十年（600）十一月立为太子，仁寿四年（604）七月即位。在位期间修建大运河，营造东都洛阳城，开拓疆土，畅通丝绸之路，开创科举，三征高丽等。征敛十分苛重，滥用民力，使生产遭到严重破坏，浩大的工程和连年的战争使民生不堪重负，引发大规模的叛乱。618年在江都（今江苏扬州）被部将缢杀，隋朝灭亡。

③江都：原址在今江苏扬州。恣佚：通“恣意”，指放纵，不加限制。

④龙舟：皇帝座船，船饰为龙状。

⑤郎将：武官名，主宿卫、车骑。

⑥青娥：指美丽的少女。唐王建《白纻歌》：“城头乌栖休击鼓，青娥弹瑟白纻舞。”御史：官名，专司纠弹、监察。

⑦宗社：宗庙和社稷，指隋朝统治。缀旒：比喻国势垂危。《续资治通鉴·宋高宗建炎四年》：“臣观今日国势，危如缀旒。”

⑧酅公：指隋恭帝杨侑（605—619），隋朝第三位皇帝，617—618年在位，隋炀帝杨广之孙，元德太子杨昭第三子。大业十三年（617），李渊攻入长安，拥立杨侑为皇帝，年号义宁。义宁二年（618），为李渊所废黜，降封酅国公，闲居长安。武德二年（619）去世，终年15岁，葬于庄陵，谥号“恭”。

⑨萧墙：古代宫室内作为屏障的矮墙。萧通“肃”，指垣墙。《论语·季氏》：“吾恐季孙之忧，不在颛臾，而在萧墙之内也。”

⑩晏驾：古时帝王死亡的讳称。《战国策·秦策五》：“秦王老矣，一日晏驾，虽有子异人，不足以结秦。”

⑪吴公台：古台名，在今江苏扬州市北。隋炀帝杨广死后，初殡于江都宫流珠堂，后葬吴公台下，唐平江南后，以帝礼改葬雷塘现址。2013年4月，扬州市邗江区一处房地产项目施工时发现了两座古墓，其中一座墓主为隋炀帝杨广。

【导读】

前六句写隋堤柳历经200多年的风雨，已经枝老叶病，斜傍于汴河之滨，为下面的“翠柳”和“败柳”作了铺垫。接下来四句是写隋炀帝开掘运河后沿堤植柳的情景。史载，隋炀帝即位后，立即于大业元年（605）二月下令开凿运河，目的有多种说法，主流观点认为是为欣赏扬州及江南美景。首先开凿的是通济渠，先对汴渠（又称汴河）故道进行疏浚、拓宽，开封以东又与汴渠分途，直趋东南；另开新渠，经陈留、商丘、永城、埇桥、泗县，于盱眙北入淮。厚厚的黄土没能掩埋高高的隋堤，新修的渠道“广四十步，渠旁皆筑御道，树以柳”（《资治通鉴》卷一八〇），十分壮观。这就是诗人吟诵的“隋堤柳”。

接下来十四句写的是隋炀帝第三次沿运河乘龙舟南游的空前盛况，呼应主题。据载，龙舟高四十五尺，宽五十尺，长二百尺。舟分四重，上重置正殿、内殿和东西朝堂，中间两重共有房一百六十余间。上下雕金镂玉，极其奢华。整个龙舟由一千零八十个身穿锦衣的殿脚（纤夫）牵引前进。另有皇后的翔螭舟、嫔妃的漾彩舟等各式大船上千艘，前后长达二百多里。岸上又有二十万骑兵护送，马蹄杂沓、旌旗蔽空，浩浩荡荡，前所未有。更有甚者，沿河五百里范围内的州县都要进贡山珍海味、各类美食，人阻于道，遮天映日……“紫髯郎将护锦缆，青娥御史直迷楼”应是这奢华阵容的一个特写镜头。“上荒下困势不久，宗社之危如缀旒”，如此大规模的兴师动众、劳民伤财，势必导致社稷之危，是隋炀帝骄奢淫逸行为的必然结果。

再接下来的九句夹叙夹议，写的是因隋炀帝荒淫无度而导致民怨沸腾，义旗四起，祸生萧墙，最终身葬吴山的结局。大业十二年（616）七月，隋炀帝第三次乘龙舟南下扬州，各地农民起义风起云涌。唐武德元年（618）三月十七日，右屯卫将军宇文化及在扬州行宫发动兵变，无一人阻拦，隋炀帝被杀死，草草葬于吴公山下，隋朝灭亡。

“二百年来汴河路，沙草和烟朝复暮。后王何以鉴前王，请看隋堤亡国树。”最后四句回应主题，既是对全诗的诠释，也是对历史的总结；既是对“汴河路”的感慨，也是对后人的警醒！凝重而又惊心。

白居易作为新乐府运动的旗手，用通俗自然的艺术表现手法，通过对隋堤柳的咏叹，充分展示了诗人“为君、为臣、为民、为物、为事而作，不为文而作”（《新乐府序》），以及“补察时政”“泄导人情”的艺术主张。今天读来，依然具有强烈的现实意义。

【作者简介】

见《问淮水》。

汴河曲

李益

汴水东流无限春，隋家宫阙已成尘[①]。
行人莫上长堤望[②]，风起杨花愁杀人[③]。

【注释】

①宫阙：宫殿。这里指汴水边的隋炀帝行宫。

②长堤：绵长的河堤。

③杨花：柳絮。愁杀人：把人都愁死了。

【导读】

李益进士及第之后，于大历六年（771）参加制科考试，授官郑县主簿，任职三年。此诗即在这一时期所写。

这是一首怀古诗。怀古诗多从眼前历史遗迹起兴，以今昔衰盛立意，在抒写历史沧桑感之中寄寓对现实的感慨。当年隋炀帝为了游览江都，前后动员了百余万民工凿通济渠，沿岸堤上种植柳树，世称隋堤。还在汴水之滨建造豪华的行宫，这条汴河是隋炀帝自取灭亡的历史见证。

“汴水东流无限春，隋家宫阙已成尘”，诗人在开篇写因汴河水引发的对历史的回忆。汴水碧波荡漾，缓缓东流，堤岸上春柳随着清风飘荡，一片春光无限。“无限春”使汴水带上象征的色彩，引起汴水两岸春色与历史沧桑的联想。代表隋代腐朽统治的“隋家宫阙”，现已荒废颓败，只剩下断井颓垣供人凭吊。“已成尘”极言昔日华丽消失殆尽。诗句以汴水长流与隋宫化尘作鲜明对照，正见出自然永恒、人世沧桑、豪华如烟、历史无情。

“行人莫上长堤望，风起杨花愁杀人”，后两句继续写汴河岸边典型的景物，柳絮随风飘扬，飘飞如雪。这汴堤杨柳联结着隋代的兴亡、历史的沧桑，不免惹人唏嘘慨叹。当年隋炀帝沿堤栽种的柳树，成了亡国的历史见证。那随风飘荡的杨柳和飘飞的杨花，引起诗人的无限感怀。后人面对这垂柳，不禁生发出繁华易逝、历史永恒的感慨。尽管隋鉴不远，覆辙在前，当代统治者却并没有从亡隋历史中汲取教训。在“风起杨花愁杀人”这种强烈深沉的感伤中，分明隐现着衰颓时世的面影。这也表现出诗人对国事的深切担忧。

这首七言绝句，对比的运用使隋炀帝自取灭亡的历史教训更加深刻。诗人将吊古伤今之情融入了春色中，委婉曲折，感情深沉。最后的伤今之笔将诗人的忧国愁绪淋漓尽致地表现了出来。

【作者简介】

李益（746—829），唐代诗人，字君虞，祖籍凉州姑臧（今甘肃武威），后迁河南郑州。大历四年（769）进士，因仕途失意，后弃官在燕赵一带漫游。以边塞诗作出名，擅长绝句，尤其是七言绝句。

咏史诗·汴水

胡曾

千里长河一旦开，亡隋波浪九天来。
锦帆未落干戈起，惆怅龙舟更不回。

【导读】

此诗具体叙述了一件历史上发生的事，隋炀帝为修运河、建洛阳、征高句丽等，加重赋税、滥用民力，民变频起，造成天下大乱。

【作者简介】

胡曾，唐代诗人。邵阳（今属湖南）人，号秋田。生卒年、字不详，爱好游历。咸通中举进士不第，曾为汉南节度从事。高骈镇蜀，辟为书记。每览古今兴废陈迹，慷慨怀古，作咏史诗三卷，《唐才子传》作一卷。此从《全唐诗》。胡曾以《咏史诗》著称，共150首，皆七绝诗。每首以地名为题，评咏当地历史人物和历史事件。另有《安定集》，今佚。《全唐诗》录其诗，仅存数首。事迹见《唐才子传》。

咏史诗·乌江

胡曾

争帝图王势已倾，八千兵散楚歌声[①]。
乌江不是无船渡，耻向东吴再起兵。

【注释】

①八千：这里是以“八千子弟”代指项羽大军。楚歌声：指“四面楚歌”的典故。

【导读】

首句说的是项羽垓下战败退至乌江边，在与刘邦争夺天下的战争中已处于大厦将倾之势。次句以“八千子弟”代指项羽大军，并用“四面楚歌”的典故。第三句切“乌江”之题，说项羽如果乘船渡江，似乎有机会东山再起。末句一语道破原委：项羽人心尽失，就连自己也愧对江东父老，即使有机会也无颜再度起兵了。一个“耻”字，写出了项羽心性中的高傲，并非难以逃生，只是不屑苟延残喘，昔年随征的儿郎已死，自己何颜再回江东？英雄迟暮，没有一丝哀婉，有的是满满的壮烈。

胡曾游历考察过项羽踪迹和楚汉遗迹，写有《鸿门》《鸿沟》《垓下》《乌江》和《长安》等咏史诗，聚而读解，可谓是《史记·项羽本纪》的缩写和诗译。《乌江》一诗肯定项羽争霸不成则认命，选择自刎以了结战乱时局的悲壮行为；不赞成去想方设法寻求“卷土重来”，也反对贪生赖活的“恋战”。

【作者简介】

见《咏史诗·汴水》。

汴河怀古（二首）

皮日休

一

万艘龙舸绿丝间[①]，载到扬州尽不还[②]。

应是天教开汴河，一千余里地无山。

二

尽道隋亡为此河，至今千里赖通波。

若无水殿龙舟事[③]，共禹论功不较多[④]。

【注释】

①舸：大船。

②载到扬州尽不还：指隋炀帝杨广巡幸江都（扬州）时，北方战火频发，隋炀帝滞留在江都，两年后被部将宇文化及杀死的典故。

③水殿龙舟事：指隋炀帝乘龙舟下扬州的事。

④共禹论功：指开凿运河的功绩可以和大禹治水相比拟。

【导读】

第一首诗的“万艘龙舸”代指隋炀帝的船队。全诗描述了隋炀帝游览扬州的豪华船队及大运河的地理环境，诗中隐含了隋炀帝被部将宇文化及杀死的历史事实。诗说当年的浩然盛大的场面如今已经不复存在。

第二首诗第一句从隋亡于大运河这种论调说起，第二句则从反面设难，予以批驳。诗中说人们将隋亡归咎于运河，然而大运河的开通历史作用深远。用“至今”二字以表其造福后世时间之长，说“千里”以见因之得益的地域之辽阔，“赖”字则表明其为国计民生之不可缺少，更带赞许的意味。

皮日休是从两个不同角度来看开凿运河这件事的，当年运河竣工后，隋炀帝率众二十万出游，自己乘坐高达四层的“龙舟”，还有高三层、称为浮景的“水殿”九艘，此外杂船无数。船只相衔长达二百余里，仅挽大船的人几近万数，均着彩服，水陆照亮，所谓“春风举国裁宫锦，半作障泥半作帆”（李商隐《隋宫》），其奢侈糜费实为史所罕闻，第三句“水殿龙舟事”即指此而言。

作者对隋炀帝的批斥十分明显。但是“若无水殿龙舟事”的话，仅就水利工程造福后世而言，两者确有可比之处，而“若无”云云终究是个假设。

此诗以议论为主，在立意的新奇、议论的精辟方面，有其独到之处，为晚唐咏史怀古诗中的佳品。

【作者简介】

皮日休（约838—约883），晚唐文学家。字逸少，后改袭美，襄阳（今湖北襄阳市襄阳区）人。曾居住在鹿门山，道号鹿门子，又号间气布衣、醉吟先生、醉士等。咸通八年（867）进士及第，在唐时历任苏州军事判官（《吴越备史》）、著作佐郎、太常博士、毗陵副使。后参加黄巢起义，或言“陷巢贼中”（《唐才子传》），任翰林学士，起义失败后不知所终。

皮日休是晚唐著名文学家，与陆龟蒙齐名，世称“皮陆”。其诗文兼有奇朴二态，且多为同情民间疾苦之作，被鲁迅赞誉为唐末“一塌糊涂的泥塘里的光彩和锋芒”。《新唐书·艺文志》录有《皮日休集》等其多部专著，均对于社会民生有深刻的洞察和思考。

题乌江亭

杜牧

胜败兵家事不期[①]，包羞忍耻是男儿[②]。
江东子弟多才俊[③]，卷土重来未可知[④]。

【注释】

①兵家：一作“由来”。事不期：一作“不可期”。不期：难以预料。

②包羞忍耻：意谓大丈夫能屈能伸，有忍受屈耻的胸襟气度。

③江东：指自安徽芜湖以下的长江南岸地区。才俊：才能出众的人。才：一作“豪”。

④卷土重来：指失败以后整顿以求再起。

【导读】

首句指出胜败乃兵家之常，并暗示关键在于如何看待，“事不期”是说胜败的事。次句强调能“包羞忍耻”才是“男儿”。而对项羽遭遇挫折后绝望自刎的做法，诗人并不认同，“气盖世”的西楚霸王直到临死也未找到失败的原因，只是归咎于“时不利”，有愧于他的“英雄”称号。第三句“江东子弟多才俊”是对亭长建议“江东虽小，地方千里，众数十万人，亦足王也”的概括。人们历来欣赏项羽“无颜见江东父老”，认为这表现了他的气节。诗人却认为，项羽不但曾经错过韩信，气死范增，而且临死之前依旧听不进亭长的劝告，所以有了最后一句——“卷土重来未可知”。这是全诗最有力的一句，为一、二两句提供了依据，并且急转直下，一气呵成，令人想见“江东子弟”“卷土重来”的情状，是颇有气势的。同时，在惋惜、讽刺之余，又表明了“败不馁”的道理。

司马迁曾以史家眼光批评项羽“天亡我，非战之罪”的执迷不悟。杜牧则以兵家的眼光论成败由人之理。二人都注重人事，但司马迁是总结已然之教训，强调其必败之原因；杜牧则是假想未然之机会，强调兵家须有远见卓识和不屈不挠的意志。

议论不落传统说法的窠臼，是杜牧咏史诗的特色。诸如“东风不与周郎便，铜雀春深锁二乔”（《赤壁》），“南军不袒左边袖，四老安刘是灭刘”（《题商山四皓庙》），都是反说其事，笔调都与这首诗类似。

忍辱负重以成就事业者，古来多有这类人，越王勾践卧薪尝胆，子胥报仇十年不晚。眼前也有好多个，刘邦逃宴以成王业，韩信钻胯以名侯身。这等人事史来不乏其人，而且总是名位上得贵重，世论上获赞美。因此，论者常批评项羽不能负重，不能忍辱：“九垓垂定弃谋臣，一阵无功便杀身。壮士诚知轻性命，不思辜负八千人。（五代·周昙《项籍》）”“自古功业有再举，何不隐忍过乌江！（宋·李新《项羽庙》）”从政治、军事上说，杜牧批评确有几分是处。项羽回到江东，楚汉必将对峙下去，年方三十的项羽在总结教训之后，很有可能将进一步成熟，即使不能像灭秦那般简单轻松地再次渡江灭汉，刘邦也很可能不会那般简单轻松地灭楚坐天下。宋代词人李清照也持此观点，诗曰：“霸气震神州，凌云志未酬。乌江夜若渡，两汉不姓刘。”

但是，从国家、社会安定和长江两岸人民利益的角度去思考，杜牧之论则可商榷。设若项羽过江东，则很有可能以长江划界，南北分裂，楚汉继续对峙。这样的局面，于国于民显然都是不利的。故项羽自刎于乌江，有利于国家安定、人民安生。

宋人胡仔在《苕溪渔隐丛话》中谓这首诗：“好异而畔于理。项氏以八千人渡江，败亡之余，无一还者，其失人心为甚，谁肯复附之？其不能卷土重来，决矣。”清人吴景旭在《历代诗话》中则反驳胡仔，说杜牧正是“用翻案法，跌入一层，正意益醒”。其实从历史观点来看，胡氏的指责不无道理。吴景旭为杜牧辩护，主要因这首诗借题发挥，宣扬百折不挠的精神，是可取的。

【作者简介】

杜牧（803—853），字牧之，号樊川居士，汉族，京兆万年（今陕西西安）人。杜牧是唐代杰出的诗人、散文家，是宰相杜佑之孙，杜从郁之子。因晚年居长安南樊川别墅，故后世称“杜樊川”，著有《樊川文集》。杜牧的诗歌以七言绝句著称，内容以咏史抒怀为主，其诗英发俊爽，多切经世之物，在晚唐成就颇高。杜牧人称“小杜”，以别于“大杜”杜甫。与李商隐并称“小李杜”。杜牧的文学创作有多方面的成就，诗、赋、古文都身趁名家，喜老庄道学。杜牧的古体诗题材广泛，笔力峭健。近体诗则以文辞清丽、情韵跌宕见长。晚唐诗歌的总体趋向是藻绘绮密，杜牧受时代风气影响，也有注重辞采的一面。这种重辞采的共同倾向和他个人“雄姿英发”的特色相结合，使得其诗文风华流美而又神韵疏朗，气势豪宕而又精致婉约。

项王庙

释灵一

缅想咸阳事可嗟①，楚歌哀怨思无涯②。
八千子弟归何处，万里鸿沟属汉家③。
弓断阵前争日月④，血流垓下定龙蛇⑤。
拔山力尽乌江水，今日悠悠空浪花⑥。

【注释】

①缅想：遥想。咸阳：在今陕西咸阳。秦始皇统一中国后，迁天下富豪十二万户于此，大造宫殿，定为都城，此指项羽火烧咸阳宫、运金银回楚地的典故。嗟：嗟叹，叹息。

②楚歌：指项羽于公元前 202 年被刘邦和诸侯军围困于垓下，于半夜听到“四面楚歌”的典故。

③鸿沟：古运河名，故道在今河南中部。汜水之战后，刘邦遣使往说项羽中分天下，双方相约以鸿沟为界，东为楚地，西为汉地。汉家：指刘邦所建立的汉王朝。

④弓断：引申为项羽无力可与刘邦争夺天下。

⑤龙蛇：比喻杰出的人物，又解作龙和蛇，指成功者与失败者。

⑥悠悠：遥远，长久。

【导读】

《项王庙》综述了项羽这位叱咤风云的一代英豪由于刚愎自用、暴戾骄矜，政治上霸道不仁而丧失民心，终于帝业无成、自杀身死的史实。本诗格调深沉悲壮，充满感慨，令人回肠荡气，一唱三叹。

【作者简介】

释灵一，俗姓吴，人称一公，世居广陵。生卒年不详，约唐代宗广德中前后在世。童子出家，结茅读书。后居若耶云门寺，从学者四方而至。又曾居余杭宜丰寺。禅诵之余，辄赋诗歌。著有《法性论》《灵一诗集》。《全唐诗》存其诗一卷。

和杜学士旅次淮口阻风

李峤

夕吹生寒浦①，清淮上暝潮。
迎风欲举棹，触浪反停桡。
淼漫烟波阔②，参差林岸遥。
日沉丹气敛③，天敞白云销。
水雁衔芦叶④，沙鸥隐荻苗⑤。
客行殊未已，川路几迢迢。

【注释】

①寒浦：指寒冷的水滨。

②淼漫：水流广远貌。

③丹气：赤色的水气，亦指彩霞。

④衔芦：用以自卫的一种本能。晋崔豹《古今注·鸟兽》："雁自河北渡江南，瘠瘦能高飞，不畏缯缴。江南沃饶，每至还河北，体肥不能高飞，恐为虞人所获，尝衔芦长数寸，以防缯缴焉。"

⑤沙鸥：栖息于沙滩、沙洲上的鸥鸟。唐孟浩然《夜泊宣城界》诗："离家复水宿，相伴赖沙鸥。"荻苗：荻的花穗。

【导读】

诗写淮口景色，全诗"风骨高华，句法宏赡，音节雄亮，比偶精严"，典型的李峤风格。

【作者简介】

李峤（644—713），诗人，字巨山，赵郡赞皇（今属河北）人。少有才名，20岁时擢进士第，举制策甲科，累官监察御史。邕、严二州僚族起义，他受命监军进讨，亲入僚洞劝降，使其罢兵而返。武后、中宗朝，屡居相位，封赵国公。唐睿宗时，左迁怀州刺史。唐玄宗即位，贬滁州别驾，改庐州别驾。李峤对唐代律诗和歌行的发展有一定的影响，他前与王勃、杨炯相接，又和杜审言、崔融、苏味道并称"文章四友"。

诸人死后，他成了文坛老宿，为时人所崇仰。其诗绝大部分为五言近体，风格近似苏味道而词采过之。唐代曾以汉代苏武、李陵比苏味道、李峤，亦称“苏李”。

过临淮故里[①]

韩偓

交游昔岁已凋零[②]，第宅今来亦变更[③]。
旧庙荒凉时飨绝[④]，诸孙饥冻一官成。
五湖竟负他年志，百战空垂异代名。
荣盛几何流落久[⑤]，遗人襟抱薄浮生[⑥]。

【注释】

①临淮：唐长安四年（704）置县，属泗州，治所在今江苏泗洪县东南。

②交游：指结交的朋友。

③第宅：宅第，住宅。

④时飨：指祠堂四时的祭祀。

⑤荣盛：显达兴盛。

⑥襟抱：胸怀，抱负。唐杜甫《奉待严大夫》："身老时危思会面，一生襟抱向谁开。"

【导读】

韩偓一生时逢晚唐乱世，眼看着家国凋零、乱象纷纷，经过故里时，看物是人非，生出无限的感慨，写成此诗。

【作者简介】

韩偓（约842—923），晚唐五代诗人，小字冬郎，字致光，号致尧，晚年又号玉山樵人。京兆万年（今陕西西安）人。自幼聪明好学，10岁时曾即席赋诗送其姨夫李商隐，令满座皆惊，李商隐称赞其诗是"雏凤清于老凤声"。龙纪元年（889），韩偓中进士，初在河中镇节度使幕府任职，后入朝历任左拾遗、左谏议大夫、翰林学士、中书舍人、兵部侍郎、翰林承旨，深得昭宗信任，屡欲擢为宰相，均辞谢不受。韩偓才华横溢，是晚唐著名诗人，被尊为"一代诗宗"。有诗集《玉山樵人集》。

洪泽馆[①]

皇甫冉

底事洪泽壁，空流黄绢词[②]。
年年淮水上，行客不胜悲。

【注释】

①洪泽馆：位于古洪泽镇。古洪泽镇因黄河泛滥及清人治水的放弃，已没入洪泽湖底。

②黄绢词：亦作“黄绢辞”，指优美的诗文。

【导读】

古洪泽镇位于古淮河右岸，淮阴故城（今淮安市码头镇）与龟山之间，北临泗水入古淮河之处。洪泽镇兴起于南北朝时期，至唐宋时期已然繁盛。《舆地纪胜》引《元和郡县图志》云：“洪泽浦，在盱眙县北三十里。本破釜涧，炀帝幸江都经此浦宿时亢旱，至是降雨流汛，因改破釜为洪泽。”因扼运河水系要冲，洪泽镇曾设有馆、驿及巡检司等管理机构。然而，由于明清两代黄淮水患频繁，洪泽湖数百里的规模逐渐形成，将古泗州与古洪泽等八个镇完全淹没。

【作者简介】

皇甫冉（约717—约770），字茂政，润州丹阳（今江苏镇江）人，祖籍泾州（今甘肃泾川），唐代诗人，与唐代著名诗人杜甫和唐代边塞诗人岑参的卒年大致相同，他10岁便能作文写诗，张九龄呼为小友。于天宝十五载（756）考中状元。历官无锡尉、左金吾兵曹、左拾遗、右补阙等职。为避战乱寓居义兴（今江苏宜兴），据说他所住村庄后来被称为皇甫舍（今属芳庄镇）。皇甫冉才华横溢，佳作颇多，尤其在安史之乱后，唐朝统治由盛而衰，此时他所赋诗文反映安史之乱的社会状况，价值很高。著有《皇甫冉诗集》，诗歌多写离乱漂泊、宦游隐逸、山水风光，诗风清逸俊秀。

夕次淮口

马戴

天涯秋光尽，木末群鸟还①。
夜久游子息，月明歧路闲②。
风生淮水上③，帆落楚云间。
此意竟谁见，行行非故关④。

【注释】

①木末：树梢。最早见于屈原的《九歌·湘君》：“采薜荔兮水中，搴芙蓉兮木末。”

②歧路：岔路。

③淮水：指淮河。

④故关：故乡。

【导读】

首联写景。颔联寓情于景，对照首联还巢的群鸟，更衬思乡之情。颈联再写景，苍茫开阔，气象非凡。尾联再次露出了思乡情，以及远游的孤独感。

【作者简介】

马戴（799—869），字虞臣，唐定州曲阳（今河北曲阳，一说今江苏东海或今陕西华州）人。晚唐时期著名诗人。客游所至，南及潇湘，北抵幽燕，西至汧陇，遨游边关，久滞长安及关中一带，并隐居于华山。武宗会昌四年（844）登第，官终国子太常博士。马戴诗歌的成就很高，其诗凝练秀朗，含思蕴藉，饶有韵致，无晚唐纤靡僻涩之习，尤以五律见长。

晚泊淮口

常建

泊舟淮水次，霜降夕流清。
夜外潮浸岸，天寒月近城。
平沙依雁宿，候馆听鸡鸣[①]。
乡国云霄外[②]，谁堪羁旅情。

【注释】

①候馆：供瞭望用的小楼；泛指接待过往官员或外国使者的驿馆。

②乡国：家乡。

【导读】

这是一首表达思乡之情的诗，诗为五律，言简意明、乡思萦绕，却无悲戚之感，只有淡淡乡愁。

【作者简介】

常建，籍贯邢州，后游历长安，唐代诗人，字号不详。开元十五年（727）与王昌龄同榜进士，仕宦不得意，来往山水名胜，长期过着漫游生活，后移家隐居鄂渚。常建现存的文学作品不多。

夕淮上

韦应物

落帆逗淮镇，停舫临孤驿①。
浩浩风起波，冥冥日沉夕。
人归山郭暗，雁下芦洲白。
独夜忆秦关，听钟未眠客。

【注释】

①孤驿：孤寂的驿站。

【导读】

此诗作于唐德宗建中三年（783），时诗人出任滁州刺史，自长安赴滁州经过此地。这首诗写旅途中的客思。诗人因路遇风波而夕次孤驿，在孤驿中所见全是秋日傍晚的一片萧索的景象，夜听寒钟思念故乡，彻夜未眠。一片思乡之情和愁绪全在景物的描写之中。诗的妙处在寓情于景，情景交融。本诗对旷野苍凉凄清的夜景极尽渲染，把风尘飘泊、羁旅愁思烘托得强烈感人。

首联“落帆”“停舫”意为黄昏时分船要泊岸停靠。颔联“风起波”“日沉夕”描写傍晚江边的景象。颈联“山郭暗”“芦洲白”写夜色降临之景；“人归”“雁下”意为随着夜色降临，在外的人们回到家，高飞的大雁也停下休息。尾联“独夜”“听钟”“未眠”也处处点“夕”，处处写夜。全诗富有生活气息，看是写景，景中寓情，情由景生，读来颇为动人。

【作者简介】

韦应物（约737—791），京兆万年（今陕西西安）人。韦氏家族衣冠鼎盛，玄宗天宝十载（751），15岁的韦应物以“门荫”入宫廷，为玄宗侍卫，入太学附读。这时候的他还大字不识几个，凭着自己皇帝侍卫的身份，“身作里中横，家藏亡命儿。朝持樗蒲局，暮窃东邻姬。司隶不敢捕，立在白玉墀……”（韦应物《逢杨开府》）。安史之乱起，韦应物流落秦中，乱后折节读书，开始创作诗歌。在地方官任上，韦应物勤于吏职，简政爱民。苏州刺史届满之后，韦应物没有得到新的任命，一贫如洗，寄居于苏州无定寺，不久客死他乡。韦应物长期担任地方官，亲身接触到战火离乱的社会现实，有许多现实意义的诗作。宦海浮沉中，他对国家现状非常不满，但苦于无法抗争，苦闷的心情和矛盾的状态在诗作中多有表现。他的诗“高雅闲谈，自成一家之体”，世以“王孟韦柳”并称，都继承陶渊明而各有特色。其诗多送别、寄赠、感怀之作，情感真挚动人。田园山水诸作语言简淡，风格秀朗，气韵澄澈。著有《韦苏州集》。

汴 河

罗隐

当时天子是闲游，今日行人特地愁。
柳色纵饶妆故国，水声何忍到扬州。
乾坤有意终难会，黎庶无情岂自由。
应笑秦皇用心错，谩驱神鬼海东头①。

【注释】

①“谩驱……”句：指秦始皇鞭山驱石的典故。南朝梁任昉《述异记》：“秦始皇作石桥于海上，欲过海观日出，有神人驱石，去不速，神人鞭之，皆流血，今石桥其色犹赤。”谩：轻蔑，没有礼貌。

【导读】

这是一首怀古诗。写景色和历史，以抒发情感、表达观点。首联、颔联叙述隋炀帝杨广开运河下扬州的故事；颈联是诗人的感慨；尾联以秦始皇的典故作结，余味悠长。

【作者简介】

罗隐（833—910），字昭谏，杭州新城（今浙江杭州）人，唐代诗人、道家学者。

唐咸通八年（867）乃自编其文为《谗书》，为统治阶级所憎恶，所以罗衮赠诗说:“谗书虽盛一名休。”黄巢起兵后，避乱隐居于九华山。唐光启三年（887），55岁时归乡依吴越王钱镠，历任钱塘令、司勋郎中、给事中等职。著有《谗书》及《太平两同书》等。

中元夜泊淮口[①]

罗隐

木叶回飘水面平，偶因孤棹已三更。
秋凉雾露侵灯下，夜静鱼龙逼岸行。
欹枕正牵题柱思，隔楼谁转绕梁声。
锦帆天子狂魂魄[②]，应过扬州看月明。

【注释】

①中元：指中元节，农历七月十五，在南方大部分地区俗称“七月半”，这一天是汉族人祭祀亡故亲人、缅怀祖先的日子，也是重要的“八节”之一。中元与上元、下元合称“三元”。上元为正月十五（元宵节），下元为十月十五，但是下元渐渐被遗忘了。中元节与清明节、宗族族谱等作为中国人祖先崇拜的重要体现，支撑着中国两千多年来发展成一个世俗社会，而非宗教社会。

②锦帆天子：指隋炀帝 。

【导读】

这是诗人夜泊淮口所作。首联写情；颔联写景，“侵”字可见雾露之深，“逼”字可见鱼龙之近；颈联写自己的状态；尾联是诗人的畅想。

【作者简介】

见《汴河》。

泗上冯使君南楼作①

祖咏

井邑连淮泗②，南楼向晚过。
望滩沙鹭起③，寻岸浴童歌。
近海云偏出，兼秋雨更多。
明晨拟回棹④，乡思恨风波。

【注释】

①泗上：泛指泗水北岸的地域。使君：对人的尊称。

②井邑：城镇、乡村。

③沙鹭：指栖息在沙滩或沙洲上的鹭鸶。

④回棹：驾船返回。

【导读】

这首诗是诗人做客“冯使君”家中时所作，诗是典型的叙事律诗的结构，首联写事兼写景，颔联、颈联写景，尾联抒发感情。全诗结构工整、简洁清爽，读来令人忘俗。

【作者简介】

祖咏（699—746），字、号均不详，唐代诗人，洛阳（今河南洛阳）人。少有文名，擅长诗歌创作。王维赠诗云：“结交二十载，不得一日展。贫病子既深，契阔余不浅。”（《赠祖三咏》）其流落不遇的情况由此可知。唐开元十二年（724）进士及第，长期未授官。后入仕，又遭迁谪，仕途落拓，后归隐汝水一带。祖咏的诗以赠答酬和、羁旅行役、山水田园之作为主。他的山水诗具有语言简洁、合蕴深厚的特点。

宿渔家[①]

刘威

竹屋清江上，风烟四五家。
水园分芰叶[②]，邻界认芦花。
雨到鱼翻浪，洲回鸟傍沙。
月明何处去，片片席帆斜。

【注释】

①渔家：以捕鱼为业的人家。

②芰：菱角的古称。

【导读】

诗人用清新明快的词句，描绘了一派生机盎然、清澈动人的风光，展现了渔家生活的景色和环境，让人不禁心生向往。

【作者简介】

刘威，唐武宗会昌中人，终生不得志，羁游漂泊而终。工诗。

汴上晚泊[①]

吴融

亭上风犹急，桥边月已斜。
柳寒难吐絮，浪浊不成花。
岐路春三月[②]，园林海一涯[③]。
萧然正无寐[④]，夜橹莫咿哑[⑤]。

【注释】

①汴上：汴水之上。

②岐路：同“歧路”，从大路上分出来的小路，岔路。

③一涯：一方。

④萧然：空寂，萧条。

⑤橹：使船前进的工具，比桨长而大，安在船尾或船旁，以人力摇动，使船前进。咿哑：拟声词，摇橹声。

【导读】

诗人以直白清晰的诗句描写了晚上停船后的景色，用“急”“难”“不成”“一涯”“萧然”等词营造了一个消沉愁苦的环境。

【作者简介】

吴融（？—903），唐代诗人。字子华，越州山阴（今浙江绍兴）人。吴融中年登第，仕途坎坷，先随韦昭度入蜀平乱，无功而返；回朝后官至侍御史，遭谗，被贬荆南；后被召回京城，官至中书舍人，唐天复元年（901）朱全忠作乱，吴融逃出京城，流落阕乡；唐天复三年（903）再度被召回任翰林，迁承旨，最后卒于翰林承旨一职任上。吴融几度受到重用，旋即被贬或流落他乡，这与晚唐的动荡不安有很大关联。混乱的局势，使吴融漂泊一生，也造成了他矛盾忧郁的个性，以及笼罩着淡淡哀愁的诗风。

宿青阳驿[①]

武元衡

空山摇落三秋暮[②]，萤过疏帘月露团。
寂寞银灯愁不寐，萧萧风竹夜窗寒[③]。

【注释】

①驿：驿站，供来往送公文的人或出差官员中途换马或暂住的地方。

②空山：人烟稀少的山林。摇落：凋残，零落。三秋：指秋季。七月称孟秋、八月称仲秋、九月称季秋，合称三秋。晋陶潜《闲情赋》：“愿在莞而为席，安弱体于三秋。”

③萧萧：象声词，常用来形容马叫声、风雨声、流水声、草木摇落声、乐器声等。

【导读】

诗人夜宿青阳驿，写下了这首描写秋日夜晚风景的诗，前两句落笔高远，后两句情景交融，充满了萧索的气息。

【作者简介】

武元衡（758—815），唐代诗人、政治家，字伯苍，缑氏（今河南偃师东南）人。唐建中四年（783）登进士第，至监察御史，后改华原县令。德宗知其才，迁至右司郎中，寻擢御史中丞。唐顺宗立，罢为右庶子。宪宗即位，复前官，进户部侍郎。元和二年（807）拜门下侍郎平章事，寻出为剑南节度使。元和八年（813）征还秉政，早朝被平卢节度使李师道遣刺客刺死。赠司徒，谥“忠愍”。著有《临淮集》十卷，今编诗二卷。

泗上客思

杜荀鹤

痛饮复高歌，愁终不奈何。
家山随日远[1]，身事逐年多。
没雁云横楚，兼蝉柳夹河。
此心闲未得，到处被诗磨。

【注释】

①家山：家乡的山，指家乡。

【导读】

此诗为杜荀鹤过泗水时作的思乡之诗。

杜荀鹤是晚唐重要的现实主义诗人，主张“缘事而发”，在表达上很少用典，不堆砌辞藻，语言浅近通俗，平易委婉。此诗乃典型的杜荀鹤风格。

【作者简介】

杜荀鹤（846—904），字彦之，自号九华山人，池州石埭（今安徽石台）人。出身寒微，早得诗名。大顺二年（891）登进士第，为宣州节度使田頵幕僚。入后梁，得后梁太祖（朱温）赏识，于开平元年（907）授翰林学士，迁主客员外郎，五日便卒。其诗多讽时刺世之作，时人赞其诗多“壮言大语”，能使“贪夫廉，邪臣正”。杜荀鹤专攻近体，尤长七律，不重辞藻，善用白描，诗风质朴自然，明快有力，后人称之为“杜荀鹤体”。曾自编《唐风集》。

泗上早发

许棠

独起无人见，长河夜泛时。
平芜疑自动①，落月似相随。
楚外离空早，关西去已迟。
渔歌闻不绝，却轸②洞庭思。

【注释】

①平芜：指草木丛生的平旷原野。

②轸：古代车厢底部四面的横木，借指车。

【导读】

该诗是诗人从泗水离开时以写景表达情感的一篇佳作。写景动静、远近结合，既有实景，也有虚景，非常巧妙。

【作者简介】

许棠，字文化，宣州（今安徽宣城）人。唐咸通十二年（871）进士，曾任泾县尉、江宁丞，辞官后潦倒以终，为“咸通十哲”之一。

项籍

周昙

九垓垂定弃谋臣[①]，一阵无功便杀身。

壮士诚知轻性命[②]，不思辜负八千人。

【注释】

①九垓：亦作“九畡”“九陔”，中央至八极之地。垂：将，快要。

②壮士：豪壮而勇敢的人。

【导读】

公元前 204 年年初，项羽将刘邦逼上绝路，刘邦求和，项羽的亚父范增（诗中的“谋臣”）力主进军灭掉刘邦。此时，刘邦谋士陈平用反间计，使项羽对范增产生怀疑，导致范增离开项羽，实际上是项羽从主观上抛弃了范增，诗中第一句的“弃谋臣”即指此事，诗人认为这是“一阵无功便杀身”的原因。三四句说项羽只知道“轻性命”，却忘记了最早随他起兵的八千子弟，忘记了他们未尽的功业，这是诗人对于项羽的再一次否定。

【作者简介】

周昙，生卒年不详，籍贯未详，唐代诗人。唐末曾任国子直讲。著有《咏史诗》八卷。

虞姬怨

冯特徵

妾本江南采莲女，君是江东学剑人。
逢君游侠英雄日，值妾年华桃李春①。
年华灼灼艳桃李，结发簪花配君子②。
行逢楚汉正相持③，辞家上马从君起。
岁岁年年事征战，侍君帷幕损红颜。
不惜罗衣沾马汗，不辞红粉著刀环。
相期相许定关中④，鸣銮鸣佩入秦宫⑤。
谁误四面楚歌起，果知五星汉道雄。
天时人事有兴灭，智穷计屈心摧折。
泽中马力先战疲，帐下蛾眉□□□。
君王是日无神彩，贱妾此时容貌改。
拔山意气都已无，渡江面目今何在。
终天隔地与君辞，恨似流波无息时⑥。
使妾本来不相识，岂见中途怀苦悲。

【注释】

①桃李：比喻人的青春年少。

②结发：指成婚，古礼，成婚之夕，男左女右共髻束发，故称。

③持：对抗。

④定关中：指项羽经过巨鹿之战后平定关中，成为诸侯领袖的典故。

⑤鸣銮鸣佩：指皇帝或贵族出行。銮：古时马车轭首或车衡上的铜铃。佩：玉佩。入秦宫：指项羽率军进入秦宫的典故。

⑥流波：流水。息：停止。

【导读】

诗人以虞姬的口吻和心态写成这首《虞姬怨》，叙述了虞姬和项羽相识相伴的过往，尤其以大量笔墨描述了项羽最终失败时两人的状态和心理。最后两句尤其百味杂陈。

【作者简介】

冯特徵，生卒年不详。蒲州（今山西永济西）进士。唐玄宗天宝以前在世。其诗曾收入李康成《玉台后集》。

泗滨得石磬[1]

李勋

浮磬潜清深，依依呈碧浔[2]。
出水见贞质[3]，在悬含玉音。
对此喜还叹，几秋还到今。
器古契良觌[4]，韵和谐宿心[5]。
何为值明鉴，适得离幽沉[6]。
自兹入清庙，无复泥沙侵。

【注释】

①石磬：简称“磬”，是中国古老的石制打击乐器，为“八音”中的“磬石”音。磬一般由石或玉制成，形有大有小，上面刻有花纹，并钻孔悬挂于架下，击打传声。磬的历史非常悠久，在远古母系氏族社会，当时人们以渔猎为生，劳动之后敲击着石头，装扮成各种野兽的形象跳舞娱乐，这种敲击的石头就逐渐演变为磬。

②碧浔：绿水边。

③贞质：坚贞的资质。

④良觌：良晤。

⑤宿心：本来的心意、向来的心愿，与“宿愿”意思相近。

⑥幽沉：指堙没。

【导读】

该诗描写了诗人在泗水之滨发现一个石磬时的心情和感想，由诗可见诗人的品位和高雅的志趣。

【作者简介】

李勋，唐代诗人，生卒年不详，生平不详，存诗一首。相传早年好任侠，曾仗剑游历山河，足迹遍于天下，晚年性渐恬淡，淡泊功名，耕读田园。

却入泗口[①]

李绅

洪河一派清淮接[②]，堤草芦花万里秋。
烟树寂寥分楚泽，海云明灭满扬州。
望深江汉连天远，思起乡闾满眼愁[③]。
惆怅路岐真此处，夕阳西没水东流。

【注释】

①却：返回、回转。

②洪河：淮河支流，源出伏牛山，流经河南省东南部、安徽省北部边境，注入淮河，其汇合口称洪河口。

③乡闾：家乡，故里。

【导读】

诗人退入泗口，观江天水色，写下了这首诗。首联白描洪河景色，气象高远。颔联加入了对空间的联想，意境进一步扩大。颈联描写诗人被开阔辽远的景色勾起了乡思。尾联情景交融，将思乡惆怅划入歧路、夕阳和东流的泗水。

【作者简介】

李绅（772—846），字公垂，祖籍亳州谯县（今属安徽亳州），中书令李敬玄曾孙。李绅六岁时丧父，随母亲迁居无锡。历任国子助教、中书侍郎、尚书右仆射、淮南节度使等职，唐会昌六年（846）在扬州逝世，年七十四。追赠太尉，谥号“文肃”。李绅与元稹、白居易交游甚密，为新乐府运动的参与者。著有《乐府新题》20首，已佚。今存《追昔游诗》三卷，《全唐诗》另录其杂诗一卷。

赠泗口苗居士[①]

郑谷

岁晏乐园林[②]，维摩契道心[③]。
江云寒不散，庭雪夜方深。
酒劝渔人饮，诗怜稚子吟。
四郊多垒日，勉我舍朝簪[④]。

【注释】

①居士：古时出家人对在家信道的人的代称。

②岁晏：指人的暮年。唐王维《秋夜独坐怀内弟崔兴宗》诗："吾生将白首，岁晏思沧洲。"

③"维摩……"句：如维摩之符合悟道之心。维摩，即维摩诘，释迦牟尼同时人，曾向佛弟子讲说大乘教义，见《维摩诘经》。

④"四郊……朝簪"：言国家多事，劝我入朝做官。垒：军营的墙壁或工事。语出《礼记·曲礼上》："四郊多垒，此卿大夫之辱也。"郑玄注："辱其谋人之国不能安也。垒，军垒也。数见侵伐则多垒。"朝簪：朝廷官员的冠饰，常用以借指官员。

【导读】

从内容上看，该诗当为郑谷晚年隐居宜春后所作，诗是典型的郑谷风格，诗风清新直白，有雅士逸趣。但是，诗的尾联笔锋突然一转，气象突变，表达了诗人对家国的关怀，或者说是家国变故对诗人恬淡生活的影响，但是诗人只是提及了亲朋"勉我舍朝簪"，却没有给出自己的明确选择，恐怕郑谷本人也是犹疑难决吧。

【作者简介】

郑谷（约 851—约 910），字守愚，江西宜春人，唐朝末期著名诗人。唐光启三年（887）登进士第，历任京兆鄠县尉、右拾遗补阙、都官郎中，诗家因称"郑都官"。又曾经写过鹧鸪诗，广为流传，很出名，因此被人称为"郑鹧鸪"。其诗多写景咏物之作，表现士大夫的闲情逸致，风格清新通俗， 清婉明白。

泗水行

张籍

泗水流急石篹篹[①]，鲤鱼上下红尾短。
春冰销散日华满[②]，行舟往来浮桥断。
城边鱼市人早行[③]，水烟漠漠多棹声[④]。

【注释】

①篹篹：集聚貌。

②销散：消散。

③鱼市：卖鱼的市场。

④漠漠：紧密分布或大面积分布。

【导读】

诗人用直白活泼的语言，描绘了泗水景色和临岸风光，人融景中，景衬人色，一派春光，生机盎然。

【作者简介】

张籍（约 767—约 830），唐代诗人。字文昌，苏州（今属江苏）人，少时侨寓和州乌江（今安徽和县东北）。唐贞元年间进士，官终国子司业。白居易对其推崇。世称“张水部”“张司业”。张籍的乐府诗与王建齐名，并称“张王乐府”。

夜半步次古城[①]

杨衡

茫茫死复生[②]，
惟有古时城。
夜半无鸟雀，
花枝当月明。

【注释】

①古城：指宿预古城，在今宿迁市洋河新区郑楼古城山南麓。古时这里丘岭起伏，淮泗汇聚，为水运重镇。

②茫茫：没有边际，看不清楚，此处形容生死轮转不可捉摸。

【导读】

起笔意境跨越时间和空间：生死不可捉摸，但古城巍巍矗立。富含哲学的思辨。三、四句写实景，有了前文的铺垫，清冷的景色显得无限悠远，有时光的凝固感。

【作者简介】

杨衡，字中师，凤翔人。生卒年不详。天宝间避地至江西，与符载等同隐庐山，日以琴酒相娱。杨衡工吟咏，尝吟罢自赏其作，抵掌大笑，长谣曰："一一鹤声飞上天。"盖自谓其声韵响彻如此。据说，有人盗其文登第，衡因诣阙，亦登第，见其人，盛怒曰："'一一鹤声飞上天'在否？"其人答曰："此句知兄最惜，不敢偷。"衡乃笑曰："若是，犹可恕也。"官至大理评事。

宋

再过泗上（二首）

苏轼

一

眼明初见淮南树[①]，十客相逢九吴语。
旅程已付夜帆风，客睡不妨背船雨[②]。
黄柑紫蟹见江海，红稻白鱼饱儿女。
殷勤买酒谢船师[③]，千里劳君勤转橹。

二

系舟淮北雨折轴[④]，系舟淮南风断桥。
客行有期日月疾，岁事欲晚霜雪骄[⑤]。
山根浪头作雷吼[⑥]，缩手敢试舟师篙[⑦]。
不用燃犀照幽怪[⑧]，要须拔剑斩长蛟[⑨]。

【注释】

①眼明：眼力好，看得清楚。

②客睡：谓客中之夜眠。唐杜甫《客夜》诗："客睡何曾著，秋天不肯明。"

③船师：船夫。

④淮北：淮河以北地区。

⑤岁事：指一年中应做的事。

⑥山根：山脚。浪头：波浪。

⑦篙：撑船的竹竿或木杆。

⑧燃犀：喻能明察事物，洞察奸邪。幽怪：幽灵怪物。唐韩愈《岳阳楼别窦司直》诗："炎风日搜搅，幽怪多冗长。"

⑨要须：需要。蛟：古代神话传说中的一种动物，介于龙、蛇之间，隐于江河、湖泊、池塘等地，传说要修炼千年方可走蛟化龙。

【导读】

第一首写进入淮南地区的经历和见闻，以及买酒感谢船夫的事，整首诗恣意流动，兴味盎然。

第二首从乘船旅行的艰难入手，写旅途的急促和各种惊险的遭遇，充满了诗意和浪漫的情怀。

【作者简介】

苏轼（1037—1101），字子瞻，号东坡居士，世称“苏东坡”。眉州眉山（今属四川眉山）人，祖籍河北栾城，北宋文学家、书法家、画家，诗词大家。宋嘉祐二年（1057），苏轼进士及第。宋神宗时曾在凤翔、杭州、密州、徐州、湖州等地任职。宋元丰三年（1080），因“乌台诗案”被贬为黄州团练副使。宋哲宗即位后，任翰林学士、侍读学士、礼部尚书等职，出知杭州、颍州、扬州、定州等地，晚年因新党执政被贬惠州、儋州。宋徽宗时获大赦北还，途中于常州病逝。宋高宗时追赠太师，谥号“文忠”。

苏轼是北宋中期的文坛领袖，在诗、词、散文、书、画等方面均取得极高成就。其文纵横恣肆，著述宏富，豪放自如，与欧阳修并称“欧苏”，为“唐宋八大家”之一；其诗题材广阔，清新豪健，善用夸张比喻，独具风格，与黄庭坚并称“苏黄”；其词开豪放一派，与辛弃疾是宋词豪放派代表，并称“苏辛”；其书法为“宋四家”之一；工于画，尤擅墨竹、怪石、枯木等。有《苏轼诗文集》传世。

行宿泗间见徐州张天骥次旧韵[①]

苏轼

二年三蹑过淮舟[②]，款段还逢马少游[③]。
无事不妨长好饮，著书自要且穷愁[④]。
孤松早偃原非病[⑤]，倦鸟虽还岂是休。
更欲河边几来往，只今霜雪已蒙头[⑥]。

【注释】

①张天骥：北宋隐士，自号云龙山人，又称张山人，满腹才华，不愿做官，潜心道家修身养性之术，隐居徐州云龙山西麓黄茅冈，躬耕奉养父母。次旧韵：古诗词写作的一种方式，按照原诗的韵和用韵的次序来和诗。

②蹑：踩踏。过淮舟：经过淮河的船只。

③款段：马行迟缓貌。马少游：汉将马援从弟，其志向淡泊，知足求安，无意功名。马少游曰："士生一世，但取衣食裁足，乘下泽车，御款段马，为郡掾史，守坟墓，乡里称善人，斯可矣。致求盈余，但自苦尔。"（《后汉书·马援传》）后世把马少游作为淡泊名利的典型。

④著书：撰写著作。穷愁：穷困愁苦。

⑤偃：仰面倒下。

⑥霜雪：此指白发。

【导读】

诗人再过徐州，见到隐士张天骥，写下了这首诗。诗中叙述了自己这两年奔波来往于淮河两岸的经历，表达了对隐士生活的向往，以及想常来看看张天骥的愿望，最后感慨自己"霜雪已蒙头"，读来令人感伤。

【作者简介】

见《再过泗上（二首）》。

濠州七绝·虞姬墓

苏轼

帐下佳人拭泪痕，门前壮士气如云。

仓黄不负君王意，独有虞姬与郑君①。

【注释】

①郑君：郑荣，项羽死后被俘。刘邦命令项羽旧臣改名为“籍”，只有郑荣拒不受命。

【导读】

此诗作于北宋熙宁四年（1071），苏轼赴杭州就任通判途中。

同是写项羽，杜牧惜其无成：“胜负兵家事不期，包羞忍耻是男儿。江东子弟多才俊，卷土重来未可知。”胡曾写其知耻：“争帝图王势已倾，八千兵散楚歌声。乌江不是无船渡，耻向东吴再起兵。”李清照赞其英雄：“生当作人杰，死亦为鬼雄。至今思项羽，不肯过江东。”王安石评其败因：“百战疲劳壮士哀，中原一败势难回。江东弟子今犹在，肯为君王卷土来？”而在这首诗中，苏轼壮其大义。

【作者简介】

见《再过泗上（二首）》。

泗州除夜雪中黄师是送酥酒（二首其一）

苏轼

暮雪纷纷投碎米，春流咽咽走黄沙①。
旧游似梦徒能说②，逐客如僧岂有家③。
冷砚欲书先自冻，孤灯何事独生花。
使君夜半分酥酒，惊起妻孥一笑哗④。

【注释】

①春流：春天的水流。咽咽：指呜咽哀切之声。

②旧游：昔日的游览。徒：只，仅仅。

③逐客：指被贬谪而失意的人。

④妻孥：指妻子和儿女。笑哗：大声哄笑。

【导读】

首联写景，颔联写自己人生的状态，颈联写当前所处的情景，总体而言，前三联气氛低沉，尾联写黄师是夜半送酒。整首诗的氛围轻松活泼，意趣横生。

【作者简介】

见《再过泗上（二首）》。

行香子·与泗守过南山晚归作[1]

苏轼

北望平川，野水荒湾。共寻春、飞步孱颜[2]。和风弄袖，香雾萦鬟[3]。正酒酣时，人语笑，白云间。

飞鸿落照[4]，相将归去。淡娟娟、玉宇清闲。何人无事，宴坐空山。望长桥上，灯光乱，使君还。

【注释】

①孱颜：险峻、高耸貌。

②泗守：指当时泗州太守刘士彦。

③香雾：雾气。

④飞鸿：鸿雁。

【导读】

这首词于元丰七年（1084）岁末苏轼被贬汝州经过泗州时作。整首词描写了一日游玩的过程，语句不多，却写得景色如画、场面动人，末几句又转向他人的视角，便有左右逢源之妙。

清黄苏《蓼园词选》评此词云：“凡游览题，易于平呆，最难作得超隽，‘飞鸿’三句，情景交融，自具隽旨，结句于旁观着笔，笔笔有余妍，亦是跳脱生新之法。”最末一句尤为传神，人入景中，如同一幅清新动人的画卷。

苏轼的高才雅趣，于此可见一斑。相传泗守刘士彦看到此词末几句，“亟谒东坡云：‘知有新词，学士名满天下，京师便传，在法，泗州夜过长桥者，徒二年，况知州邪？切告收起，勿以示人。’东坡笑曰：‘轼一生罪过，开口常是不在徒二年以下。’”（宋王明清《挥麈后录》卷七）苏轼作此词时已 49 岁，他因反对王安石的新法数次被贬，又经“乌台诗案”，几至死地，然而他依然洒脱旷达，风流不减。谨慎的刘太守却因为夜过长桥要判两年徒刑的法令而坐立不安，急请苏轼密收此词，以免被人知道，惹上麻烦。苏轼却毫不为意，两相比照，让人莞尔之余不禁更为苏轼的遭遇感慨，为苏轼的襟怀及潇洒的心态感叹！

【作者简介】

见《再过泗上（二首）》。

和子瞻濠州七绝虞姬墓[①]

苏辙

布叛增亡国已空[②]，摧残羽翮自令穷[③]。
艰难独与虞姬共，谁使西来敌沛公[④]。

【注释】

①子瞻：苏辙之兄苏轼，字子瞻，一代文豪，世称苏东坡。王安石评价他说："不知更百年，方有此人物。"

②布：指英布，初属项梁，后为项羽帐下将领之一，封九江王，后叛楚归汉。汉朝建立后，封淮南王，与韩信、彭越并称汉初三大名将。增：指范增，项羽主要谋士，被项羽尊为"亚父"。刘邦被困荥阳（今河南荥阳）时，陈平用计离间楚君臣关系。致范增被项羽猜忌，遂辞官，途中病死。

③羽翮：比喻辅翼或辅佐者。南朝梁刘勰《文心雕龙·史传》："转受经旨，以授于后，实圣文之羽翮，记籍之冠冕也。"

④沛公：指刘邦。

【导读】

这是苏辙为苏轼《濠州七绝》作的一首和诗。第一句是说项羽大将英布叛离，范增已死，第二句是说这样的情况完全是项羽自己造成的，第三句是说最后关头共赴艰难的只有虞姬了，第四句感慨当时的情况下已无人能抵挡刘邦了。

【作者简介】

苏辙（1039—1112），字子由，一字同叔，晚号颍滨遗老。眉州眉山（今属四川）人。北宋文学家，"唐宋八大家"之一。宋嘉祐二年（1057）登进士第，初授试秘书省校书郎、商州军事推官。宋神宗时，因反对王安石变法，出为河南留守推官，此后历职地方。宋哲宗即位后，入朝历官右司谏、御史中丞、尚书右丞、门下侍郎等职，因上书谏事而被落职知汝州，此后连贬数处。蔡京掌权时，再降朝请大夫，遂以太中大夫致仕，筑室于许州。宋政和二年（1112），苏辙去世，年七十四，追复端明殿学士、宣奉大夫。宋高宗时累赠太师、魏国公，宋孝宗时追谥“文定”。苏辙与父亲苏洵、兄长苏轼合称“三苏”。其生平学问深受其父兄影响，以散文著称，擅长政论和史论，苏轼称其散文“汪洋澹泊，有一唱三叹之声，而其秀杰之气终不可没”。其诗力图追步苏轼，风格淳朴无华，文采稍逊。苏辙书法潇洒自如，工整有序。著有《栾城集》。

叠题乌江亭

王安石

百战疲劳壮士哀，中原一败势难回。
江东子弟今虽在，肯与君王卷土来①？

【注释】

①肯：岂肯，怎愿。君王：指项羽。卷土来：卷土重来，指失败之后整顿以求再起。

【导读】

此诗是针对杜牧的《题乌江亭》写的。

杜牧在《题乌江亭》中写道：“胜败兵家事不期，包羞忍耻是男儿。江东子弟多才俊，卷土重来未可知。”杜牧认为如果项羽能够再回江东重整旗鼓的话，说不定还可以卷土重来。而王安石则根据自己的理解，认为项羽的失败已成定局，即便江东子弟还在，他们也不再愿意为项羽卖命了。

诗歌开篇就以史实扣题，认为项羽的失败“势难回”，到垓下之围时项羽已经面临着众叛亲离、粮尽被围的境地，“壮士哀”三字隐含着项羽已经失去人心的信息，项羽要挽回大业已经不可能了。王安石在三、四两句中进一步阐释，即使项羽重返江东，江东子弟也不会再愿意跟随他了。杜、王的观点不同是因为他们的出发点和立场不同。杜牧着眼于宣扬不怕失败的精神，是借题发挥，是诗人咏史；王安石则审时度势，认为项羽败局已定，势难挽回，是政治家的判断。诗中最后的反问道出了人心向背与历史的残酷，也体现了王安石独到的政治眼光。

作为北宋著名政治家，王安石将变法中的革新精神带到了这首咏史诗的创作中，勇于表达自己的政治观点，敢于对前人提出质疑，这也是一种革新。这种史论史评标志着王安石完成了咏史诗从叙事体向抒情体，最终走向议论体的转变，对当时的诗文革新运动起了推动作用。

【作者简介】

王安石（1021—1086），字介甫，号半山，抚州临川（今江西抚州）人，北宋著名思想家、政治家、文学家、改革家。宋庆历二年（1042），王安石进士及第。历任扬州签判、鄞县知县、舒州通判等职，政绩显著。熙宁二年（1069），任参知政事，次年拜相，主持变法。因守旧派反对，熙宁七年（1074）罢相。一年后，宋神宗再次起用，旋又罢相，退居江宁。元祐元年（1086），保守派得势，新法皆废，王安石病逝于钟山，追赠太傅。绍圣元年（1094），获谥“文”，故世称王文公。王安石潜心研究经学，著书立说，被誉为“通儒”，创“荆公新学”，促进宋代疑经变古学风的形成。在哲学上，他用“五行说”阐述宇宙生成，丰富和发展了中国古代朴素唯物主义思想；其哲学命题“新故相除”，把中国古代辩证法推到一个新的高度。在文学上，王安石具有突出成就。其散文简洁峻切，短小精悍，论点鲜明，逻辑严密，有很强的说服力，充分发挥了古文的实际功用，名列“唐宋八大家”之一；其诗“学杜得其瘦硬”，擅长于说理与修辞，晚年诗风含蓄深沉、深婉不迫，以丰神远韵的风格在北宋诗坛自成一家，世称“王荆公体”；其词写物咏怀吊古，意境空阔苍茫，形象淡远纯朴。有《王临川集》等。

洞仙歌·泗州中秋作

晁补之

青烟幂处[①]，碧海飞金镜。永夜闲阶卧桂影。露凉时，零乱多少寒螀[②]，神京远[③]，惟有蓝桥路近[④]。

水晶帘不下，云母屏开[⑤]，冷浸佳人淡脂粉[⑥]。待都将许多明，付与金尊，投晓共，流霞倾尽[⑦]。更携娶，胡床上南楼[⑧]，看玉做人间，素秋千顷。

【注释】

①幂：遮盖，覆盖。

②寒螀：古书上说的一种蝉，比较小，墨色，有黄绿色的斑点，秋天出来鸣叫。

③神京：指北宋京城汴梁。

④蓝桥：谓秀才裴航于蓝桥会仙女云英事。唐裴铏《传奇·裴航》云："长庆中，有秀才裴航，行于湘汉。同行樊夫人，国色天姿，航欲求之，夫人与诗曰：'一饮琼浆百感生，玄霜捣尽见云英。蓝桥便是神仙窟，何必崎岖上玉清。'"后常以蓝桥比作男女约会之处。

⑤云母屏：云母为花岗岩主要成分，可作屏风，艳丽光泽。

⑥佳人：这里指席间的女性。

⑦流霞：本为天上云霞，语意双关，借指美酒。

⑧胡床：亦称"交床""交椅""绳床"，是古时一种可以折叠的轻便坐具。

【导读】

此词乃晁补之绝笔，作于泗州知府任上。

这首词写得清丽而豪壮。清人黄蓼园《蓼园词选》评此词云："至其前阕从无月看到有月。次阕从有月看到月满人间。层次井井、而词致奇杰，各段俱有新警语，自觉冰魂玉魄，气象万千，兴乃不浅。"

【作者简介】

晁补之（1053—1110），字无咎，号归来子，济州巨野（今山东巨野）人，北宋时期著名文学家，“苏门四学士”（另有黄庭坚、秦观、张耒）之一，曾任吏部员外郎、礼部郎中。其散文语言凝练、流畅，风格近柳宗元。诗学陶渊明。其词格调豪爽，语言清秀晓畅，近苏轼。其诗词流露出浓厚的消极归隐思想。苏轼称其“于文无所不能，博辩俊伟，绝人远甚”。晁补之在诗、文、词诸方面均有所建树，《四库全书总目》评价其云：“今观其集，古文波澜壮阔，与苏氏父子相驰骤，诸体诗俱风骨高骞，一往俊迈，并驾于张、秦之间，亦未知孰为先后。”著有《鸡肋集》《晁氏琴趣外篇》等。

夏日绝句

李清照

生当作人杰①，死亦为鬼雄②。
至今思项羽，不肯过江东。

【注释】

①人杰：人中的豪杰。

②鬼雄：鬼中的英雄。

【导读】

靖康二年（1127），金兵入侵中原，掳走徽、钦二帝，赵宋王朝被迫南逃。南渡之后，建炎三年（1129），李清照的丈夫赵明诚罢守江宁，李清照与丈夫乘舟去芜湖，沿江而上时经过和县乌江浦，该诗可能作于此时。李清照在这首诗中不以成败论英雄，对在楚汉之争中最后以失败而结束了自己生涯的楚霸王项羽表示了钦佩和推崇，表现了诗人崇尚气节的精神风貌；对南宋统治者的苟且偷安，表达了不满。

这首诗起笔落处端正凝重，诗的开头两句“生当作人杰，死亦为鬼雄”破空而起，势如千钧，先声夺人地将生死都无愧为英雄豪杰的气魄展现出来，这两句诗表达了所向无惧的人生姿态，以崇高的境界与非凡的气势成为千古传诵的名句。

诗的后两句“至今思项羽，不肯过江东”，在诗人看来，项羽最壮烈的举动当属因“无颜见江东父老”而放弃暂避江东自杀身亡。这种失败中表现出来的英雄气概，在宋廷南渡时尤显可贵。诗人盛赞“不肯过江东”的精神，实因感慨时事，借史实来抒写满腔爱国热情。“至今”两字从时间与空间上将古与今、历史与现实巧妙地勾连起来，透露出借怀古以讽今的用意。

此诗起调高亢，阐明人生价值，赞美人格至上，由此而兴，再赞项羽自刎铸就盖世英雄的壮烈人生。此诗出自女子，慷慨雄健，响彻云霄，感人惊世而脍炙人口，成为压倒须眉的千古绝唱。

【作者简介】

李清照（1084—1155），号易安居士，齐州章丘（今山东济南章丘）人。南宋女词人，婉约词代表，有“千古第一才女”之称。李清照出身书香门第，早期生活优裕，其父李格非藏书甚丰，从小就打下了良好的文学基础。婚后与夫赵明诚共同致力于书画金石的搜集整理。金兵入据中原时，流寓南方，明诚病死，境遇孤苦。所作词，前期多写其悠闲生活，后期多悲叹身世，情调感伤。形式上善用白描，自辟途径，语言清丽。论词强调协律，崇尚典雅，提出词“别是一家”之说，反对以作诗文之法作词。能诗，留存不多，部分篇章感时咏史，情辞慷慨，与其词风不同。著有《易安居士文集》，后人有《漱玉词》辑本。

绝 句

李清照

霸气震神州[①]，凌云志未酬。
乌江夜若渡，两汉不姓刘。

【注释】

①神州：古时称中国为“赤县神州”，后用“神州”做中国的别称。最早见于《史记·孟子荀卿列传》，其中提到战国时齐国邹衍说：“中国名曰赤县神州，赤县神州内自有九州。”

【导读】

一、二句写项羽的生平，三、四句提出了一个假设，如果项羽渡过乌江，历史是否会改写？从诗人的语气看，她是非常肯定的。

【作者简介】

见《夏日绝句》。

项羽

陆游

八尺将军千里骓①，拔山扛鼎不妨奇。

范增力尽无施处，路到乌江君自知。

【注释】

①八尺将军：指项羽。千里骓：指项羽坐骑乌骓马。

【导读】

前两句是写项羽的人、马，虽然语气平淡，是具体的叙述，但是在字里行间充满了对项羽的敬仰和钦佩。后两句是感叹句，范增虽然尽力为项羽出谋划策，但是项羽一意孤行，纵使范增再有才能也无处施展，项羽到乌江畔才悔之晚矣。诗人在敬仰的同时生发感叹，为项羽的壮志难酬而叹息。

【作者简介】

陆游（1125—1210），字务观，号放翁，越州山阴（今浙江绍兴）人，尚书右丞陆佃之孙，南宋文学家、史学家、诗人。陆游生逢北宋灭亡之际，少年时即深受家庭爱国思想的熏陶。宋高宗时参加礼部考试，因受秦桧排斥而仕途不畅。宋孝宗即位后，赐进士出身，历任福州宁德县主簿、隆兴府通判等职。因坚持抗金，屡遭主和派排斥。乾道七年（1171），应四川宣抚使王炎之邀，投身军旅，任职于南郑幕府。次年，幕府解散，陆游奉诏入蜀，与范成大相知。宋光宗继位后，升为礼部郎中兼实录院检讨官，不久即因"嘲咏风月"罢官归居故里。嘉泰二年（1202），宋宁宗诏陆游入京，主持编修孝宗、光宗《两朝实录》和《三朝史》，官至宝章阁待制。书成后，陆游长期蛰居山阴，留绝笔《示儿》。陆游一生笔耕不辍，诗、词、文俱有很高成就。其诗语言平易晓畅、章法整饬谨严，兼具李白的雄奇奔放与杜甫的沉郁悲凉，尤以饱含爱国热情对后世影响深远。其词与散文成就亦高，刘克庄《后村诗话续集》谓其词"激昂慷慨者，稼轩不能过"。著有《剑南诗稿》《渭南文集》《老学庵笔记》《南唐书》等。书法遒劲奔放，存世墨迹有《苦寒帖》等。

发宿迁县

文天祥

夜梦入星槎[①]，晓行随斗柄。
衣暖露自干，鬓寒冰欲凝。
将军戴铁笠，壮士敲金镫。
白眼睆青天[②]，我生不有命。

【注释】

①星槎：往来于天河的木筏。传说古时天河与海相通，汉代曾有人从海渚乘槎到天河，遇见牛郎织女（见晋张华《博物志》卷三）。

②白眼：以眼白部分看人，表示看不起或不满意。与“青眼”相对。传说，阮籍能作“青白眼”，两眼正视，则为“青眼”，以看他尊敬的人；两眼斜视，露出眼白，则为“白眼”，以看他不喜欢的人。睆：斜着眼睛看。

【导读】

1279年，文天祥被元军押解往元大都（今北京）的途中，路经宿迁，写下此诗，描写了押解队伍从宿迁出发的情景和自己的心境。

文天祥诗作前期受江湖派影响，诗风相对平庸，后期多表现爱国精神之作，风格变得十分慷慨激昂（著名的如《过零丁洋》）。其存词不多，但大多笔触有力，感情强烈，风骨凛然，表现了诗人威武不屈的英勇气概，有震撼人心的力量。

德祐元年（1275），元军沿长江东下。文天祥罄尽家财，募兵五万，入卫临安，之后任浙西、江东制置使兼知平江府。文天祥遣将援常州，因淮将张全见危不救而败，退守余杭。德祐二年（1276），文天祥于危难中任右丞相兼枢密使，奉命赴元军议和，因面斥元丞相伯颜被拘留，押解北上途中逃归。五月，在福州与张世杰、礼部侍郎陆秀夫、右丞相陈宜中等拥立益王赵昰为帝，建策取海道北复江浙，为陈宜中所阻，遂赴南剑州（今福建南平）聚兵抗元。景炎二年（1277）五月，再攻江西，因势孤力单，败退广东。

祥兴元年（1278）十二月，文天祥在五坡岭（今广东海丰北）被俘。次年，元军元帅张弘范将其押赴崖山（位于今广东新会），令招降张世杰。文天祥拒之，书《过零丁洋》诗以明志。后被解往元大都（今北京），押解队伍出广东后，由赣江水路直入长江，至建康（今南京），八月二十四日渡江，九月初一日至淮安，九月初二日改陆路，从淮安出发，至十月一日晚至燕京（今北京），十月初五日移入狱中。

文天祥到元大都后，元世祖忽必烈亲自劝降，许以中书宰相之职。文天祥拒绝。元至元十九年十二月初九，于大都就义，终年 47 岁。

若文天祥变节，不仅能够自保，做大元朝宰相也轻而易举。但是，在“时务”面前，他视而不见，正因如此，中华民族的精神才多了几分慷慨淋漓，多了几分浩然正气，多了几分不朽的尊严。

【作者简介】

文天祥（1236—1283），初名云孙，字宋瑞，又字履善。自号文山、浮休道人。吉州庐陵（今江西吉安）人，南宋末政治家、文学家，与陆秀夫、张世杰并称“宋末三杰”。著有《文山诗集》《指南录》《指南后录》《正气歌》等。

崔镇驿[1]

文天祥

万里中原役，北风天正凉。
黄沙漫道路，苍耳满衣裳[2]。
野阔人声小，日斜驹影长。
解鞍身似梦，游子意茫茫[3]。

【注释】

①崔镇：崔镇（在今宿迁市宿城区境内）坐落在古运河畔，古时为官府驿传干道，几乎各朝均在此设置“崔镇驿”，其地理战略位置在历史上十分重要。

②苍耳：一年生草本植物，总苞具钩状的硬刺，常贴附于家畜和人衣服上。

③游子：指出门在外或者远离家乡的人。

【导读】

崔镇历史悠久，从唐代开始就是有名的村邑。宋神宗元丰三年（1080），官修《元丰九年志》中就曾提到崔镇名字，说明在北宋时期它就是具有影响的名镇了。南宋时期，全国南北形势相对稳定，这里得到了进一步开发。当时市面繁华，贸易活跃，商业兴旺，是淮中地区货物的主要集散地之一。

祥兴元年（1278）十二月，文天祥在五坡岭（今广东海丰北）被俘。次年由水路被押解往元大都（今北京），九月初一日至淮安，九月初二日改陆路，初三抵达清口（今淮安），初四夜宿崔镇。文天祥作《崔镇驿》《发崔镇》，抒发了对大宋江山的热爱和自己身陷囹圄不能一展报国雄心的悲愤。

【作者简介】

见《发宿迁县》。

发崔镇

文天祥

高雁空秋兴，寒蛬破晓眠。
淡烟白似海，野水碧于天。
兴废嗟何及，行藏信自然①。
南人乍骑马，北客半乘船。

【注释】

①行藏：对有关名节的事情有所为有所不为的态度。

【导读】

见《发宿迁县》《崔镇驿》。

【作者简介】

见《发宿迁县》。

元

古宿迁二绝

陈孚

一

淮水东流古宿迁，荒郊千里绝人烟。
征衣不脱夜无寐，舟在西风乱荻边[①]。

二

月落狐鸣野草黄，雁飞无数水茫茫。
数星鬼火寒沙上[②]，知是何年旧战场。

【注释】

①荻：多年生草本植物，生在水边，叶子长形，似芦苇，秋天开紫花。

②寒沙：指寒冷季节的沙滩。

【导读】

古宿迁地区在宋金元时期为南北对峙的重要战场，连年战乱，民不聊生。诗人的两首绝句以浅白的文字、豪壮的语调描绘了其苍茫荒凉的情景，读来发人一叹。

【作者简介】

陈孚（1259—1309），元代学者。字刚中，号勿庵，浙江临海县人。至元年间，上《大一统赋》，后讲学于河南上蔡书院，为山长，曾任国史院编修、礼部郎中，官至台州路治中。诗文不事雕琢，纪行诗多描摹风土人情，七言古体诗最出色。陈孚一生业绩卓著，载入史册，但在当时他的诗作比他的业绩影响更大。《元史》称他“天才过人，性任侠不羁，其为诗文，大抵援笔即成，不事雕斫”。明张纶言在《林泉随笔》

中评论说：“陈刚中之诗豪迈卓异，每每惊人。其《题范增墓》云：‘七十衰翁两鬓霜，西来一笑火咸阳。平生奇计无他事，只劝鸿门杀汉王。’”著有《观光集》《交州集》等。

黄河谣

陈孚

长淮绿如苔，飞下桐柏山①。
黄河忽西来，乱泻长淮间②。
冯夷鼓狂浪③，峥嵘雪崖堕。
惊起无支祁④，腥涎沃铁锁。
两雄斗不死⑤，大声吼乾坤。
震撼山岳骨，磨荡日月魂。
黄河无停时，淮亦流不息。
东风吹海波，万里涌秋色⑥。
秋色不可扫，青烟映芦花⑦。
白鸟亦四五，长鸣下汀沙⑧。
黄灵奠四渎⑨，各剖盘古髓⑩。
千载今合流，神理胡乃尔⑪。
渔翁一鬓霜，扁舟依古树⑫。
隔浦欲扣之⑬，翩然凌波去。

【注释】

①桐柏山：古人认为淮河发源于河南桐柏与湖北随州交界的桐柏山太白顶。

②黄河忽西来，乱泻长淮间：指黄河多次改道，其中下游在长江和淮河之间上下摆动。

③冯夷：古代神话中的黄河水神，鱼尾人身，头发是银白色的，眼睛和鳞片都流光溢彩，也作“冰夷”。

④无支祁：传说淮河中的水怪，形似猿猴，塌鼻凸额、白头青身、火眼金睛、体型巨大、力大无穷，常兴风作浪。大禹治水时用铁索锁其颈，以金铃穿其鼻，镇压在淮安龟山脚下。

⑤两雄：指冯夷和无支祁。

⑥秋色：秋日的景色、气象。

⑦芦花：芦絮。

⑧汀沙：沙洲。

⑨黄灵：五方中央神名，即地神名。唐王勃《乾元殿颂》："臣闻鹏霄上廓，琼都开紫帝之庭，鼇纪下清，珍野辟黄灵之馆。"四渎：指长江、黄河、淮河、济水。

⑩盘古：中国民间神话传说人物，在昆仑山开天辟地。

⑪神理：神道，指冥冥之中具有无上威力，能显示灵异、赐福降灾的神灵之道。胡乃：何故，为何。

⑫扁舟：小船。

⑬浦：滩岸，洲边，河边。

【导读】

诗人从"黄河夺淮"写起，结合神话描写了黄河和淮河合流后的情景，然后抒发感慨，最后以一位翩然有仙气的渔翁作结，令全诗意趣横生，余味悠长。

【作者简介】

见《古宿迁二绝》。

白杨河看月[①]

揭傒斯

一

白杨河上看明月，昔人曾见今人别。
茅屋数家河上村，化作三山白银阙[②]。

二

波平风静棹歌来，万顷冲融镜面开[③]。
今夜江南忆游子，空瞻云汉上昭回[④]。

三

茫茫万里燕齐路[⑤]，北斗纵横泰阶曙[⑥]。
黄河东逝月西流，明日南风过洪去。

【注释】

①白杨河：白洋河，位于宿迁境内，亦名洋河，现已消失。当地流传着“取水白洋河，酒醇香美甜”的说法。

②白银阙：白银一般的宫阙。

③冲融：水波荡漾貌。

④云汉：银河。昭回：星辰光耀回转。

⑤燕齐：战国时燕国和齐国，后泛指其所在地，即今河北、山东一带。

⑥北斗：北斗七星，排列成斗勺形，是古人星相学的二十八宿中的斗宿，为北方玄武七宿之首。北斗七星常被当作指示方向和认识星座的重要标志。泰阶：古星座名，即三台，上台、中台、下台共六星，两两并排，斜上如阶梯，故名。

【导读】

诗人描写了在白杨河看月的景色，落笔大气纵横，时间和空间都很开阔，第三首的气象尤其磅礴。

【作者简介】

揭傒斯（1274—1344），元朝著名文学家、书法家、史学家。字曼硕，号贞文，龙兴富州（今江西丰城）人。家贫力学，大德年间出游湘汉。延祐初年由布衣荐授翰林国史院编修官，迁应奉翰林文字，前后三入翰林，官奎章阁授经郎、迁翰林待制，拜集贤学士，封豫章郡公，修辽、金、宋三史，为总裁官。《辽史》成，得寒疾卒于史馆，谥文安。著有《揭文安公全集》，为文简洁严整，为诗清婉丽密。善楷行、草，朝廷典册多出其手。与虞集、杨载、范梈并称“元诗四大家”，又与虞集、柳贯、黄溍并称“儒林四杰”。

自淮口抵宿迁风雨大作

王恽

拖舟入清口，适喜乱淮碧。
崔镇抵宿迁，徐行才半日。
朔风大惊余，不尔何凛栗[①]。
江云飞阵来，凉雨矢四集。
行牵人力微，泥烂漕船侧。
打头为旅拒[②]，遇浅殆鲸吸。
波神贾余勇，汹汹波浪黑。
势张互相薄，力尽硬与敌。
倚倾乃寻常，簸荡不可息。
秋江渺无涯，终日困跼蹐[③]。
夜眠任倒悬，昼坐自撞击。
试身一叶舟，凌轹咬蜃窟[④]。
远道胡为来，行止我岂必。
相值当奈何，安顺险能出。
坦途莫舟行，此语闻自昔。
君看坦途间，风波犹莫测。
持身苟无方，往往半乾没。
居安贵不忘，过险戒无佚。
勿以长年老，进谏及未失。
行行入宫梁，持守要逾立。

【注释】

①凛栗：严寒，冷得发抖。

②旅拒：矫健貌。

③跼蹐：狭隘，不舒展。

④蜃：中国神话传说中的一种海怪，形似大牡蛎，一说是水龙。

【导读】

诗人自淮口出发到达宿迁县，路遇大雨，用这首诗描绘了雨中行舟的情景，抒发了自己为人为官的感慨。

【作者简介】

王恽（1227—1304），字仲谋，号秋涧，卫州汲县（今河南卫辉）人。元著名学者、诗人兼政治家。一生仕宦，刚直不阿，清贫守职，好学善文，成为元世祖忽必烈、元裕宗真金和元成宗铁穆耳三代著名谏臣。其书法遒婉。著有《秋涧集》。

次宿迁望紫山不至[①]

王恽

河广舟航小[②]，堤长市屋卑。
宿迁原隔楚，淮甸归连邳[③]。
浊浪随时变，香粳为客炊[④]。
紫山前有约，底事北来迟[⑤]？

【注释】

①紫山：据诗意，应为作者友人。

②舟航：船只。唐白居易《登老君阁望洛城》诗："中桥车马长无已，下渡舟航亦不闲。"

③淮甸：指淮河流域。

④香粳：一种有香味的粳米。

⑤底事：何事，什么事。

【导读】

首联描写了宿迁景色，颔联叙述了宿迁的地理，颈联描述了诗人所处的情境，尾联用一个疑问句，如话家常，亲切自然。

【作者简介】

见《自淮口抵宿迁风雨大作》。

阻风崔镇有感

萨都剌

逆风吹河河倒行，阻风时节近清明。
南人北人俱上冢[①]，桃花杏花开满城。
虽云年少惯作客，便觉此日难为情。
河鱼村酒亦足醉，赖有同船好弟兄。

【注释】

①上冢：亦称“上墓”，俗称“上坟”，皇家则称“上陵”。起于上古，即祭扫先人陵墓，表示纪念。

【导读】

全诗用词浅白，通俗易懂，富有诗情画意。首联写景色和时节；颔联写清明节时期人们祭奠先人的景象和城里的景色；颈联写目睹此情此景时心中不免有些伤感；尾联笔锋一转，写乡村的食物和酒都很不错，而且还有一起出行的好朋友。此诗为萨都剌年轻时候路过崔镇时所作，描述了崔镇及周边的景色，抒发了诗人出门在外的小小感伤，表达了诗人出门远游的健康心态，也表现出了诗人年轻时积极的态度。

【作者简介】

萨都剌（约1272—1355），元代诗人、画家、书法家。字天锡，号直斋。其先世为西域人，以回鹘人徙居雁门（今山西代县），晚年居杭州。萨都剌善绘画，精书法，尤善楷书。有虎卧龙跳之才，人称雁门才子。他的文学创作以诗歌为主，诗词内容以游山玩水、归隐赋闲、慕仙礼佛、酬酢应答之类为多，有《雁门集》。萨都剌还留有《严陵钓台图》和《梅雀》等画，现珍藏于北京故宫博物院。

次崔镇壁间韵

萨都剌

木落岁时宴[①]，黄云欲雪天。
买舟河下客，立马渡头船。
野迥风欺帽[②]，天寒袖裹鞭。
夜眠三鼓后，晓发五更前。

【注释】

①木落：树叶凋落。

②野迥：旷野，野外。

【导读】

诗人通过该诗描写了自己行舟途经崔镇的见闻和状态。该诗文辞浅显易懂，气质清新流丽，有唐人乐府诗的风骨。

【作者简介】

见《阻风崔镇有感》。

明

宿豫早春[①]

何九州

古宿佳丽地[②]，以原带江介。
东风来几时，春色杳如尽。

【注释】

①宿豫早春：原“宿迁八景”之一，位于城南二里东岳庙后，其地西倚黄堤，北负城廓，多有翼蔽，故得早春，为初春旅游胜地。

②佳丽：（容貌、风景等）美丽，美好。

【导读】

“宿迁八景”相传出现于唐代，首载明万历《宿迁县志》，称“钟吾八景”，以后续修皆有记载，分别是：宿豫早春、峒峿清晓、仓基莲唱、白鹿渔歌、龙泉夜雨、马陵秋月、草堰耕云、梅村煮雪。清代以后改称“宿迁八景”。

【作者简介】

何九州，字仲敷，号春亭，宿迁人，生卒年不详。明嘉靖时秀才，博学多才，尤善赋诗，为当时淮安知府延聘的“十八才子”之一，极受推重。山阴（今浙江绍兴）人徐渭恃才傲物，时人多不在其眼下，独看重何九州，推崇其诗文。何九州科举不得志，于是上书学使，请求除去自己的博士弟子籍，放弃功名的追逐，建造白雪堂，与文人学士悠游其间。所著《白雪堂稿》因无资未得梓行。参与编纂《宿迁县志》。有《春亭集》。

马陵秋月[①]

何九州

马陵风色秋，吹出青天月。

幽人夜不眠[②]，孤光映华发[③]。

【注释】

①马陵秋月：原宿迁八大景观之一，在城北马陵山。山前有井，中秋午夜，月映井心，传为胜景。

②幽人：指幽隐之人。

③孤光：远处映射的光。

【导读】

“马陵秋月”在宿迁城北马陵山。马陵山孤峰独耸，山阳是玉虚观，山顶建真武殿，殿前有东西望河楼，为游人休憩之所。山较偏僻，远离尘嚣。中秋登山望月，月亮如同圆镜当头，洒下清澈的月光，使人感觉似乎身入广寒宫。山前有井，相传中秋午夜月亮会映在井心，传为胜景。在抗日战争中，玉虚观房屋全部毁于炮火。

【作者简介】

见《宿豫早春》。

梅村煮雪[①]

何九州

梅花冻不飞，开满村南谷。
野人风味佳，花下煮滕六[②]。

【注释】

①梅村煮雪：据明万历《宿迁县志》载："埠子镇东北不远处有梅村。村中多梅树，隆冬时节梅花开放，煮雪为茗，余烟袅袅，坐对雪光梅影，是为'梅村煮雪'"。

②滕六：传说中雪神名，此处用以指雪。

【导读】

"梅村煮雪"在今宿迁市西南埠子镇，其地多梅树，"隆冬花放，煮雪为茗，余烟未歇，坐对雪月梅影，极饶逸兴"。清朝中叶，黄河不时泛滥，多次沙淤，梅花和梅村都被泥沙毁去。

【作者简介】

见《宿豫早春》。

三杰祠[①]

何九州

却望西山下，寻幽路不遥[②]。
地灵元一气[③]，人杰自三朝。
树色青连汉，溪流绿绕桥。
吟余归去晚，风雨正潇潇[④]。

【注释】

①三杰祠：明万历《宿迁县志》载："三杰祠，在新治南，灵杰山前，奉祀项羽伍员魏胜，春秋二仲月致祭。"

②幽：僻静，深远，昏暗。

③地灵：土地山川的灵秀之气。

④潇潇：风雨急骤貌。《诗经·郑风·风雨》："风雨潇潇，鸡鸣胶胶。既见君子，云胡不瘳？"

【导读】

首联写去三杰祠时的情景，颔联、颈联写景，尾联写离开三杰祠时已经风雨潇潇的景象。

【作者简介】

见《宿豫早春》。

戏马台

何九州

访古孤城外[1]，萧萧白草枯[2]。
台荒谁戏马，树老但啼乌。
海日销兵气，江云散霸图。
我生千载后，揽涕独踟蹰。

【注释】

①孤城：指宿迁县城。

②萧萧：此指草木摇落声。

【导读】

最早记录宿迁项羽戏马台的史料是唐前期诗人张说的《下相九日城北亭子》诗，诗云："西楚茱萸节，淮南戏马台。宁知相水上，复有菊花怀。亭帐凭高出，亲朋自远来。短歌将急景，同使兴情催。"从题目可知，咏的是"下相"戏马台。

这首《戏马台》收入明万历《宿迁县志》中。一并收入的还有宋、元、明数位诗人咏戏马台的诗。该诗后于清朝康熙、雍正年间收入《古今图书集成》。

【作者简介】

见《宿豫早春》。

白洋河

邹缉

白洋河边春水碧，白洋河下多估客[①]。
东风二月柳条新，却念行人千里隔。
岸上居人才数家，茅茨深处见桃花[②]。
少妇河边汲新水，老翁门前看雏鸭。
桑田禾青麦苗绿，牛羊散落村墟牧[③]。
行客年年任往来[④]，居人自在洋河曲[⑤]。

【注释】

①估客：行商。

②茅茨：亦作“茆茨”，茅草盖的屋顶，亦指茅屋。

③村墟：村庄。

④行客：过客，旅客。

⑤曲：指河流弯曲的地方。

【导读】

关于宿迁白洋河，有许多美丽的传说。

相传西楚霸王项羽率领江东八千子弟渡江至淮水，路过虞姬沟畔，项羽邀兵将饮酒助兴，项羽同兵将们喝下虞姬酿造的美酒后，带着酒壶和玉杯，骑上乌骓马，跑到马陵山南麓，连壶带盅向空中抛去，美酒喷洒而出，酒落之处形成一个泉水汪，泉水流出变成小河，就是白洋河。

还有一个传说，吕洞宾曾骑白山羊，带仙禾穗，驾五色祥云周游四方，路过白洋河时，远远飘来一阵酒香，忽浓忽淡，似有似无，引得吕洞宾酒瘾大发。再往下走时，一阵浓烈的酒香冲来，使他心动神摇，身不由己地迷迷糊糊连人带羊落在地面，连声道：“好酒呀，好酒！”他使隐身术，悄悄进入酒坊，然后施展法术，让酿酒师傅昏然入睡。然后，吕洞宾畅饮一番，大饱口福，又解下酒葫芦灌得满满的，便急忙驾云而去。由于走得匆忙，竟把白山羊和仙禾穗都丢下了。从此，白洋河一带连年五谷丰登，六畜兴旺，酒香更浓。

人们说由于白山羊和仙禾穗给白洋河带来福音，所以也把“羊禾”作为“洋河”的代称。历史上，这条美丽的白洋河由于黄河泛滥而淤没。而今，白洋河虽然不存在了，但美丽的传说永留人间。

【作者简介】

邹缉，字仲熙，自号素庵，吉水（今属江西）人。明洪武中举明经。永乐初为翰林检讨，历官左春坊左庶子，为官勤勉谨慎，精楷书。

九日过宿迁

杨士奇

挂席迢遥晚未休①，行程逦迤望邳州②。
数家农舍通篱落③，几处渔舟聚洑流④。
回首乡园天渺渺⑤，惊心时序水悠悠⑥。
紫萸黄菊非无意⑦，沙鸟汀云漫自愁⑧。

【注释】

①挂席：挂帆。迢遥：遥远的样子。

②逦迤：曲折连绵的样子。

③篱落：篱笆。

④洑流：回旋的水流。

⑤渺渺：形容幽远的样子。

⑥时序：时间，光阴。

⑦紫萸黄菊：指重阳节插茱萸、赏菊花的风俗，这里代指回乡。

⑧沙鸟：沙滩或沙洲上的水鸟。

【导读】

首联写作者所处情境，“迢遥”“逦迤”，凸显旅程之漫长。颔联描绘行舟时所见沿途风景，一写岸上静态的农家院落，一写河中动态的渔舟和水流。颈联感慨自己离家乡极其遥远，感叹时间令人心惊。尾联描述心境和乡愁。有意思的是，诗人每一联都有一处提到了与水相关的事物，而每一次涉及都显得自然和谐，不显刻意，使全诗诗句不离水上旅程的风物。

【作者简介】

杨士奇，名寓，字以行，吉安府泰和县人，明初重臣。以吏材荐入翰林，任《太祖实录》总纂官。成祖北巡，留辅太子。仁宗即位，任礼部侍郎兼华盖殿大学士。著有《东里文集》《东里别集》，并纂修《历代名臣奏议》。

过直河驿待何仲舟不至[①]

李东阳

直河西下直如弦，水浅河深不受船[②]。
不见孤帆见双鸟，背人飞堕夕阳边[③]。

【注释】

①直河驿：位于泇河直河口，今宿迁境内。清代咸丰年间的《邳州志》中记载："直河镇，今废，明置直河驿，今徙。直河口渡，去城一百二十里，即直河口，今在宿境。"

②不受船：不能行船。

③背人：避开人。

【导读】

这是一首绝句，第一句写河，第二句写河"不受船"，第三句写鸟，第四句写鸟的动态。四句都是写景，动静结合、相互关联，意境如在眼前。

【作者简介】

李东阳（1447—1516），字宾之，号西涯。祖籍湖广长沙府茶陵，因家族世代为行伍出身，入京师戍守，属金吾左卫籍。明天顺八年（1464）中进士，授庶吉士，官编修，累迁侍讲学士，充东宫讲官，弘治八年（1495）以礼部右侍郎、侍读学士入文渊阁。立朝五十年，柄国十八载，清节不渝。官至光禄大夫、左柱国、少师兼太子太师、吏部尚书、华盖殿大学士。死后赠太师，谥"文正"。李东阳"天资英迈，读书一目数十行下，辄成诵不忘。少入翰林，即负文学重名"。"然恒持谦冲，未尝以才智先人。"李东阳主持文坛数十年，其为诗文典雅工丽，为茶陵诗派的核心人物。工篆书、隶书。著有《怀麓堂集》《怀麓堂续稿》等。

晚过白洋河

王鏊

扁舟深夜尚孤征，兀坐蓬窗看月明[①]。

两岸秋虫互相应[②]，不知端复为谁鸣。

【注释】

①蓬窗：指船窗。

②秋虫：一般被认为是蟋蟀，或者泛指秋天的昆虫。应：呼应、相和。

【导读】

这是一首绝句，一作《晚渡白洋湾》，写的是诗人于夜晚乘船经过白洋河的所见所感。第一句写人在旅途，“深夜”“孤征”体现了诗人的孤独和寂寥。第二句写自己的状态，“兀坐”强调了孤独，凸显了茫然。第三句白描坐在船中所听见的声音。第四句发出疑问，实为表达感慨。全诗清浅易懂，余味悠长，留下了供读者想象的空间。

【作者简介】

王鏊（1450—1524），字济之，号守溪，晚号拙叟，学者称其为震泽先生，吴县（今江苏苏州）人。明代名臣、文学家。成化十一年（1475）中进士，授翰林编修。明孝宗时历侍讲学士、吏部右侍郎等职。明武宗时任吏部左侍郎，与吏部尚书韩文等请武宗诛刘瑾等“八虎”，但事败未成，旋即入阁，拜户部尚书、文渊阁大学士。次年，加少傅兼太子太傅、武英殿大学士。王鏊在任上尽力保护受刘瑾迫害之人，并屡次劝谏刘瑾，终因无法挽救时局而辞官归乡。此后家居十六年，终不复出。追赠太傅，谥号“文恪”，世称“王文恪”。王守仁赞其为“完人”，唐寅赠联称其“海内文章第一；山中宰相无双”。王鏊博学有识鉴，经学通明，制行修谨，文章修洁。善书法，多藏书。为弘治、正德间文体变革的先行者和楷模。有《震泽集》《震泽长语》《震泽纪闻》《姑苏志》等传世。

宿迁早发

程敏政

驿店萧萧雨落[①]，水村喔喔鸡鸣[②]。
推枕偶然梦觉[③]，沿河已有人行。

【注释】

①驿店：驿舍、邮舍或传舍，供驿长、驿夫往来官吏休息和食宿的地方。

②水村：指的是水边的村落。喔喔：象声词。

③梦觉：指梦醒。

【导读】

这是一首六言绝句，全诗对仗工整，极具画面感。

六言绝句是近体诗的一种，每句由三组双音节的词构成，停顿节奏为二二二，在诵读时，没有五言诗、七言诗那种单双音节交相迭代的变化感，较为单调呆板，缺乏音乐美。

但六言绝句有较强的绘画美和建筑美。宋代的诗歌评论家们认为六言绝句具有“有意味的形式”的审美特征。洪迈评六言绝句欣赏“清绝可画”（《容斋随笔》），叶寘评六言绝句推崇“事偶尤精”（《爱日斋丛钞》卷三），正代表宋人对此诗体的绘画美和建筑美两方面特征的认识。

由于颜色字、方位词、叠字和意象并置手法的使用，宋代六言绝句较其他诗体更富有描绘性的特点，因而较易唤起读者的视觉性、空间感及由此而产生的绘画感。其语言能唤起画面的联想和想象，能给人强烈的视觉效果，即“诗中有画”，也可称为“以画为诗”，它是相对于“以文为诗”（强调议论功能）、“以史为诗”（强调叙事功能）、“以词为诗”（强调抒情功能）而言的。

所谓建筑美，来自六言绝句用典巧妙与对仗工整的结合。用典使诗句凝练含蓄，对仗使诗句对称均衡。在对仗的句式中，上句和下句之间的关系是空间的并列，而不是时间的先后延续（流水对除外）。因而“事”

与“偶”的结合可构成一种精巧的建筑美。

词汇上的绘画美和语法上的建筑美决定了六言绝句的文体特性。这是一种空间的诗，而非时间的诗；是作用于视觉的诗，而非作用于听觉的诗；是供案头阅读、壁上书写、纸尾题跋的诗，而非席上讽诵、尊前歌唱、花间吟咏的诗。

【作者简介】

程敏政（1446—1499），字克勤，中年后号篁墩，又号篁墩居士、篁墩老人、留暖道人，南直隶徽州府休宁县人，隶沈阳中屯卫籍，出生于河间。后居歙县篁墩（在今安徽黄山屯溪），故时人又称之为程篁墩。十岁时以“神童”被荐入朝，由皇帝下诏，就读于翰林院，成化二年（1466）中一甲二名进士，为同榜中最年少者。历官左谕德，直讲东宫，学识渊博，为一时之冠。孝宗嗣位，擢少詹事，直经筵，官终礼部右侍郎。后涉徐经、唐寅科场案被诬泄露考题而下狱。出狱后，愤恚发痈而卒，赠礼部尚书。

暮雨夜泊[①]

程敏政

黑风摧山雨如注[②]，未到下邳无泊处[③]。
暗中杂遝人语声[④]，且逐淮南漕舟住[⑤]。
淮南漕舟三百强[⑥]，粉字舵楼成堵墙。
轮更转箭镇相续[⑦]，似觉人人嫌夜长。
灭烛悠然倚床坐，远村曙鸡闻一个。
前途早有役夫来[⑧]，岸东相呼岸西和[⑨]。

【注释】

①暮雨：傍晚的雨。夜泊：夜间把船停在岸边。

②黑风：暴风，狂风。

③下邳：明代下邳在今江苏徐州睢宁。战国时期，齐威王封邹忌为下邳成侯，开始称该地为“下邳”。后来，汉代置下邳国。清康熙七年（1668）地震，下邳陷入湖中，下邳治所迁往今天的邳州市邳城镇。

④杂遝：纷乱，杂乱，同“杂沓”。

⑤淮南：指淮河以南，长江以北。漕舟：运漕粮的船。住：停止，静止。

⑥三百强：数量多于三百。

⑦轮更：轮流打更。

⑧前途：将行经的前方路途。

⑨和：应和。

【导读】

明代时，宿迁是漕运重镇，这首诗非常具体地描绘了当时宿迁重要的水运枢纽作用和当地的热闹喧嚣。

【作者简介】

见《宿迁早发》。

宿迁舟中与何仲敷夜话[①]

陈文烛

当年淮海几从游[②]，今日论心楚水头[③]。
千古霸图萧索尽[④]，一轮明月在中流。

【注释】

①何仲敷：何九州。

②淮海：指包括淮阴与海州地区在内的苏鲁豫皖四省交界地区。淮海之名最早见于《尚书·禹贡》。

③论心：谈心，倾心交谈。楚水：泛指古楚地的江河湖泽。宿迁曾属楚国。

④千古霸图：指秦末项羽意图称霸之事。

【导读】

这是一首七绝，从题目可以得知该诗的由来。第一句回忆往事，第二句描写当时的情景，第三句感慨项羽往事，第四句白描写景，凸显了历史的沧桑，感慨了岁月的流逝。

【作者简介】

陈文烛，字玉叔，号五岳山人。沔阳（今湖北仙桃）人，嘉靖乙丑（1565）进士，授大理寺评事。隆庆四年（1570）任淮安知府，万历六年（1578）任漕储道。曾重修淮安府志，善政甚多，士民立祠于淮安西门外祀之。著有《二酉园诗集》。

书项王庙壁

王象春

三章既沛秦川雨①，入关又纵阿房炬②，汉王真龙项王虎。
玉玦三提王不语③，鼎上杯羹弃翁媪④，项王真龙汉王鼠。
垓下美人泣楚歌⑤，定陶美人泣楚舞⑥，真龙亦鼠虎亦鼠。

【注释】

①“三章……”句：《史记·高祖本纪》记载，刘邦进入秦川后，“与父老约，法三章耳：杀人者死，伤人及盗抵罪”。沛：水多，此为沐浴的意思。

②“入关……”句：指项羽火烧阿房宫。

③“玉玦……”句：《史记·项羽本纪》记载，鸿门宴上，范增三提玉玦，暗示项羽起伏兵杀掉刘邦，但“项王默然不应”。

④“鼎上……”句：《史记·项羽本纪》记载，楚汉相争时期，项羽担心长期对峙下去对他不利，于是抓了刘邦的父亲，扬言刘邦不投降就将他父亲炖成肉羹吃。刘邦听说后说：“吾与项羽俱北面受命怀王，曰‘约为兄弟’，吾翁即若翁，必欲烹而翁，则幸分我一杯羹。”

⑤“垓下……”句：指霸王别姬的故事。

⑥定陶美人：刘邦的宠姬戚夫人是山东定陶人，故称。

【导读】

据史料《宿迁志资料》和《宿迁文史资料》记载，宿迁的项王庙亦称西楚霸王庙。唐宋时期，释灵一、苏轼、苏辙等人留下了许多关于项王庙的诗文，但由于缺少历史记载，该庙的具体情况不详。

明嘉靖年间，宿迁人重建项王庙，时任知县李九功题写《西楚霸王庙碑记》。清康熙二年（1663），总漕蔡士英重建该庙。乾隆四十四年（1779），宿迁知县姚一元又移建。至清末民初，该庙位置大约在今宿迁中学内黉学大成殿西南角。1938 年，项王庙被日寇毁坏。1952 年，宿迁中学拓建校舍时项王庙遗址被拆除。

诗中，王象春以功业的成就为着眼点，认为刘邦能去秦苛法，约法三章，如天降甘霖，深得民心，可谓真龙；项羽勇可称虎，但入关后只知掮枪绰棒，纵火劫掠，不懂收拾人心，只是一介莽夫，终较刘邦逊色。这一评论虽很简洁，但未有新意。

不过王象春的刘、项比较论还有后面两层意思，就颇不俗了。一层是从人格上比较。鸿门宴上，范增三提玉玦，暗示项羽起伏兵杀掉刘邦以除后患，但“项王默然不应”。他堂堂做人，宁可一刀一枪在战场决胜负，不愿意在背后搞阴谋诡计。刘邦不同，当项羽把刘邦的父亲绑在砧板上威胁刘邦退军时，刘邦竟完全不以老子的安危为念，完全是一副泼皮无赖的样子。两相比较，论人格，王象春认为“项王真龙汉王鼠”，认为项羽的人格高于刘邦。

再一层是从人性的层面比较。“垓下美人泣楚歌”是说虞姬的故事，在《史记》中只说项王“悲歌忼慨”，“美人和之”，然后项王“泣下数行”。至于项王是怎么安顿虞姬的，没见记述，只说他带着八百从骑突围走了。“定陶美人泣楚舞”，是说刘邦的宠姬戚夫人，她缠着刘邦要把自己的儿子立为太子。刘邦也曾答应过，但因张良设计，为太子找了几个出色的保护人，使刘邦不敢另行废立。刘邦是否真是因为有了“商山四皓”辅佐太子就不敢有所动作，姑置勿论。他的这一举动是否有利汉室，也暂不讨论，但明知吕后狠辣，戚姬命运堪忧，刘邦却不做任何安排，只是说：你为我跳楚舞，我为你唱楚歌。后来戚夫人母子都惨死于吕后之手，刘邦是不能辞其咎的。从人性的角度看刘、项，王象春认为二人都是“鼠”。

【作者简介】

王象春（1578—1632），原名王象巽，字季木，号文水，又号虞求，自号峼湖居士，山东济南府新城县（今山东桓台）人，万历三十八年（1610）进士（榜眼）。官至南京吏部考功郎。王象春才气奔逸，诗宗“前后七子”，诗文结集为《济南百咏》《问山亭集》。

宿迁

文徵明

落日烟生古渡头①，春寒犹恋木棉裘②。
风吹野戍更初动③，月映清淮夜自流④。
总为旅情消壮志⑤，忽闻渔唱重乡愁⑥。
封题欲寄家人信⑦，何处南帆有便舟⑧。

【注释】

①渡头：过河的地方。

②木棉裘：棉衣。木棉：亦作木绵，即棉花。

③野戍：野外驻防之处。

④清淮：清江与淮城的合称。

⑤旅情：指羁旅者的思绪、情怀。唐李咸用《别友》诗：“北吹微微动旅情，不堪分手在平明。”

⑥渔唱：渔人唱的歌。唐郑谷《江行》诗：“殷勤听渔唱，渐次入吴音。”

⑦封题：在书札的封口上签押。

⑧南帆：向南去的船。

【导读】

文徵明这首七律，首联“落日”“春寒”等词描摹了一个清冷的环境氛围。颔联写景，描写了在船上所见的景色，“夜自流”三字自然而传神，圆融流转。颈联写思乡之情，透着淡淡的乡愁。尾联写归乡的愿望，感情色彩稍有上扬。

【作者简介】

文徵明（1470—1559），明代杰出画家、书法家、道家、文学家。因先世为衡山人，故号“衡山居士”，世称“文衡山”，长洲（今江苏苏州）人。因官至翰林待诏，私谥“贞献先生”，故称“文待诏”“文贞献”。为人谦和而耿介，宁王朱宸濠因仰慕他的贤德而聘请他，文徵明托病不前往。正德末年，因为岁贡生荐试吏部，授翰林待诏。他不事权贵，尤不肯为藩王、中官作画，任官不久便辞官归乡。文徵明的书画造诣极为全面，诗、文、书、画无一不精，人称是“四绝”的全才，诗宗白居易、苏轼，文受业于吴宽，学书于李应祯，学画于沈周。其与沈周共创“吴派”。在画史上与沈周、唐寅、仇英合称“明四家”（“吴门四家”）。在诗文上，与祝允明、唐寅、徐祯卿并称“吴中四才子”。有《甫田集》。

泊舟泗上看月

文徵明

停舟清泗兴无涯，夜起蓬窗看月华。
灏气一涵开玉府[①]，镜光千道走金蛇。
碧空颠倒山流翠[②]，白石巉岩浪蹙花[③]。
酒醒分明天上坐，更从何处觅星槎。

【注释】

①灏气：弥漫在天地间的气。

②碧空：指青天。

③巉岩：指高而险的山岩，形容险峻陡峭、山石高耸的样子。

【导读】

这是一首七律，写了诗人在古泗水上看月的所见所感。首联写诗人在做的事情和所处的环境，落笔浅白，描述精确，画面如在眼前。颔联写月光，笔意突变，诗人想象力飞腾而起，“玉府”“金蛇”等词充满了浪漫主义色彩。颈联将视角放低，描述从高空渐次落到水面，“碧空”的静态，“流翠”的动态，“白石巉岩”的静态，“浪蹙花”的动态，诗人的描述一片锦绣，如同打开了一幅美丽的画卷，结合颔联的气象，描摹了一个极富美感、流光溢彩的景象。尾联写酒醒之后自己的感受，充满了意趣。

【作者简介】

见《宿迁》。

夜泊古城[①]

张惟恕

细雨生寒满，扁舟次古城[②]。
风柔春浪息，月落夜潮平。

【注释】

①古城：指宿预古城。

②扁舟：小船。

【导读】

这是一首五绝，描写了宿预古城的景色。第一句写天气，描绘氛围。第二句记叙事件。第三、第四句对仗极其工整，集中写景，“风柔”“息”“月落”“平”等，营造了一个静谧安宁的环境。

【作者简介】

张惟恕，河南上蔡人，明正德进士。巡按四川时，建甓山书院，创修浮桥以利交通。

古城春望[①]

李梦阳

阴阴日欲暮，迢迢春望稀[①]。
野色吹寒立[②]，林鸦逆雨归。
孤城还麦秀[③]，白首且花飞。
临路长杨袅，前朝今是非。

【注释】

①迢迢：形容道路遥远或水流绵长。

②野色：原野或郊野的景色。

③麦秀：指麦子秀发而未实。

【导读】

这是一首五言律诗。第一句写大的环境。第二句写具体的景色。第三句降低视角继续写景，写的是地面的景色。最后一句乃是诗人的感慨。

【作者简介】

李梦阳（1473—1530），字献吉，号空同，祖籍河南扶沟，出生于庆阳府安化县（今属甘肃庆阳），后又还归故里。李梦阳工书法，精于古文词，是明代中期文学家，复古派前七子的领袖人物。提倡“文必秦汉，诗必盛唐”。李梦阳所倡导的文坛“复古”运动盛行了一个世纪。

宿迁入舟作

黄淳耀

笨车羸马倦归程[①]，乍入舟航似醉醒[②]。

天落黄河无日住，云浮吴会有时停。

冯夷缥缈亲椒酒[③]，风伯招摇过塔铃[④]。

目送波澜成独笑[⑤]，一杯吟与白鸥听。

【注释】

①笨车：粗陋而不加装饰之车。羸马：瘦马。

②舟航：船只。

③椒酒：用椒浸制的酒。

④风伯：又称风师、箕伯，名字叫作飞廉。传说是蚩尤的师弟，相貌奇特，长着鹿一样的身体，身上布满豹子一样的花纹。头像孔雀，头上的角峥嵘古怪，有一条蛇一样的尾巴。在祁山修炼。塔铃：佛塔上的风铃。

⑤波澜：波浪翻腾。

【导读】

这是一首七律。首联“倦”“似醉醒”精确传神地描述了诗人状态。颔联写景，“天落”“云浮”等词气象宏大开阔，描绘了一个非常辽远的意境。颈联继续写景，诗人展开浪漫的想象，画面仙气渺渺。尾联回归现实，写面对大河时的恬淡与从容。

【作者简介】

黄淳耀（1605—1645），明末进士。初名金耀，字蕴生，一字松厓，号陶庵，又号水镜居士，南直隶苏州府嘉定（今属上海）人。曾组“直言社”，崇祯十六年（1643）进士。弘光元年（1645），嘉定人抗清起义，与侯峒曾被推为首领。城破后，与弟黄渊耀自缢于馆舍。著有《陶庵集》。

清

宿豫早春

李巽臣

东风吹暖入芳洲[①]，淑气还随河水流[②]。
近郭人烟恬息壤[③]，初晴草色媚平畴[④]。
王孙试马来堤上[⑤]，思妇凝眸到陌头[⑥]。
喜识春光先此地，几回买酒欲登楼。

【注释】

①芳洲：芳草丛生的小洲。

②淑气：温和之气。

③郭：在城的外围加筑的一道城墙，即外城城墙。

④平畴：平坦的田野。

⑤王孙：泛指贵族子孙。

⑥思妇：怀念远行丈夫的妇人。陌头：路上，路旁。

【导读】

李巽臣的这首诗是较为著名的描写宿豫早春的文学作品之一。诗为七律，首联写气候，写大环境，“东风”“暖”“淑气”等词营造了早春温暖舒适的氛围。颔联稍微具象一些，写地面景色。颈联写早春中“王孙”“思妇”的行为，为全诗增添了生气和活力。尾联具体到宿豫早春景色本身，和诗人自己联系了起来。

【作者简介】

李巽臣，江苏金坛人，清顺治年间宿迁知县。

马陵秋月

李巽臣

白露秋空映碧天，月华如水照初筵[①]。
北来山势连城举，东去涛声绕寺悬。
放浪衣冠虚岁月，寂寥宫殿引神仙。
清晖到处堪欣赏[②]，何必年年映井圆。

【注释】

①月华：月光、月色。初筵：指宴饮之始，亦泛指宴饮。
②清晖：清光。多指日月的光辉，或指皎洁的月光。

【导读】

见何九州《马陵秋月》。

【作者简介】

见《宿豫早春》。

梅村煮雪①

李巽臣

千珠冷艳绕村林，四面幽情汪雪余[1]。
诗思纷来香淡宕[2]，茶烟轻锁影萧疏[3]。
美人清梦浑无限[4]，学士家风远不如。
何必孤山堪寄隐，此中真可结吾庐[5]。

【注释】

①幽情：深远或高雅的情思。
②淡宕：同“淡荡”。
③萧疏：寂寞，凄凉。
④清梦：美梦。
⑤庐：简陋的房屋。

【导读】

见何九州《梅村煮雪》。

【作者简介】

见《宿豫早春》。

黄河

吴伟业

白浪日崔嵬[①]，鱼龙亦壮哉。
河声天上改，地脉水中来。
潮落神鸦庙[②]，沙平戏马台。
沧桑今古事，战鼓不须哀。

【注释】

①崔嵬：高峻，高大雄伟。

②神鸦：指庙里吃祭品的乌鸦。

【导读】

该诗有一段作者的自注："黄河，金龙口决河，从北入海，清江、宿迁水势稍后，皆起新沙。"

该诗为五律，首联写景，落笔宏阔。颔联生动描摹了黄河河床高于地面的状态。颈联写黄河洪水退去之后的景象。尾联感慨了世事沧桑。

【作者简介】

吴伟业（1609—1672），字骏公，号梅村，别署鹿樵生、灌隐主人、大云道人，江苏太仓人。明崇祯四年（1631）进士，曾任翰林院编修、左庶子等职。清顺治十年（1653）被迫应诏北上，次年被授予秘书院侍讲，后升国子祭酒。顺治十三年（1656）年年底，以奉嗣母之丧为由南归，此后不复出仕。他与钱谦益、龚鼎孳并称"江左三大家"。吴伟业发展了古代七言歌行的体裁，形成了独特的诗歌艺术风格，时人称之为"梅村体"，影响了清代诗风。吴伟业著有长篇叙事诗二十余篇，在中国古典长篇叙事诗的发展史上是空前绝后的。《四库全书总目提要》把《梅村诗集》列为"国朝别集之冠"。吴伟业工诗文，善词曲，亦精书画，堪称博学多才，著述宏丰。有《梅村家藏稿》等著作传世。

过宿迁极乐庵明日晤陆紫霞年兄话旧有感①

吴伟业

同时知己曲江游，纵酒高歌玉腕骝②。
黄叶浑随诸子散③，白头犹幸故人留。
云堂下榻逢僧饭④，雪夜听钟待客舟⑤。
如此冲寒缘底事⑥，相逢无计诉离愁⑦。

【注释】

①极乐庵：位于古宿迁县境内，又称极乐院。陆紫霞：陆奋飞（约1592—约1657），字九万，号翀霄，又号紫霞，明末宿迁县人。明崇祯四年（1631）进士，为官刚正不阿、直言敢谏，多所匡正，其政事以清惠闻，明亡后不仕清。有《云液草》传世。年兄：科举同榜登科者相互的尊称。话旧：与久别重逢的朋友谈往事。

②玉腕骝：骏马名。

③诸子：指诸君。

④云堂：僧人设斋吃饭和议事的地方。

⑤客舟：旅客乘坐的船。

⑥冲寒：冒着寒冷。缘底事：意为“因为什么事”，疑问语气。

⑦离愁：离别的愁思。

【导读】

这首诗是清初大诗人吴伟业路过宿迁，即将见到同榜进士——宿迁历史名人陆奋飞时所作的怀旧诗。

首联回忆往事，“纵酒高歌”表现了作者年轻时的活力和青春风采。颔联气氛急转直下，以黄叶比作当年同榜诸子，感慨自己白头时所幸尚有故人相伴。颈联记叙自己当下的经历，“云堂”“雪夜”等使诗的味道变得清冷而从容。尾联自问自答，坦露心事。

【作者简介】

见《黄河》。

下相极乐庵读同年北使时诗卷[①]

吴伟业

兰若停骖洒墨成[②]，过河持节事分明[③]。
上林飞雁无还表[④]，头白山僧话子卿[⑤]。

【注释】

①北使：指陆奋飞奉使河北的往事。

②兰若：阿兰若，佛教名词，梵语音译，原意是森林，引申为“寂静处”“空闲处”“远离处”，躲避人间热闹处，也泛指佛寺。停骖：停车。洒墨：挥毫书写、作画。

③持节：古代使臣奉命出行，执符节以为凭证。

④上林飞雁：是汉朝时苏武北海牧羊的典故，苏武被匈奴人扣留做人质，在北海（今贝加尔湖）一带放牧，待公羊产子方可回国。后来匈奴改朝换代，将他忘了。与汉朝重新交流后，汉使问及苏武，要带他回国，匈奴王说他死了，汉使假意说“不可能，我们皇帝在上林苑（皇家御花园）射下一只大雁，上面有苏武的信。”匈奴王这才放人。表：给皇帝上的奏章。诸葛亮《出师表》：“今当远离，临表涕零，不知所言。”

⑤山僧：住在山寺的僧人。子卿：苏武的字。此处有代指陆奋飞的意思。

【导读】

清军入关，福王朱由崧在南京监国，后称帝。陆奋飞奉使河北，不稍屈节，返程途中南京陷落，随后退入陆墩（陆墩亦称东柳州，在宿迁县东五十里白鹿湖中），清朝一统后，下令剃发，陆奋飞退入峒峿山（今江苏新沂市南五十里司吾山）深处建楼隐居，着道装，终生不下楼，以示不履清土之意。

吴伟业此诗，前两句直白叙述。第三句引用“上林飞雁”的典故，将陆奋飞与苏武作对比，不同的是，苏武有“还表”，而陆奋飞没有。一个“无”字，叹功业未成，叹无奈归隐，叹山河破碎，藏了无尽的感慨和唏嘘。第四句与杨慎的《临江仙》含义类似，意味却大不相同，杨词是“白发渔樵江渚上，惯看秋月春风，一壶浊酒喜相逢，古今多少事，尽付笑谈中”，显得从容淡然，笑看沧桑；“头白山僧话子卿”，短短七个字，却是道不尽的血泪和遗恨。联系到陆奋飞“不履清土”的事迹，更加令人唏嘘。宿迁人民乃至炎黄子孙，应当为拥有陆奋飞这样的前贤而感到骄傲，应当感谢大诗人吴伟业留下了这些有关陆奋飞的诗篇。

【作者简介】

见《黄河》。

项王庙

吴伟业

救赵非无算[①]，坑秦亦有名[②]。
情深存鲁沛，气盛失韩彭[③]。
垓下骓难逝[④]，江东剑不成。
凄凉思昼锦[⑤]，遗恨在彭城[⑥]。

【注释】

①救赵：指公元前208年项羽率军“破釜沉舟”，救援赵王歇，发动“巨鹿之战”的典故。

②坑秦：指公元前208年项羽打赢“巨鹿之战”后坑杀秦军降卒二十万的典故。

③韩彭：指韩信、彭越。韩信：西汉开国功臣、军事家，“兵家四圣”之一，中国军事思想“兵权谋家”的代表人物，被后人奉为“兵仙”“神帅”。彭越：秦朝末年在魏地举兵起义，后来率兵归顺刘邦，协助刘邦赢得楚汉之争，与韩信、英布并称“汉初三大名将”。

④垓下：指“垓下之战”的典故。

⑤昼锦：指项羽富贵还乡的典故。秦末，项羽入关，屠咸阳，有人劝他留在关中。项羽见秦宫已毁，思归江东，说“富贵不归故乡，如衣锦夜行，谁知之者！”后来称富贵还乡为昼锦。

⑥彭城：治今江苏徐州。项羽建立西楚政权后定都于彭城。

【导读】

见《书项王庙壁》。

【作者简介】

见《黄河》。

过古城谒三义庙

吴伟业

庙貌高原古，村巫荐白苹[1]。
河山虽两地，兄弟只三人[2]。
旧俗传香火，残碑误鬼神。
普天皆汉土，何必史书真。

【注释】

①巫：古时人们认为能够与鬼神相沟通的人。他们能用鬼神之力为人消灾解难，如降神、预言、祈雨、医病等，是古代社会中的一种常见职业。

②兄弟：指刘备、关羽、张飞三人。

【导读】

宿预古城遗址位于宿迁洋河新区郑楼古城山南麓。古时这里丘岭起伏，淮泗汇聚，为水运重镇。建有茶盐贸易城，是南北交通要道，茶盐集散大都，为历代兵家必争之地。泗水古水道曾穿城而过，孔子当年沿泗水南下讲说，境内有孔庙。

晋惠帝永兴二年（305），安东将军琅玡王司马睿在此置邸阁。东晋义熙元年（405），晋安帝立宿预县。南北朝时期的南徐州、东徐州、泗州，隋代的下邳郡，以及唐初下邳郡所改的泗州，其治所均在宿预古城。唐宝应元年（762），以犯代宗讳，改宿迁。宋初，治所北迁，后古城淹于泗水之中。宿预城北徙后，古邑仍不失要冲地位，人丁兴旺，集市繁华，为茶盐交易大都。明清时曾在此设立巡检司、古城驿。历代文人常临此地并留下许多诗篇。曾出土东汉、六朝及唐宋时期的墙砖、陶器、瓷片等文物。古城山西北麓有三义庙、百子堂遗址，山顶有观音庵遗址。

【作者简介】

见《黄河》。

悲项羽

郑燮

玉帐深宵悲骏马[①]，楚歌四面促红妆。
乌江水冷秋风急，寂寞野花开战场。

【注释】

①玉帐：主帅所居的帐幕，取如玉之坚的意思。

【导读】

诗人为项羽的失败而悲叹。从诗中我们似乎看见了千年前的硝烟里项羽与虞姬在告别，他的骏马在发出悲鸣，他高大的身躯在落日余晖中倒下。秋风瑟瑟，乌江依旧平静无言地向前流淌。被他的热血染红的土地上，星星点点的几朵小花在寥落地开着。

诗人满怀悲情地述说项羽和虞姬、乌骓马，楚汉战争的史实以四句纳之，人、事、情融为一体，形象具体，情感深沉。

【作者简介】

郑燮（1693—1765），字克柔，号理庵，又号板桥，人称板桥先生，世称郑板桥，江苏兴化人，祖籍苏州。康熙秀才，雍正十年（1732）举人，乾隆元年（1736）进士。官山东范县、潍县县令，政绩显著，后客居扬州，以卖画为生，为“扬州八怪”之一。郑板桥书法，用隶体掺入行楷，自称“六分半书”，人称“板桥体”，将大小、长短、方圆、肥瘦、疏密错落穿插，如“乱石铺街”，纵放中含着规矩，有跳跃灵动的节奏感。郑板桥一生只画兰、竹、石，自称“四时不谢之兰，百节长青之竹，万古不败之石，千秋不变之人”。郑板桥的题画诗已摆脱传统单纯的以诗就画或以画就诗的模式，达到“诗发难画之意”、诗画映照、无限拓展画面的广度。他以如枪似剑的文字，针砭时弊，正如他在《兰竹石图》中云：“要有掀天揭地之文，震电惊雷之字，呵神骂鬼之谈，无古无今之画，固不在寻常蹊径中也。”其诗书画，世称“三绝”。著有《板桥全集》。

巨鹿之战[1]

郑燮

怀王入关自聋瞽，楚人太拙秦人虎。
杀人八万取汉中，江边鬼哭酸风雨。
项羽提戈来救赵[2]，暴雷惊电连天扫。
臣报君仇子报父，杀尽秦兵如杀草。
快战气盛声喧呼，诸侯壁上惊魂逋。
项王何必为天子，只此快战千古无。
千奸万黠藏凶戾，曹操朱温尽称帝[3]。
何似英雄骏马与美人，乌江过者皆流涕！

【注释】

①巨鹿之战：秦末，项羽率领数万楚军（后期各诸侯军也参战），同秦名将章邯、王离所率四十万秦军主力在巨鹿（今河北平乡）进行的一场重大决战性战役，也是中国历史上著名的以少胜多的战役之一。项羽破釜沉舟，在各诸侯军畏缩不进时率先猛攻秦军，带动诸侯义军全歼王离军，并于八个月后迫使秦军投降。从此项羽确立了在各路义军中的领导地位。经此一战，秦军主力尽丧，名存实亡。

②项羽提戈来救赵：巨鹿之战的最初起因是诸侯军救援被秦军围困的赵王歇。

③朱温：后梁太祖朱温（852—912），宋州砀山（今安徽砀山）人，朱温通过禅让的形式夺取了唐哀帝的帝位，代唐称帝，建国号梁，改年号为开平，史称“后梁”。乾化二年（912），朱温因继立问题被亲子朱友珪弑杀。

【导读】

诗的前六句述评项羽战功赫然，各路诸侯无与伦比，几十万将士望尘莫及。那么项羽应该称王称霸，获得帝封，君临天下，俯视九州。然而天命不与人命同，戴皇冠者竟然姓刘。这也没什么了不得，项羽本来无志这个，“项王何必为天子，只此快战千古无”。有识之士不当以是否“为天子”来衡量人生之成败。“千奸万黠藏凶戾，曹操朱温尽称帝”，用曹操、朱温以奸黠凶戾夺取帝位映射刘邦。“何似英雄骏马与美人，乌江过者皆流涕”，对项羽垓下别爱姬，乌江别爱马，眼望江东父老，羞愧相见而自刎的壮举表示了由衷的赞叹与歌颂。

【作者简介】

见《悲项羽》。

览淮黄成

爱新觉罗·玄烨

殷勤久矣理淮黄，几度风尘授治方①。
九曲素称天下险②，四来实为兆民伤③。
使清引浊须勤慎④，分势开疏在不荒。
虽奏安澜宽旰食⑤，诫前善后奠金汤⑥。

【注释】

①治方：治理的方略。

②九曲：指黄河。因其河道曲折，故称。

③兆民：古称天子之民，后泛指众民，百姓。

④勤慎：勤勉谨慎。一作“谨慎”。

⑤安澜：其本义为水波平静，现也常常被人们比喻为时世太平、祥和之兆。旰食：指事务繁忙不能按时吃饭，泛指勤于政事。多用于执政者、帝王的勤政。

⑥善后：谓妥善处理事情发生后的遗留问题。

【导读】

康熙十二年（1673）二月初，康熙南巡，“阅宿迁县堤工，初四日，自桃源登舟遍阅河堤”。诗当作于此时。治理黄淮于顺治间开始，但真正治理是平定三藩之后。此时是工程告一段落，并非彻底完成。

【作者简介】

爱新觉罗·玄烨（1654—1722），清朝第四位皇帝，清定都北京后第二位皇帝，年号康熙。康熙帝八岁登基，十四岁亲政，在位六十一年，是中国历史上在位时间最长的皇帝。康熙帝在位期间取得了对三藩、沙俄的战争胜利；收台湾完成一统；三征噶尔丹，并取得胜利；创立“多伦会盟”联络蒙古各部。康熙帝在位期间奠定了清朝兴盛的根基。

宿迁

爱新觉罗·玄烨

行过江南水与山，柳舒花放鸟缗蛮[①]。
明朝重至邳徐路，凤阁龙楼计日还[②]。

【注释】

①缗蛮：形容动听的鸟叫声。

②凤阁龙楼：帝王的宫殿、楼阁。

【导读】

康熙三十八年（1699），康熙帝南下巡视河工建设，在归途写下这首诗。

【作者简介】

见《览淮黄成》。

宿迁道中作

爱新觉罗·弘历

观民展义举时巡[①]，泽国非遥路少尘[②]。
毕雨箕风从好恶[③]，小廉大法勖臣邻[④]。
就瞻一任扶携至[⑤]，出入何须警跸频[⑥]。
底事初逢如旧识[⑦]，本吾宵旰系怀人。

【注释】

①观民：观察民风，检阅民力，显示于民。展义：天子巡守，以宣布德义。

②泽国：多水的地区，水乡。

③毕雨箕风：原指民性如星，星好风雨，比喻庶民喜好人主的恩泽。后为颂扬统治者普施仁政之词。

④勖：勉励。臣邻：本谓君臣应相亲近，后泛指臣庶。

⑤扶携：提携，扶植。

⑥警跸：古代帝王出入时，于所经路途侍卫警戒，清道止行。

⑦底事：何事。

【导读】

乾隆帝在位六十年间，曾六次南巡，经过宿迁时留下了此诗篇，尽管诗文拙劣，但毕竟是帝王手笔，为宿迁地区留下了文字上的纪念。

该诗内容简单，记叙了出行的经过，称颂了自己操劳国事的勤勉。

【作者简介】

爱新觉罗·弘历（1711—1799），清朝第六位皇帝，定都北京之后的第四位皇帝，年号“乾隆”。在位六十年，禅位后又训政三年，乾隆帝在康熙、雍正两朝文治武功的基础上，进一步完成了多民族国家的统一，多次减免税收，起到了保护农业生产的作用。在平定边疆地区叛乱方面做出了巨大成绩，完善了对西藏的统治，正式将新疆纳入版图，近代中国的版图由此正式奠定。

骆马湖（二首）[1]

爱新觉罗·弘历

一

济运输天庾[2]，防霖安地行[3]。
相机资蓄泄[4]，惟谨度亏盈。
洲渚江乡趣[5]，凫鸥春水情。
六塘东达海[6]，切切念民生[7]。

二

当春资济运，行潦藉归川[8]。
实有关闾里[9]，要惟慎节宣[10]。
桥横下口处，帆挂远天边。
几度思长策[11]，致艰利汝田。

【注释】

①骆马湖：位于江苏北部，跨宿迁和新沂二市。

②济运：渡水运输。天庾：国家的仓廪。

③霖：久下不停的雨。

④相机：察看机会。蓄泄：指蓄水与泄洪。

⑤洲渚：指水中小块陆地。凫鸥：泛指水鸟。凫：野鸭。鸥：江鸥。

⑥六塘：指六塘河，旧名北盐河，亦称茆家河。

⑦切切：恳挚。

⑧行潦：沟中的流水。

⑨闾里：借指平民。

⑩节宣：指裁制以调适之，使气不散漫、不壅闭。

⑪长策：上策，万全之计，效用长久的方策。

【导读】

清乾隆十六年（1751），乾隆帝首次南巡途经宿迁，目睹骆马湖在济运中所发挥的巨大作用，留下了这首诗。

乾隆皇帝极爱写诗，一生留下诗作四万余，都是些没有营养的“流水账”。这和乾隆朝总体而言比较安定大有关系，有康熙朝的拓疆土、定基业，再有雍正朝的惩吏治、蓄国库，乾隆朝有一个和平安定的大好局面，这也是乾隆帝可以“六下江南”的基础。而其下江南经过宿迁时，也为宿迁地区留下了一些诗篇。

【作者简介】

见《宿迁道中作》。

哀宿口号[①]

张忭

流民连岁不堪图[②]，尤是今年景象殊。
树已无皮犹聚剥，草如有种敢嫌枯。
插标卖子成人市[③]，带锁辞年泣鬼途。
过往轮蹄多显者[④]，谁传此语到皇都[⑤]。

【注释】

①口号：古诗标题用语，表示随口吟成，和“口占”相似。唐李白有《口号吴王美人半醉》诗。

②流民：离乡背井、逃荒在外的人。连岁：连年。

③插标：古时于物品上或人身上插草以为出卖的标志。《三国演义》第二十五回：“关公举目一望，谓操曰：‘吾观颜良，如插标卖首耳！’”

④轮蹄：车轮与马蹄。代指车马。亦作“轮蹏”。显者：达官显贵。

⑤皇都：都城。

【导读】

宿迁地处泗水之滨，南依淮水，北临徐州，历史上黄河多次“夺泗入淮”，宿迁首当其冲，成为黄泛重灾区。黄河无数次泛滥和淤积，使原有的水网河流遭到严重破坏，淮水、泗水、睢水、沭水、沂水等主要河流水系被打破，甚至因淤塞而消失，原始植被也遭到破坏，土壤急剧沙化和盐碱化，从根本上破坏了宿迁良好的自然环境。宿迁的水利设施也遭到破坏，良田不断退化，农业生产水平出现急剧倒退，“稻作为主”也逐渐被“旱作为主”取代。

宿迁人民也由此陷入了无穷无尽的灾难之中，洪水所到之处，田庐飘荡，村落成墟，人畜溺死无数。有水则涝，无雨则旱，十年九灾，且大灾过后常常连年颗粒无收，人民生活极为贫困而流民四起，卖儿卖女随处可见，甚至出现“人相食”的惨烈景象。

顺治十六年（1659）后，黄河屡决，宿迁受灾极重，赋重役繁，民不聊生，《哀宿口号》四首律诗即作于当时。该诗描写了宿迁受灾后灾民的凄惨景象，表达了希望将灾情传达到朝廷的愿望。从诗中可以看出张忭对于民生的关怀。

康熙二十三年(1684)，康熙帝南巡至宿迁，张忭为民请命，撰写《民本》，陈言地方灾情，几经周折，《民本》送至康熙帝手中。鉴于宿迁地荒民饥的灾情，康熙帝减免赋税，一时阖县百姓欢呼。免除赋额尚需几多周旋，时张忭年逾50岁，为之奔波料理，在百姓和士林中得到崇高威望。

【作者简介】

张忭(约1634—1715)，字怡仲，又字尚元，号滐庵，江苏宿迁人。史学家、诗人。张忭颖悟好学，性格刚直，涉猎四部，致力经世之学。晚年居家私修《宿迁县志》，凡地方利弊，悉行载入，大胜从前官修纂本。著有《学景堂诗文稿》等。

早春独眺马陵[1]

张忭

信步悄然去[2]，春山喜独游[3]。
一湖当面碧，几树抱村幽。
过雨闲官道[4]，凌风怯敝裘[5]。
韶华真过隙[6]，搔首忆中秋[7]。

【注释】

①马陵：马陵山，古人也称之为陵山、马岭山。

②信步：漫步，随意行走。悄然：静寂无声。

③春山：春日的山，亦指春日山中。

④官道：指官府修筑的道路、大路。

⑤敝裘：破旧的皮衣。

⑥韶华：美好的年华，指青年时期。宋秦观《江城子》词："韶华不为少年留。恨悠悠，几时休。"过隙：喻时间短暂，光阴易逝。

⑦搔首：以手搔头，在不同的语境中分别表现出悠闲、犹豫、焦急、无奈、无聊、有所思等状态。《诗经·邶风·静女》："爱而不见，搔首踟蹰。"唐高适《九日酬颜少府》诗："纵使登高只断肠，不如独坐空搔首。"

【导读】

诗人张忭是宿迁人，留下了许多赞美宿迁地区景物的诗歌，这首五律就是其中之一。首联写事，"悄然""喜""独"等传神地描摹了诗人悠然自得的状态。颔联写环境，描写了美景，渲染了幽静的气氛。颈联再写自己，写到了春雨和早春的寒风，"闲""怯"两个动词表现了诗人的闲情逸致。尾联感慨时间如白驹过隙，但是"搔首忆中秋"的状态依然是欣然而自得的，并没有感时伤春的情绪。

【作者简介】

见《哀宿口号》。

西楚霸王祠题壁

张忭

亭亭古庙峙河津[①]，过客争看西楚人。
霸业已随流水逝[②]，王名不共晚山湮[③]。
赤符一旦归亭长[④]，青简千编任汉臣[⑤]。
大抵史官如塑像，涂来面目总非真。

【注释】

①亭亭：指高耸直立的样子。河津：河边的渡口。

②霸业：指项羽自号“西楚霸王”，领袖天下诸侯的功业。

③王名：这里指项羽的名字、事迹。不共：不与，不和。湮：埋没，消失。

④赤符：汉朝的符命。汉为火德，火色赤，故称。

⑤青简：古代用以书写的竹片，此指青史、史书。唐杜甫《秋日夔府咏怀奉寄郑监李宾客一百韵》：“云台终日画，青简为谁编？”

【导读】

这是一首七律。首联写古庙景象。颔联感慨汉朝统治已经逝去，而项羽的威名依然留存在世间被后人传颂。颈联和尾联表达了对于史书的质疑。

【作者简介】

见《哀宿口号》。

己未春杪过普化禅寺作①

张忭

二里禅林路②，经年少一过③。
尘缘樱我重④，清福妒僧多⑤。
村筑新成屋，湍流近到坡⑥。
眼前陵谷异，矫首发长歌⑦。

【注释】

①己未：干支纪年，即 1679 年。春杪：春末。

②禅林：指寺院。

③经年：这里指终年，一年到头。白居易《沐浴》诗："经年不沐浴，尘垢满肌肤。"

④尘缘：与尘世的因缘。

⑤清福：清闲安逸的生活。

⑥湍流：流动较快的水流。

⑦矫首：昂首，抬头。唐杜甫《又上后园山脚》诗："穷秋立日观，矫首望八荒。"长歌：篇幅较长的诗歌。

【导读】

此诗作于康熙十八年（1679），此时张忭 45 岁。诗为五律。首联描述情况，写自己很少经过普化禅寺。颔联是说自己尘缘太重，羡慕僧人可以得享清福。颈联写景，描绘了乡居景色，清新自然，令人忘忧。尾联写自己在"陵谷异"的景色中心情舒畅、长吟诗歌的样子。

【作者简介】

见《哀宿口号》。

骆马湖

张鹏翮

环山浪势拍天浮，烟锁长堤万象收[①]。
淮水北吞黄水入[②]，汶河西带泇河流[③]。
归风引棹千秋月[④]，落日低帆两岸秋。
寂寞楚歌人不见[⑤]，嗷嗷鸿雁渡沙洲[⑥]。

【注释】

①万象：道家术语。指一切事物或景象。

②淮水：淮河。黄水：黄河。

③汶河、泇河：水名，皆汇入大运河。

④归风：回风。引棹：行船。

⑤楚歌：古代楚地的土风歌谣。

⑥沙洲：河流或湖泊的沙滩、江心洲。

【导读】

这是一首七律。首联写湖面景色气象万千，表现了骆马湖的浩渺和磅礴。颔联写地理环境，视角更加开阔。颈联写湖滨船只、风、月等，不再是单纯写景，加入了人气，增添了全诗的活力。尾联进一步落向细节，意境走向淡远。全诗雄浑大气，气象万千。

张鹏翮曾治河八年，使黄淮大治，漕运通达，下河连年大熟，人民安居乐业。他将治河经验写成《治河全书》。《中国水利史》列专章介绍《治河全书》，高度评价“这不仅于国计民生贡献巨大，而且就其科学水平，也居当时世界水利工程最先进行列”。

【作者简介】

张鹏翮（1649—1725），字运青，号宽宇、信阳子，清四川遂宁（今四川蓬溪）人。清代治河专家、理学名臣。康熙九年（1670）进士，经康熙、雍正二朝。历任刑部主事、苏州知府、兖州知府、河东盐运使、通政司参议、大理寺少卿、浙江巡抚、兵部右侍郎提督江南学政、左都御史、刑部尚书、河道总督、户部尚书等职，官至文华殿大学士兼吏部尚书，时人称其为“遂宁相国”。曾随索额图勘定中俄东段边界。1700年，任河道总督，主持治理黄河八年。雍正三年（1725）病逝于任上，谥“文端”。张鹏翮历官50余年，以身许国，品行高尚，才干非凡，政绩卓著，名满天下，时称“贤相”。有《治河全书》等书传世。

宿迁题项王庙

鲁一同

风起云扬画角哀[①]，河声犹似拔山回。
如何断岸荒芦外，有地能容盖世才。

【注释】

①画角：古代乐器，相传创自黄帝，或曰传自羌族。形如竹筒，以竹木或皮革制成，外加彩绘，故称“画角”。发音哀厉高亢，古代军中常用来警报昏晓、振奋士气。

【导读】

这首诗写西楚霸王项羽，借历史人物抒发情感，可以见出他的宽阔胸襟和远大抱负。

【作者简介】

鲁一同（1805—1862），字兰岑，一字通甫。清代学者、文学家。他世居安东（今淮安涟水），入山阳县（今淮安楚州区）籍，成年时移居清河县（今淮安清江浦区）。幼年时即聪敏过人，6岁通古音韵，12岁赴府城应试即受赞赏，年轻时结交的多海内名士，能诗善对，纵论天下大事，多有精辟见解。他的文章长于史论，有阳刚之美，诗作则气象宏阔、苍凉盘郁，有“嗣响杜陵”之誉。林则徐总督湖广时曾邀约他一同前往，因“亲老”而止。著有《通甫类稿》等。

白洋河旅次

施世纶

征途频驻马，旅次复弹琴。
自写相思曲①，谁传一片心。
洋河流不细，风雪意何深。
叹息陂田鹭②，天寒立短襟③。

【注释】

①相思曲：古乐府名。

②陂田：山田。

③短襟：古时的短款上衣。

【导读】

这是诗人途经白洋河时写下的，为已经消逝的白洋河留下了美好的诗篇。

【作者简介】

施世纶（1659—1722），字文贤，号浔江，福建晋江人，祖籍河南固始，后入清朝八旗汉军镶黄旗。靖海侯施琅次子，年轻时即得到父亲的器重。受父荫于康熙二十四年（1685）出任江苏泰州知州。康熙五十四年（1715），担任漕运总督。施世纶为官清正廉洁，秉公执法，政绩卓越，在民间素有“施青天”之誉，深得康熙帝的赏识和信任，被康熙帝称为“江南第一清官”。施世纶留下了很多民间故事，是著名的公案小说《施公案》主角。

第二单元　古代散文篇

先秦·汉

季札挂剑[1]

刘向

延陵季子[2]将西聘[3]晋，带宝剑以过徐君[4]。徐君观剑，不言而色欲之。延陵季子为有上国[5]之使，未献也，然其心许之矣，使于晋，顾反[6]，则徐君死于楚，于是脱剑致之嗣君[7]。从者止之曰："此吴国之宝，非所以赠也。"延陵季子曰："吾非赠之也，先日吾来，徐君观吾剑，不言而其色欲之；吾为有上国之使，未献也。虽然，吾心许之矣。今死而不进，是欺心也。爱剑伪[8]心，廉者不为也。"遂脱剑致之嗣君。嗣君曰："先君无命，孤不敢受剑。"于是季子以剑带徐君墓树而去。徐人嘉而歌之曰："延陵季子兮不忘故[9]，脱[10]千金之剑兮带丘墓。"

【注释】

①本文选自刘向《新序》杂事卷七。

②延陵季子：见第三页注①。

③聘：访问，指古代诸侯之间或诸侯与天子之间派使节问候。

④徐君：徐国国君。

⑤上国：指春秋时中原诸侯国。

⑥反：返回。

⑦嗣君：此指徐国即位的君主。

⑧伪：欺。

⑨故：故旧。

⑩脱：解下。

【导读】

季子挂剑的故事，在《史记·吴太伯世家》中亦有记载，内容较简略。原文如下：季札之初使，北过徐君。徐君好季札剑，口弗敢言。季札心知之，为使上国，未献。还至徐，徐君已死，于是乃解其宝剑，系之徐君冢树而去。从者曰："徐君已死，尚谁予乎？"季子曰："不然。始吾心已许之，岂以死背吾心哉！"之后还有一段司马迁的评论："太史公曰：延陵季子之仁心，慕义无穷，见微而知清浊。呜呼，呜呼，又何其闳览博物君子也！"

今宿迁市泗洪县张墩村有挂剑台遗址，泗洪民间徐文化研究者认为张墩是春秋时古徐国徐君的墓葬。千百年来，张墩村人口耳相传，尽心守护其墓，古徐国及季子挂剑的故事更是妇孺皆知。《太平寰宇记》载："在大徐城北临朱沛水（今朱家湖），每水涨，周围浩淼，此地不没，其里名挂剑乡。"其描述与康熙十二年（1673）泗州境内总图及现在泗洪县地图相对比，位置相符、地名一致。张墩及周边地区至今尚有在墓葬插柳枝的风俗，此俗源于明代唐肃《季子挂剑歌》："季子让一国，视之敝屣然。宁当宝一剑，不为徐君悬。徐君虽亡骨未朽，剑挂坟前白杨柳。君知不知不足悲，我心许君终不移。"

【作者简介】

刘向（前77—前6），字子政，原名更生，世称刘中垒，祖籍沛郡（今属江苏徐州），刘邦异母弟刘交的后代，西汉学者刘歆之父。刘向、刘歆父子是在儒学作为经学而一统天下之后，又重新研究和整理诸子百家的著作与学说并强调从中吸取思想营养以改善儒学的重要人物。在当时经学独尊的情况下，又大力倡导研究诸子之学，这对削弱官方学术思想的统治和解放思想有极深远的影响。

汉宣帝时，刘向为谏大夫；汉元帝时，任宗正，以反对宦官弘恭、石显两度下狱，被免为庶人；汉成帝即位后，出任光禄大夫，改名为"向"，官至中垒校尉。刘向为人平易朴实，不重威仪，廉洁乐道，潜心学术，昼诵《书》《传》，夜观星象，常常通宵达旦。刘向喜言五行灾异之说，并据以论证现实政治。其学问渊博，曾奉诏整理五经秘书、诸子诗赋近20年，对古籍的整理保存做出了巨大贡献。撰成《别录》，此为中国最早的目录学著作。撰成《洪范五行传》11篇，此为中国最早的灾异史。文学上以辞赋和散文见长，《汉书·艺文志》载有其赋33篇，今多散佚，唯存《九叹》系拟屈原《九章》之作。其散文今存部分奏疏和点校古籍的叙录，著名的有《谏营昌陵疏》和《战国策叙录》。其文叙事简约，论理畅达，从容不迫，对唐宋古文家有一定影响。又采集前代史料轶事，撰成《说苑》《新序》《列女传》，其中一些很有意义和文学特点的故事，是魏晋小说的先声。明人集有《刘子政集》，收入《汉魏六朝百三家集》。

伍子胥列传

司马迁

伍子胥[①]者，楚人也，名员。员父曰伍奢[②]。员兄曰伍尚。其先曰伍举，以直谏事楚庄王[③]，有显，故其后世有名于楚。

楚平王[④]有太子名曰建，使伍奢为太傅[⑤]，费无忌为少傅[⑥]。无忌不忠于太子建。平王使无忌为太子取妇于秦，秦女好，无忌驰归报平王曰："秦女绝美，王可自取，而更为太子取妇。"平王遂自取秦女而绝爱幸之，生子轸。更为太子取妇。

无忌既以秦女自媚于平王，因去太子而事平王。恐一旦平王卒而太子立，杀己，乃因谗太子建。建母，蔡女也，无宠于平王。平王稍益疏建，使建守城父[⑦]，备边兵。

顷之，无忌又日夜言太子短于王曰："太子以秦女之故，不能无怨望，愿王少自备也。自太子居城父，将兵，外交诸侯，且欲入为乱矣。"平王乃召其太傅伍奢考问之。伍奢知无忌谗太子于平王，因曰："王独奈何以谗贼小臣疏骨肉之亲乎？"无忌曰："王今不制，其事成矣。王且见禽[⑧]。"于是平王怒，囚伍奢，而使城父司马奋扬往杀太子。行未至，奋扬使人先告太子："太子急去，不然将诛。"太子建亡奔[⑨]宋。

无忌言于平王曰："伍奢有二子，皆贤，不诛且为楚忧。可以其父质而召之，不然且为楚患。"王使使[⑩]谓伍奢曰："能致汝二子则生，不能则死。"伍奢曰："尚为人仁，呼必来。员为人刚戾忍訽[⑪]，能成大事，彼见来之并禽，其势必不来。"王不听，使人召二子曰："来，吾生汝父；不来，今杀奢也。"伍尚欲往，员曰："楚之召我兄弟，非欲以生我父也，恐有脱者后生患，故以父为质，诈召二子。二子到，则父子俱死。何益父之死？往而令雠[⑫]不得报耳。不如奔他国，借力以雪父之耻。俱灭，无为也。"伍尚曰："我知往终不能全父命。然恨父召我以求生而不往，后不能雪耻，终为天下笑耳。"谓员："可去矣！汝能报杀父之雠，我将归死。"尚既就执[⑬]，使者捕伍胥。伍胥贯弓执矢[⑭]向使者，使者不敢进，伍胥遂亡[⑮]。闻太子建之在宋，往从之。奢闻子胥之亡也，曰："楚国君臣且苦兵矣。"伍尚至楚，楚并杀奢与尚也。

伍胥既至宋，宋有华氏之乱[⑯]，乃与太子建俱奔于郑。郑人甚善之。太子建又适晋，晋顷公曰："太子既善郑，郑信太子。太子能为我内应，而我攻其外，灭郑必矣。灭郑而封太子。”太子乃还郑。事未会[17]，会自私[18]欲杀其从者，从者知其谋，乃告之于郑。郑定公与子产诛杀太子建。建有子名胜。伍胥惧，乃与胜俱奔吴。到昭关，昭关欲执之。伍胥遂与胜独身步走，几不得脱。追者在后。至江，江上有一渔父[19]乘船，知伍胥之急，乃渡伍胥。伍胥既渡，解其剑曰：“此剑直[20]百金，以与父。”父曰：“楚国之法[21]，得伍胥者赐粟五万石，爵执珪[22]，岂徒百金邪！”不受。伍胥未至吴而疾，止中道，乞食。至于吴，吴王僚方用事[23]，公子光[24]为将。伍胥乃因公子光以求见吴王。

久之，楚平王以其边邑钟离与吴边邑卑梁氏俱蚕，两女子争桑相攻，乃大怒，至于两国举兵相伐。吴使公子光伐楚，拔其钟离、居巢而归。伍子胥说吴王僚曰：“楚可破也。愿复遣公子光。”公子光谓吴王曰：“彼伍胥父兄为戮于楚，而劝王伐楚者，欲以自报其雠耳。伐楚未可破也。”伍胥知公子光有内志，欲杀王而自立，未可说以外事，乃进专诸[25]于公子光，退而与太子建之子胜耕于野。

五年而楚平王卒。初，平王所夺太子建秦女生子轸，及平王卒，轸竟立为后，是为昭王[26]。吴王僚因楚丧，使二公子将兵往袭楚。楚发兵绝吴兵之后，不得归。吴国内空，而公子光乃令专诸袭刺吴王僚而自立，是为吴王阖闾。阖闾既立，得志，乃召伍员以为行人[27]，而与谋国事。楚诛其大臣郤宛、伯州犁，伯州犁之孙伯嚭[28]亡奔吴，吴亦以嚭为大夫。前王僚所遣二公子将兵伐楚者，道绝不得归。后闻阖闾弑王僚自立，遂以其兵降楚，楚封之于舒。阖闾立三年，乃兴师与伍胥、伯嚭伐楚，拔舒，遂禽故吴反二将军。因欲至郢[29]，将军孙武曰：“民劳，未可，且待之。”乃归。

四年，吴伐楚，取六与灊[30]。五年，伐越，败之。六年，楚昭王使公子囊瓦将兵伐吴。吴使伍员迎击，大破楚军于豫章，取楚之居巢。

九年，吴王阖闾谓子胥、孙武曰：“始子言郢未可入，今果何如？”二子对曰：“楚将囊瓦贪，而唐、蔡皆怨之。王必欲大伐之，必先得唐、蔡乃可。”阖闾听之，悉兴师与唐、蔡伐楚，与楚夹汉水而陈。吴王之弟夫概将兵请从，王不听，遂以其属五千人击楚将子常。己卯，楚昭王出奔。庚辰，吴王入郢。子常败走，奔郑。于是吴乘胜而前，五战，遂至郢。

昭王出亡，入云梦；盗击王，王走郧。郧公弟怀曰："平王杀我父，我杀其子，不亦可乎！"郧公恐其弟杀王，与王奔随。吴兵围随，谓随人曰："周之子孙在汉川者，楚尽灭之[31]。"随人欲杀王，王子綦匿王，己自为王以当之。随人卜与王于吴，不吉，乃谢吴不与王[32]。

始伍员与申包胥[33]为交，员之亡也，谓包胥曰："我必覆楚。"包胥曰："我必存之。"及吴兵入郢，伍子胥求昭王。既不得，乃掘楚平王墓，出其尸，鞭之三百，然后已。申包胥亡于山中，使人谓子胥曰："子之报雠，其以甚乎！吾闻之，人众者胜天，天定亦能破人。今子故平王之臣，亲北面而事之，今至于僇[34]死人，此岂其无天道之极乎！"伍子胥曰："为我谢申包胥曰，吾日莫途远[35]，吾故倒行而逆施之。"于是申包胥走秦告急，求救于秦。秦不许。包胥立于秦廷，昼夜哭，七日七夜不绝其声。秦哀公怜之，曰："楚虽无道，有臣若是，可无存乎！"乃遣车五百乘救楚击吴。六月，败吴兵于稷。会吴王久留楚求昭王，而阖闾弟夫概乃亡归，自立为王。阖闾闻之，乃释楚而归，击其弟夫概。夫概败走，遂奔楚。楚昭王见吴有内乱，乃复入郢。封夫概于堂溪，为堂溪氏。楚复与吴战，败吴，吴王乃归。后二岁，阖闾使太子夫差将兵伐楚，取番[36]。楚惧吴复大来，乃去郢，徙于鄀。当是时，吴以伍子胥、孙武之谋，西破强楚，北威齐晋，南服越人。

其后四年，孔子相鲁。

后五年，伐越。越王勾践迎击，败吴于姑苏，伤阖闾指，军却。阖闾病创将死，谓太子夫差曰："尔忘勾践杀尔父乎？"夫差对曰："不敢忘。"是夕，阖闾死。夫差既立为王，以伯嚭为太宰，习战射。二年后伐越，败越于夫湫。越王勾践乃以余兵五千人栖于会稽之上，使大夫种厚币遗吴太宰嚭以请和，求委国为臣妾。吴王将许之。伍子胥谏曰："越王为人能辛苦。今王不灭，后必悔之。"吴王不听，用太宰嚭计，与越平[37]。

其后五年，而吴王闻齐景公死而大臣争宠，新君弱，乃兴师北伐齐。伍子胥谏曰："勾践食不重味[38]，吊死问疾[39]，且欲有所用之也。此人不死，必为吴患。今吴之有越，犹人之有腹心疾也。而王不先越而乃务齐，不亦谬乎！"吴王不听，伐齐，大败齐师于艾陵，遂威邹鲁之君以归。益疏子胥之谋。

其后四年，吴王将北伐齐，越王勾践用子贡之谋，乃率其众以助吴，而重宝以献遗太宰嚭。太宰嚭既数受越赂，其爱信越殊甚，日夜为言于吴王。吴王信用嚭之计。伍子胥谏曰："夫越，腹心之病，今信其浮辞[40]诈伪而贪齐。破齐，譬犹石田，无所用之。且《盘庚之诰》[41]曰：'有颠越不恭，劓殄灭之，俾无遗育，无使易种于兹邑[42]。'此商之所以兴。愿王释齐而先越；若不然，后将悔之无及。"而吴王不听，使子胥于齐。子胥临行，谓其子曰："吾数谏王，王不用，吾今见吴之亡矣。汝与吴俱亡，无益也。"乃属[43]其子于齐鲍牧，而还报吴。

吴太宰嚭既与子胥有隙[44]，因谗曰："子胥为人刚暴，少恩，猜贼[45]，其怨望恐为深祸也。前日王欲伐齐，子胥以为不可，王卒伐之而有大功。子胥耻其计谋不用，乃反怨望。而今王又复伐齐，子胥专愎强谏，沮毁用事，徒幸[46]吴之败以自胜其计谋耳。今王自行，悉国中武力以伐齐，而子胥谏不用，因辍谢，详[47]病不行。王不可不备，此起祸不难。且嚭使人微伺[48]之，其使于齐也，乃属其子于齐之鲍氏。夫为人臣，内不得意，外倚诸侯，自以为先王之谋臣，今不见用，常鞅鞅[49]怨望。愿王早图之。"吴王曰："微子之言，吾亦疑之。"乃使使赐伍子胥属镂之剑，曰："子以此死。"伍子胥仰天叹曰："嗟乎！谗臣嚭为乱矣，王乃反诛我。我令若父霸。自若[50]未立时，诸公子争立，我以死争之于先王，几不得立。若既得立，欲分吴国予我，我顾不敢望也。然今若听谀臣言以杀长者。"乃告其舍人[51]曰："必树吾墓上以梓，令可以为器[52]；而抉[53]吾眼县[54]吴东门之上，以观越寇之入灭吴也。"乃自刭死。吴王闻之大怒，乃取子胥尸盛以鸱夷[55]革，浮之江中。吴人怜之，为立祠于江上，因命曰胥山。

吴王既诛伍子胥，遂伐齐。齐鲍氏杀其君悼公而立阳生。吴王欲讨其贼，不胜而去。其后二年，吴王召鲁卫之君会之橐皋。其明年，因北大会诸侯于黄池，以令周室。越王勾践袭杀吴太子，破吴兵。吴王闻之，乃归，使使厚币与越平。后九年，越王勾践遂灭吴，杀王夫差；而诛太宰嚭，以不忠于其君，而外受重赂，与己比周也[56]。

伍子胥初所与俱亡故楚太子建之子胜者，在于吴。吴王夫差之时，楚惠王欲召胜归楚。叶公谏曰："胜好勇而阴求[57]死士，殆有私乎！"惠王不听。遂召胜，使居楚之边邑鄢，号为白公。白公归楚三年而吴诛子胥。

白公胜既归楚，怨郑之杀其父，乃阴养死士求报郑。归楚五年，请伐郑，楚令尹子西许之。兵未发而晋伐郑，郑请救于楚。楚使子西往救，与盟而还。白公胜怒曰："非郑之仇，乃子西也。"胜自砺剑，人问曰："何以为？"胜曰："欲以杀子西。"子西闻之，笑曰："胜如卵耳，何能为也。"

其后四岁，白公胜与石乞袭杀楚令尹子西、司马子綦于朝。石乞曰："不杀王，不可。"乃劫王如高府[58]。石乞从者屈固负楚惠王亡走昭夫人之宫。叶公闻白公为乱，率其国人攻白公。白公之徒败，亡走山中，自杀。而虏石乞，而问白公尸处，不言将亨[59]。石乞曰："事成为卿，不成而亨，固其职也。"终不肯告其尸处。遂亨石乞，而求惠王复立之。

太史公曰：怨毒[60]之于人甚矣哉！王者尚不能行之于臣下，况同列[61]乎！向令伍子胥从奢俱死，何异蝼蚁。弃小义，雪大耻，名垂于后世，悲夫！方子胥窘于江上，道乞食，志岂尝须臾忘郢邪？故隐忍就功名，非烈丈夫孰能致此哉？白公如不自立为君者，其功谋亦不可胜道者哉！

谗人罔极，交乱四国。嗟彼伍氏，被兹凶慝！员独忍诟，志复冤毒。霸吴起师，伐楚逐北。鞭尸雪耻，抉眼弃德。

【注释】

①伍子胥（前 559 年—前 484 年）：名员（一作芸），字子胥，宿迁伍家沟人（一说楚国人），春秋末期吴国大夫、军事家。因封于申，也称申胥。

②伍奢（？—前 522 年）：楚庄王时重臣伍举之子（一说伍举之后），伍子胥的父亲，春秋后期楚国大夫，楚平王时担任太子太傅。

③楚庄王（？—前 591）：又称荆庄王（出土的战国楚简写作臧王），芈姓，熊氏，名旅（一作侣、吕），楚穆王之子，春秋时期楚国国君，前 613 年到前 591 年在位，春秋五霸之一。楚庄王在位期间"并国二十六，益地三千里"，武功极盛。

④楚平王（？—前 516 年）：芈姓，熊氏，名弃疾，继位后改名居，又称陈公、蔡公，是楚共王幼子，楚灵王弟，春秋时期楚国国君，前 528 年—前 516 年在位。

⑤太傅：此指太子太傅，春秋时是太子老师、太子属官。

⑥费无忌：春秋末年楚国佞臣，官至太子少傅。少傅：此指太子少傅，春秋时是太子老师、太子属官，位低于太子太傅。

⑦城父：遗址在今安徽省亳州市东南 35 公里。春秋时期，城父先后归属陈国、楚国，称夷。前 528 年，楚平王灭焦，改夷为城父。

⑧王今不制，其事成矣王且见禽：大王现在不处置（太子建一党），他们（反叛）的谋划将会成功，大王将被（他们）擒住。禽：同“擒”。

⑨亡奔：逃奔。

⑩使使：派遣使者。第一个使为动词，第二个使为名词。

⑪刚戾忍诟：形容人的性格刚烈，同时又能够忍受耻辱。常用作褒义词。

⑫雠：仇。

⑬就执：被抓住。

⑭贯弓执矢：张弓持箭。

⑮亡：逃。

⑯华氏之乱：当时宋国的国君宋元公对掌权的华氏、向氏不满，导致发生动乱。

⑰未会：时机不成熟。

⑱会：恰巧。自私：个人私事。

⑲渔父：捕鱼的人，渔翁。

⑳直：同“值”。价值。

㉑法：指捉拿伍子胥的悬赏规定。

㉒爵执珪：封给执珪爵位。爵，给予官阶、爵位。

㉓吴王僚（？—前 515 年）：姬姓，吴氏，名僚，吴王夷昧之子，春秋时期吴国国君，前 526 年至前 515 年在位。用事：执政，当权。

㉔公子光：即吴王阖闾（约前 537—前 496），一作阖庐，姬姓，吴氏，名光，春秋末吴国国君，前 514 年至前 496 年在位。

㉕专诸：春秋时吴国棠邑（今江苏南京六合西北）人，吴公子光（即吴王阖闾）欲杀王僚自立，伍子胥把他推荐给公子光。前 515 年，公子光乘吴内部空虚，与专诸密谋，以宴请吴王僚为名，藏匕首（鱼肠剑）于鱼腹之中进献，当场刺杀吴王僚，专诸也被吴王僚的侍卫杀死。公子光自立为王，是为吴王阖闾，乃以专诸之子为卿。专诸是中国古代“四

大刺客”（一说五大刺客）之一，鱼肠剑就出于“专诸刺王僚”的故事。

㉖昭王：楚昭王（约前523—前489），芈姓，熊氏，名壬，又名轸（珍），楚平王之子，春秋时期楚国国君，楚国中兴之主。

㉗行人：官职名，负责接待诸侯及诸侯的上卿。

㉘伯嚭［？—前473（另一说前473以后）］：伯嚭（音同“匹”）子姓，伯氏，名嚭（一名否），春秋后期吴国大夫，吴王夫差时任太宰。其先祖公子遨为宋桓公之子，宋襄公之弟。伯嚭后期内残忠臣，外通敌国，使吴国在吴越争雄中丧失先机，走向衰败。越灭吴后为越王勾践所杀，另一说做了越国太宰。

㉙郢：古地名。春秋时，楚文王建都于郢，故址在今湖北江陵附近。后来楚国都城屡有迁徙，凡迁至之地均称郢。

㉚灊：音同“潜”，古地名，在今安徽霍山附近。

㉛周之子孙在汉川者，楚尽灭之：分封在汉水流域各个诸侯国的周王室宗室，都被楚国（属异性诸侯）灭亡了。

㉜随人卜与王于吴，不吉，乃谢吴不与王：随从占卜认为把昭王交给吴国不吉利，便借故推托，没有把昭王交给吴国。

㉝申包胥：生卒年不详，风姓，包氏，名胥，因封于申邑，故称申包胥，春秋时期楚国大夫。前506年，昔日好友伍子胥破楚，掘楚平王墓鞭尸，申包胥派人责备伍子胥。为复国，申包胥到秦国求助，在城墙外连哭七日，史称“哭秦庭”。秦哀公亲赋《无衣》，发战车五百乘，遣大夫子满、子虎救楚。吴国因受秦楚夹击，加之国内内乱而退兵。楚昭王复国后要封赏申包胥，他坚持不受，举家隐居。从此申包胥被列为中国的忠贤典范。

㉞僇：侮辱。

㉟日莫途远：即日暮途远，比喻年纪已老，而路途还很远。

㊱番：楚国地名，在今江西鄱阳一带。

㊲与越平：与越国讲和。

㊳食不重味：用餐时不吃两道荤菜。

㊴吊死问疾：哀悼死去的，慰问有病的。寓意关怀民生。

㊵浮辞：虚饰浮夸之词。

㊶《盘庚之诰》：殷商中兴之君盘庚的文告。盘庚继其兄阳甲即位，时值王室混乱，国势衰败，诸侯莫朝。盘庚为摆脱困境，也为躲避自然

灾害，率众自奄迁都到殷，“复居成汤之故居”。由于商都前后凡五迁，臣民咨怨，不欲迁徙，盘庚因作此诰，告谕诸侯臣民，共三篇。诰，用于告诫、勉励的文告。

㊷有颠越不恭，劓殄灭之，俾无遗育，无使易种于兹邑：四句见于《尚书·盘庚》中篇，与原文略有不同。意思是，有破坏礼法、不恭王命的，就要彻底地割除灭绝他们，使他们不能传宗接代，不要让他们在这个城邑里把好人影响坏了。颠越，破坏礼法，不恭上命。劓：割除。殄：断绝，灭绝。俾：使。遗育：遗留传宗接代的机会。易：延。兹邑：此邑，指新都殷。

㊸属：同“嘱”。嘱托，托付。

㊹隙：裂痕，隔阂。

㊺猜贼：猜忌狠毒。

㊻徒幸：只希望。

㊼详：通“佯”，假装。

㊽微伺：暗中探察。

㊾鞅鞅：通“怏怏”。因不满而郁郁不乐。

㊿若：你。

51舍人：亲近的门客。

52器：指棺材。

53抉：挖出。

54县：同“悬”。悬挂。

55鸱夷：皮革袋子。

56比周：语见《论语·为政》“君子周而不比，小人比而不周”。是说君子团结却不勾结，小人勾结却不团结。周：和人团结。比：与坏人勾结。这里是复词偏义，意同“比”。

57阴求：暗中寻访。

58劫：劫持。如：到……去。高府：《索隐》引杜预云：“楚之别府也。”

59亨：同“烹”，用鼎煮杀。

60怨毒：怨恨，憎恨。

61同列：地位相类的人。

【导读】

伍子胥是哪里人，历来争议颇多。《史记·伍子胥列传》中关于伍子胥的籍贯问题并没有像《项羽本纪》："项籍者，下相人也！"《老子列传》："老子者，楚苦县厉乡曲仁里人也！"这样明晰的表述。司马迁在《伍子胥列传》中只是道："伍子胥者，楚人也，名员。"司马迁在写作《史记》时掌握了大量第一手资料，在这样的情况下，表述依旧很模糊，所以很可能司马迁自己也不确定伍子胥的具体籍贯。

伍子胥籍贯问题自古以来在史学界就有争论，主要有两说，一说湖北省监利县，一说江苏省宿迁市，至今也没有定论。按《江南通志》《淮安府志》《宿迁县志》等地方志书的记载，伍子胥是宿迁县治东北三十里的伍家沟人，并且书中记载了明代宿迁境内祭祀伍子胥的庙宇有多处。

诸多文人墨客的诗文中也表露"伍家沟"为伍子胥故里。明代大文学家徐渭在《过宿迁谒伍公祠》诗中云："黄河东岸伍公祠，野史评多无定时；举族何辜同刈草，后人却苦论鞭尸。退耕始觉投吴早，雪恨终嫌入郢迟；事到此公真不幸，镯镂依旧遇夫差。"这首七言律诗说明在徐渭生活的那个年代宿迁就有伍子胥的专祠，故址在宿迁城南，与项王庙很近。清代贡生郭轩在《伍员里》一诗中完全表达了宿迁为伍子胥故里的想法。诗云："寂寞荒村野草深，居人传说到如今；独怜一片吴门月，照见将军不死心。"

除了诗歌，楹联中也有映照。在嘉庆年间进士齐梅麓为宿迁金龙四大王庙所作的楹联中，有楹联句云："志节慕睢阳，忧国读书，尚记金龙山在；英灵同伍相，飞刍挽粟，正须白马潮来。"上联歌颂了"金龙四大王"在金龙山忧国忧民，励志勤读；下联赞美伍子胥忠烈英义。清末林则徐在苏州金龙四大王庙大门所作的楹联为："南宋溯忠门，香水传来，犹似钱塘江上；东吴恬德水，帆樯驶过，免经铁瓮城头。"两联都将"金龙四大王"谢绪和伍子胥联系，歌颂了伍子胥忠孝节义、智勇双全的英雄气概。

这篇列传着重记述了伍子胥为报杀父兄之仇，弃小义而灭大恨的事迹。本文以吴国、楚国为主，兼涉鲁、晋、郑、秦诸多国家及诸多重大历史事件；以伍子胥为主，兼涉太子建、白公胜、太宰嚭、申包胥、夫概等诸多人物。其中，光杀父之仇就有吴王夫差与越王勾践的不解之仇、伍子胥与楚平王的深仇大恨，郧公与楚平王的不共之仇以及白公与郑王、子西的生死之恨相互穿插，节奏紧凑，有条不紊。

人物刻画，多神来之笔。尤其是伍子胥的形象，司马迁立体化地突出了他的精神风貌。很多段落成为后来故事、小说和戏曲的传统题材，家喻户晓，为人乐道。伍子胥过昭关，前临大江，后有追兵，与太子胜各自只身徒步逃跑的惶恐，危急之中偶遇渔父的紧张场面，都很富于戏剧性。攻克郢都，伍子胥没有找到昭王，竟“掘楚平王之墓，出其尸，鞭三百，然后已”。疯狂的复仇火焰，使伍子胥多年来忍辱负重、压抑在内心的深仇大恨突然迸发出来，炽烈的情感都表现在字里行间。

伍子胥的性格是通过多角度刻画的。他头脑清楚，看问题尖锐，深知应父之召必然俱死，故弃小义而雪大耻。他有张弓拒捕、桀骜不驯的一面；也有忍辱负重，困病交加、中途乞讨也不忘仇恨的一面；有把自己唯一的宝剑送给渔父感恩报德的一面；也有因时机不成熟，到乡下种地韬光养晦的一面。当然，他丝毫没有忘却复仇的心志，临退耕前还不忘向公子光推荐了专诸。

伍子胥多次规劝吴王伐越，分析形势，指陈利害，虽遭伯嚭谗言诬害，但越发光明磊落。伍子胥是智勇双全的人物。他为吴国率兵打仗，为吴王称霸一时立下了汗马功劳。他被赐死前对门客说的一番话，使其形象达到新的高度。“必树吾墓上以梓，令可以为器，而抉吾眼县吴东门之上，以观越寇之入灭吴也。”是预言，是现实，是政治远见，是身遭诬害的愤慨，也是对吴王昏庸的愤恨！

其他人物，如渔父、申包胥、夫概、勾践、白公胜、石乞等人，或言或行，寥寥几笔，形神俱备，为后世传神写照做出了典范。

诗人李贽对于伍子胥有极高的评价：“伍子胥绝孝纯忠，惊天震地，楚之烈也。”梁启超先生说：“伍子胥智勇深沉，真一世之雄也。”收藏于台北故宫博物院的《太祖子胥公真像》联曰：“大忠大孝仁风盖世，为将为相正气凌霄。”

【作者简介】

司马迁（前 145 或前 135—？），字子长，夏阳（今陕西韩城南）人 。西汉史学家、散文家。司马谈之子，任太史令，因替李陵败降之事辩解而受宫刑，后任中书令。发奋完成所著史籍，被后世尊称为史迁、太史公。司马迁早年受学于孔安国、董仲舒，漫游各地，了解风俗，采集传闻。元封三年（前 108）任太史令，继承父业，著述历史。他以其“究天人之际，通古今之变，成一家之言”的史识创作了中国第一部纪传体通史《史记》（原名《太史公书》）。该书被公认为中国史书的典范，记载了从上古传说中的黄帝时期到汉武帝元狩元年（前 122），长达 3000 多年的历史，对后世的影响极为巨大，被称为“实录、信史”，被鲁迅誉为“史家之绝唱，无韵之离骚”。

项羽本纪[①]

司马迁

项籍者，下相人也，字羽。初起时，年二十四。其季父项梁[②]，梁父即楚将项燕，为秦将王翦所戮者也。项氏世世为楚将，封于项，故姓项氏。

项籍少时，学书不成，去[③]，学剑，又不成。项梁怒之。籍曰："书足以记名姓而已。剑一人敌，不足学，学万人敌。"于是项梁乃教籍兵法，籍大喜，略知其意，又不肯竟学[④]。项梁尝有栎阳逮[⑤]，乃请蕲狱掾曹咎书抵栎阳狱掾司马欣[⑥]，以故事得已[⑦]。项梁杀人，与籍避仇于吴中。吴中贤士大夫皆出项梁下[⑧]。每吴中有大繇役[⑨]及丧，项梁常为主办，阴以兵法部勒宾客及子弟[⑩]，以是知其能。秦始皇帝游会稽，渡浙江，梁与籍俱观。籍曰："彼可取而代也。"梁掩其口，曰："毋妄言，族矣[⑪]！"梁以此奇籍。籍长八尺余，力能扛鼎，才气过人，虽吴中子弟，皆已惮[⑫]籍矣。

【注释】

①本纪：纪传体史书中帝王传记的专用名词，始于司马迁的《史记》。项羽无皇帝之实，却列本纪，因为司马迁认为其在当时有如同皇帝般的领导力。

②季父：父之幼弟，即小叔父。

③去：放弃。

④竟学：学到底。竟：终于，完毕。

⑤逮：及，指有罪相连及。

⑥请蕲狱掾曹咎书抵栎阳狱掾司马欣：请蕲县狱掾曹咎写信给栎阳狱掾司马欣。狱掾：狱曹的属吏。

⑦故事：过去的事，指旧情。已：止，了结。

⑧皆出项梁下：都不如项梁。

⑨繇：同"徭"，劳役。

⑩阴：暗中。部勒：部署，组织。宾客：指客居吴中依附项梁的人。子弟：指吴中的年轻人。

⑪妄言：胡乱说。族：灭族。

⑫惮：害怕。

秦二世元年[①]七月，陈涉等起大泽中。其九月，会稽守通[②]谓梁曰："江西皆反，此亦天亡秦之时也。吾闻先即制人，后则为人所制[③]。吾欲发兵，使公及桓楚将[④]。"是时桓楚亡[⑤]在泽中。梁曰："桓楚亡，人莫知其处，独籍知之耳。"梁乃出，诫籍持剑居外待。梁复入，与守坐，曰："请召籍，使受命召桓楚。"守曰："诺。"梁召籍入。须臾，梁眴[⑥]籍曰："可行矣！"于是籍遂拔剑斩守头。项梁持守头，佩其印绶[⑦]。门下大惊，扰乱[⑧]，籍所击杀数十百人[⑨]。一府中皆慴伏[⑩]，莫敢起。梁乃召故[⑪]所知豪吏，谕[⑫]以所为起大事，遂举[⑬]吴中兵。使人收下县[⑭]，得精兵八千人。梁部署[⑮]吴中豪杰为校尉、候、司马。有一人不得用，自言于梁。梁曰："前时某丧使公主[⑯]某事，不能辨，以此不任用公。"众乃皆伏[⑰]。于是梁为会稽守，籍为裨将[⑱]，徇[⑲]下县。

【注释】

① 秦二世元年：前 209 年。

②会稽守通：会稽郡守殷通。

③制：控制，制约。

④将：带兵，统领军队。

⑤亡：逃亡，避匿。

⑥眴：目动，眨巴眼，使眼色。

⑦印绶：指印。绶：穿缚印纽的带子。

⑧扰乱：乱，混乱。"扰"也是乱的意思。

⑨数十百人：一百来人。

⑩慴伏：因惧怕而屈服。慴：恐惧。伏：同"服"。

⑪故：从前，原先。

⑫谕：晓喻，告诉。

⑬举：发动。

⑭下县：指会稽郡下属各县。

⑮部署：安排，布置。

⑯公：对对方的尊称，等于说您。主：主管。

⑰伏：同“服”，敬服，佩服。

⑱裨将：副将。

⑲徇：带兵巡行占领地方。

广陵人召平于是为陈王徇广陵[①]，未能下[②]。闻陈王败走，秦兵又且至，乃渡江矫[③]陈王命，拜梁为楚王上柱国。曰：“江东已定，急引兵西击秦。”项梁乃以八千人渡江而西[④]。闻陈婴已下东阳，使使欲与连和[⑤]俱西。陈婴者，故东阳令史，居县中，素[⑥]信谨，称为长者[⑦]。东阳少年杀其令[⑧]，相聚数千人，欲置长[⑨]，无适用，乃请陈婴。婴谢[⑩]不能，遂强立婴为长，县中从者得二万人。少年欲立婴便[⑪]为王，异军苍头特起[⑫]。陈婴母谓婴曰：“自我为汝家妇，未尝闻汝先古[⑬]之有贵者。今暴得大名[⑭]，不祥。不如有所属[⑮]，事成犹得封侯，事败易以亡，非世所指名也[⑯]。”婴乃不敢为王。谓其军吏曰：“项氏世世将家，有名于楚。今欲举大事，将非其人[⑰]，不可。我倚名族，亡秦必矣。”于是众从其言，以兵属项梁。项梁渡淮，黥布、蒲将军亦以兵属焉。凡[⑱]六七万人，军[⑲]下邳。

【注释】

①召平：人名。陈王：陈胜。徇：巡行，占领。

②下：用兵力威服，降服。

③矫：假托。

④以：率领。西：向西，西进。

⑤使使：派使者。与连和：跟（陈婴）联合在一起。

⑥素：平素，一向。信谨：诚信谨慎。

⑦长者：忠厚老实的人。

⑧令：县令。

⑨置长：推举首领。

⑩谢：推辞。

⑪便：立即。

⑫异军：与众不同的军队。苍头：以青色头巾裹头。特起：独起，

就是独树一帜的意思。

⑬先古：祖先。

⑭暴：突然。大名：指称王之名。

⑮有所属：有所归属，意思是去依附谁。

⑯非世所指名也：不是为世所指名注目的人。

⑰其人：项梁。

⑱凡：总共。

⑲军：驻扎，扎营。

当是时，秦嘉已立景驹为楚王，军彭城东，欲距[①]项梁。项梁谓军吏曰："陈王先首事[②]，战不利，未闻所在。今秦嘉倍[③]陈王而立景驹，逆无道。"乃进兵击秦嘉。秦嘉军败走[④]，追之至胡陵。嘉还战一日，嘉死，军降。景驹走死梁地。项梁已并秦嘉军，军胡陵，将引军而西。章邯军至栗，项梁使别将[⑤]朱鸡石、樊君与战。樊君死。朱鸡石军败，亡走胡陵。项梁乃引兵入薛，诛鸡石。项梁前使项羽别[⑥]攻襄城，襄城坚守不下。已拔[⑦]，皆阬之[⑧]。还报项梁。项梁闻陈王定[⑨]死，召诸别将会薛计事[⑩]。此时沛公亦起沛往焉。

【注释】

①距：同"拒"，抗拒，抵御。

②先首事：最先领头起事。

③倍：同"背"，背叛。

④败走：战败而逃。

⑤别将：与主力军配合作战的部队将领。

⑥别：另外。

⑦拔：攻下。

⑧阬：同"坑"，活埋，坑埋。

⑨定：确实。

⑩会：会聚，集合。

居鄛人范增，年七十，素居家，好奇计，往说项[①]梁曰："陈胜败固当[②]。夫秦灭六国，楚最无罪。自怀王入秦不反[③]，楚人怜之至今，故楚南公[④]曰‘楚虽三户[⑤]，亡秦必楚’也。今陈胜首事，不立楚后而自立，其势不长。今君起江东，楚蠭午[⑥]之将皆争附君者，以君世世楚将，为能复立楚之后也。”于是项梁然其言[⑦]，乃求楚怀王孙心[⑧]民间，为人牧羊，立以为楚怀王，从民所望也[⑨]。陈婴为楚上柱国，封五县，与怀王都盱台。项梁自号为武信君。

【注释】

①说：游说，劝说。

②固：本来。当：应当，应该。

③怀王入秦不反：楚怀王熊槐被秦昭王骗至武关会盟，结果被扣留，死在那里。反：同“返”。

④南公：战国时一位善预言的老人，《汉书·艺文志》著录有“南公十三篇”，属阴阳家。

⑤虽三户：意思是即使只剩三户人家。“三户”是极言其少。一说“三户”为地名。

⑥蠭午：亦作“蜂午”，纷然并起貌。

⑦然其言：认为他的话对。

⑧心：熊心，楚怀王之孙名心。

⑨从民所望也：为了顺从民众的心愿。

居数月，引兵攻亢父，与齐田荣、司马龙且军救东阿，大破秦军于东阿。田荣即引兵归，逐其王假。假亡走楚。假相田角亡走赵。角弟田间故齐将，居赵不敢归。田荣立田儋子市为齐王。项梁已破东阿下[①]军，遂追秦军。数使使趣齐兵[②]，欲与俱西。田荣曰：“楚杀田假，赵杀田角、田间，乃发兵。”项梁曰：“田假为与国[③]之王，穷[④]来从我，不忍杀之。”赵亦不杀田角、田间以市于齐[⑤]。齐遂不肯发兵助楚。项梁使沛公及项羽别攻城阳，屠[⑥]之。西破秦军濮阳东，秦兵收入濮阳。沛公、项羽乃攻定陶。定陶未下，去，西略[⑦]地至邕丘，大破秦军，斩李由。还攻外黄，外黄未下。

【注释】

①东阿下：东阿一带。下：表示属于某一范围。

②数：屡次，多次。趣：同“促”，催促。

③与国：互相联合的国家，即盟国。

④穷：困窘，走投无路。

⑤市于齐：跟齐国做交易。“市”，买。

⑥屠：屠戮，毁灭。

⑦略：夺取。

项梁起[①]东阿，西北至定陶，再破秦军，项羽等又斩李由，益轻秦，有骄色。宋义乃谏项梁曰：“战胜而将骄卒惰者败。今卒少惰矣[②]，秦兵日益[③]，臣为君畏之。”项梁弗听。乃使宋义使于齐[④]。道遇齐使者高陵君显，曰：“公将见武信君乎？”曰：“然。”曰：“臣论[⑤]武信君军必败。公徐行即免死，疾行[⑥]则及祸。”秦果悉起兵益章邯，击楚军，大破之定陶，项梁死。沛公、项羽去外黄攻陈留，陈留坚守不能下。沛公、项羽相与[⑦]谋曰：“今项梁军破，士卒恐。”乃与吕臣军俱引兵而东。吕臣军彭城东，项羽军彭城西，沛公军砀。

【注释】

①起：发动；兴起。

②少：稍。此句“卒少惰”实际是说“将骄”，即项梁骄傲了。这是一种委婉说法。

③益：增加。

④使宋义使于齐：派宋义出使齐国。

⑤论：推断，预料。

⑥疾行：快走。及：赶上。

⑦相与：在一起。

章邯已破项梁军，则以为楚地兵不足忧，乃渡河击赵，大破之。当此时，赵歇为王，陈余为将，张耳为相，皆走入巨鹿城。章邯令王离、涉间围巨鹿，章邯军其南，筑甬道而输之粟[①]。陈余为将，将卒数万人而军巨鹿之北，此所谓河北之军也。

楚兵已破于定陶，怀王恐，从盱台之[2]彭城，并项羽、吕臣军自将之。以吕臣为司徒，以其父吕青为令尹。以沛公为砀郡长，封为武安侯，将砀郡兵。

【注释】

①甬道：两旁筑墙的通道。输之粟：给王离、涉间输送粮食。

②之：往，到……去。

初，宋义所遇齐使者高陵君显在楚军，见楚王曰："宋义论武信君之军必败，居数日，军果败。兵未战而先见败征[1]，此可谓知兵矣。"王召宋义与计事而大说[2]之，因置以为上将军；项羽为鲁公，为次将，范增为末将，救赵。诸别将皆属宋义，号为卿子冠军[3]。行至安阳，留四十六日不进。项羽曰："吾闻秦军围赵王巨鹿，疾引兵渡河，楚击其外，赵应其内，破秦军必矣。"宋义曰："不然。夫搏牛之虻不可以破虮虱[4]。今秦攻赵，战胜则兵罢[5]，我承其敝[6]；不胜，则我引兵鼓行而西[7]，必举[8]秦矣。故不如先斗秦、赵[9]。夫被坚执锐[10]，义不如公；坐而运策[11]，公不如义。"因下令军中曰："猛如虎，很如羊[12]，贪如狼，强[13]不可使者，皆斩之。"乃遣其子宋襄相齐，身[14]送之至无盐，饮酒高会[15]。天寒大雨，士卒冻饥。项羽曰："将戮力[16]而攻秦，久留不行。今岁饥[17]民贫，士卒食芋菽[18]，军无见[19]粮，乃[20]饮酒高会，不引兵渡河因赵食[21]，与赵并力攻秦，乃曰'承其敝'。夫以秦之强，攻新造[22]之赵，其势必举赵。赵举而秦强，何敝之承！且国兵新破，王坐不安席，埽境内而专属于将军[23]，国家安危，在此一举。今不恤士卒而徇[24]其私，非社稷之臣[25]。"项羽晨朝[26]上将军宋义，即[27]其帐中斩宋义头，出令军中曰："宋义与齐谋反楚，楚王阴令羽诛之。"当是时，诸将皆慴服，莫敢枝梧[28]。皆曰："首立楚者，将军家也。今将军诛乱。"乃相与共立羽为假[29]上将军。使人追宋义子，及之齐，杀之。使桓楚报命[30]于怀王。怀王因使项羽为上将军，当阳君、蒲将军皆属项羽。

【注释】

①征：征兆，兆头。

②说：同“悦”，喜悦，高兴。

③卿子：当时对人的尊称。冠军：《汉书》颜师古注：“言其在诸军之上。”

④夫搏牛之虻不可以破虮虱：抓牛身上的虻虫，是无法除去牛身上的虮虱的。虻：牛虻。虮：虱卵。

⑤罢：通“疲”。疲乏，疲劳。

⑥承：趁，利用。敝：疲惫。

⑦鼓行而西：敲着鼓行进，向西攻秦。

⑧举：攻取，占领。

⑨斗秦、赵：使秦国和赵国互相争斗。

⑩被：同“披”。坚：指坚甲。锐：指锐利的兵器。

⑪运策：运用谋略。

⑫很：同“狠”，指不听从。

⑬强：倔强。

⑭身；亲自。

⑮高会：大会宾客。

⑯戮力：合力，并力。

⑰岁饥：年荒，年成不好。

⑱芋：芋头，这里指薯类。菽：豆类。

⑲见：同“现”，现成的。

⑳乃：却，竟然。

㉑因赵食：依靠赵国的粮食来食用。因：凭借。

㉒新造：刚刚建立的。

㉓埽：同“扫”，尽，这里是全部集中的意思。专属于将军：都托付给你了。

㉔徇：谋求。

㉕社稷之臣：指名副其实的国家大臣。社稷：社稷坛，古代天子诸侯祭祀土神和谷神的地方，代指国家。

㉖朝：参见。

㉗即：就在。

㉘枝梧：本指架屋的小柱与斜柱，枝梧相抵，引申为抵抗、抗拒之意。

㉙假：代理。

㉚报命：复命，回朝报告。

项羽已杀卿子冠军，威震楚国，名闻诸侯。乃遣当阳君、蒲将军将卒二万渡河[①]，救巨鹿。战少利[②]，陈余复请兵。项羽乃悉引兵渡河，皆沉船，破釜甑[③]，烧庐舍，持三日粮，以示士卒必死，无一还心。于是至则围王离，与秦军遇，九战，绝其甬道，大破之，杀苏角，虏王离。涉间不降楚，自烧杀。当是时，楚兵冠诸侯[④]。诸侯军救巨鹿下者十余壁[⑤]，莫敢纵兵[⑥]。及楚击秦，诸将皆从壁上观。楚战士无不一以当十，楚兵呼声动天，诸侯军无不人人惴恐[⑦]。于是已破秦军，项羽召见诸侯将，入辕门[⑧]，无不膝行而前[⑨]，莫敢仰视。项羽由是始为诸侯上将军，诸侯皆属焉。

【注释】

①河：这里指漳河。

②少利：胜利不多。

③釜：锅。甑：做饭用的一种瓦器。

④冠诸侯：在诸侯军当中居第一。

⑤壁：壁垒，营垒。

⑥纵兵：出动军队。

⑦惴恐：恐惧。

⑧辕门：营门。古时军营用两辆兵车竖起车辕相对为门，所以叫辕门。

⑨膝行而前：跪着向前走。“膝行”，用膝盖行走。

章邯军棘原，项羽军漳南，相持未战。秦军数却，二世使人让[①]章邯。章邯恐，使长史欣请事[②]。至咸阳，留司马门[③]三日，赵高不见，有不信之心。长史欣恐，还走其军，不敢出故道[④]，赵高果使人追之，不及。欣至军，报曰：“赵高用事于中[⑤]，下无可为者。今战能胜，高必疾[⑥]妒吾功；战不能胜，不免于死。愿将军孰计[⑦]之。”陈余亦遗[⑧]章邯书曰：“白起为秦将，南征鄢郢，北阬马服，攻城略地，不可胜计，而竟赐死[⑨]。

蒙恬为秦将，北逐戎人[10]，开榆中地数千里，竟斩阳周。何者？功多，秦不能尽封，因以法诛之。今将军为秦将三岁矣，所亡失以十万数[11]，而诸侯并起滋益[12]多。彼赵高素谀日久，今事急，亦恐二世诛之，故欲以法诛将军以塞责，使人更代[13]将军以脱其祸。夫将军居外久，多内郤[14]，有功亦诛，无功亦诛。且天之亡秦，无[15]愚智皆知之。今将军内不能直谏，外为亡国将，孤特独立[16]而欲常存，岂不哀哉！将军何不还兵与诸侯为从[17]，约共攻秦，分王其地，南面称孤[18]；此孰与身伏𫓧质[19]，妻子为僇[20]乎？”章邯狐疑[21]，阴使候始成使项羽，欲约。约未成，项羽使蒲将军日夜引兵度[22]三户，军漳南，与秦战，再破之。项羽悉引兵击秦军汙水上，大破之。

【注释】

①让：责备，责问。

②请事：请示有关事情。

③司马门：皇宫的外门，常有武官司马把守，所以叫司马门。

④出故道：走来时所走的路。故道：原路。

⑤用事：掌权，擅权。中：指朝廷。

⑥疾：同“嫉”。

⑦孰计：仔细考虑。孰：同“熟”。

⑧遗：送给。

⑨赐死：赐剑令自杀。

⑩戎人：指当时的匈奴。

⑪以十万数：拿十万来计算，言其极多。

⑫滋益：更加，越发。

⑬更代：替代，接替。

⑭多内郤：朝廷中有怨仇的人多。郤：裂缝，裂痕。

⑮无：无论。

⑯孤特独立：孤立。“孤”“特”“独”三字同义。

⑰从：同“纵”，合纵，指联合攻秦。

⑱南面称孤：称王。南面：面朝南。古代天子、诸侯都南面听政，所以用南面表示称王。

⑲孰与：相比……怎么样。身伏铁质：身遭刑戮。铁：同“斧”，斩人用的刑具。质：同“锧”，斩人时所垫的砧板。

⑳为：被。僇：通“戮”。

㉑狐疑：犹豫不决。

㉒度：同“渡”。

章邯使人见项羽，欲约。项羽召军吏谋曰：“粮少，欲听其约。”军吏皆曰：“善。”项羽乃与期洹水南殷虚上。已盟[①]，章邯见项羽而流涕[②]，为言[③]赵高。项羽乃立章邯为雍王，置楚军中，使长使欣为上将军，将秦军为前行[④]。到新安。诸侯吏卒异时故繇使屯戍过秦中[⑤]，秦中吏卒遇之多无状[⑥]，及秦军降诸侯，诸侯吏卒乘胜多奴虏使之[⑦]，轻折辱秦吏卒[⑧]。秦吏卒多窃言[⑨]曰：“章将军等诈吾属[⑩]降诸侯，今能入关破秦，大善；即[⑪]不能，诸侯虏吾属而东，秦必尽诛吾父母妻子。”诸将微闻[⑫]其计，以告项羽。项羽乃召黥布、蒲将军计曰：“秦吏卒尚众，其心不服，至关中不听，事必危，不如击杀之，而独与章邯、长史欣、都尉翳入秦。”于是楚军夜击坑秦卒二十余万人新安城南。

【注释】

①盟：立誓约。

②涕：泪。

③为言：对项羽说。

④前行：先锋，先头部队。

⑤异时：从前。故：从前，这里可译为曾经。繇使屯戍：被派徭役去驻守边疆。

⑥遇：待。无状：无礼。

⑦奴虏使之：像对待奴隶一样使役他们。

⑧轻：轻易，随便。

⑨窃言：私下说，偷偷说。

⑩诈：欺骗。吾属：我们这班人，我们。

⑪即：如果。

⑫微闻：访察到。微：窥视，探察。

行[1]略定秦地。函谷关有兵守关，不得入。又闻沛公已破咸阳，项羽大怒，使当阳君等击关。项羽遂入，至于戏西。沛公军霸上，未得与项羽相见。沛公左司马曹无伤使人言于项羽曰："沛公欲王关中，使子婴为相，珍宝尽有之。"项羽大怒，曰："旦日飨[2]士卒，为击破沛公军！"当是时，项羽兵四十万，在新丰鸿门，沛公兵十万，在霸上。范增说项羽曰："沛公居山东时，贪于财货，好美姬。今入关，财物无所取，妇女无所幸[3]，此其志不在小。吾令人望其气[4]，皆为龙虎，成五采，此天子气也。急击勿失。"

【注释】

①行：行将，将要。

②旦日：明天。飨：用酒食款待，这里指犒劳。

③幸：宠幸。

④气：预示吉凶之气。

楚左尹项伯者，项羽季父也，素善[1]留侯张良。张良是时从沛公，

项伯乃夜驰之沛公军，私见张良，具[2]告以事，欲呼张良与俱去。曰："毋从俱死[3]也。"张良曰："臣为韩王送沛公，沛公今事有急，亡去[4]不义，不可不语[5]。"良乃入，具告沛公。沛公大惊，曰："为之奈何？"张良曰："谁为大王为此计者？"曰："鲰生[6]说我曰'距关，毋内[7]诸侯，秦地可尽王也'。故听之。"良曰："料大王士卒足以当[8]项王乎？"沛公默然，曰："固[9]不如也，且为之奈何？"张良曰："请往谓项伯，言沛公不敢背项王也。"沛公曰："君安与项伯有故[10]？"张良曰："秦时与臣游[11]，项伯杀人，臣活之[12]。今事有急，故幸来告良。"沛公曰："孰与君少长[13]？"良曰："长于臣。"沛公曰："君为我呼入，吾得兄事之[14]。"张良出，要[15]项伯。项伯即入见沛公。沛公奉卮酒为寿[16]，约为婚姻，曰："吾入关，秋毫[17]不敢有所近，籍[18]吏民，封府库[19]，而待将军。所以遣将守关者，备他盗之出入与非常[20]也。日夜望将军至，岂敢反乎！愿伯具言臣之不敢倍德[21]也。"项伯许诺。谓沛公曰："旦日不可不蚤自来谢项王[22]。"沛公曰："诺。"于是项伯复夜去，至军中，具以沛

公言报项王。因言曰：“沛公不先破关中，公岂敢入乎？今人有大功而击之，不义也，不如因而善遇之。”项王许诺。

【注释】

①善：亲善，要好。

②具：全部。

③毋从俱死：不要跟着（沛公刘邦）一起死。

④亡去：逃离。

⑤语：告诉。

⑥鲰生：浅薄愚陋的小人。

⑦内：同“纳”。接纳，交纳。

⑧当：挡住，抵挡。

⑨固：固然，当然。

⑩安：何，怎么。有故：有旧交。

⑪游：交游，交往。

⑫活之：使他免于死罪。

⑬孰与君少长：跟你相比年纪谁大谁小。

⑭兄事之：像对待兄长一样侍奉他。事：侍奉。

⑮要：邀请。

⑯卮（zhī）：酒器。为寿：古时献酒致祝颂词叫为寿。

⑰秋毫：秋天动物身上新长出的细毛，比喻极细微的东西。

⑱籍：登记。

⑲府库：仓库。

⑳非常：指意外变故。

㉑倍德：忘恩负义。倍：同“背”。

㉒蚤：通“早”。谢项王：向项王陪罪。谢：谢罪，道歉。

沛公旦日从百余骑[①]来见项王，至鸿门，谢曰：“臣与将军戮力而攻秦，将军战河北，臣战河南，然不自意[②]能先入关破秦，得复见将军于此。今者有小人之言，令将军与臣有郤。”项王曰：“此沛公左司马曹无伤言之；不然，籍何以至此。”项王即日[③]因留沛公与饮。项王、项伯东向坐[4]，亚父南向坐。亚父者，范增也。沛公北向坐，张良西向侍。范增数目[5]项王，举所佩玉玦以示之者三[6]，项王默然不应。范增起，出召项庄，谓曰："君王为人不忍[7]，若[8]入前为寿，寿毕，请以剑舞，因击沛公于坐，杀之。不者[9]，若属皆且为所虏[10]。"庄则入为寿。寿毕，曰："君王与沛公饮，军中无以为乐，请以剑舞。"项王曰："诺。"项庄拔剑起舞，项伯亦拔剑起舞，常以身翼蔽[11]沛公，庄不得击。于是张良至军门，见樊哙。樊哙曰："今日之事何如？"良曰："甚急。今者项庄拔剑舞，其意常在沛公也。"哙曰："此迫矣，臣请入，与之同命[12]。"哙即带剑拥[13]盾入军门。交戟[14]之卫士欲止不内，樊哙侧其盾以撞，卫士仆[15]地，哙遂入，披[16]帷西向立，嗔目[17]视项王，头发上指，目眦[18]尽裂。项王按剑而跽[19]曰："客何为者？"张良曰："沛公之参乘[20]樊哙者也。"项王曰："壮士，赐之卮酒。"则与斗[21]卮酒。哙拜谢，起，立而饮之。项王曰："赐之彘肩[22]。"则与一生彘肩。樊哙覆其盾于地，加彘肩上，拔剑切而啖[23]之。项王曰："壮士，能复饮乎？"樊哙曰："臣死且不避，卮酒安足辞！夫秦王有虎狼之心，杀人如不能举[24]，刑人如不恐胜[25]，天下皆叛之。怀王与诸将约曰：'先破秦入咸阳者王之。'今沛公先破秦入咸阳，毫毛不敢有所近，封闭宫室，还军霸上，以待大王来。故遣将守关者，备他盗出入与非常也。劳苦功高如此，未有封侯之赏，而听细说[26]，欲诛有功之人。此亡秦之续耳，窃为大王不取也。"项王未有以应，曰："坐。"樊哙从良坐。坐须臾，沛公起如厕[27]，因招樊哙出。

【注释】

①从百余骑：带领随从一百多人。骑：骑兵。

②不自意：自己想不到。

③即日：当天。

④东向坐：面朝东坐。这是表示尊贵。

⑤目：用眼色示意。

⑥玦：环形而有缺口的玉佩。三：这里是表示好几次。

⑦忍：狠心。

⑧若：汝，你。

⑨不者：不然的话。

⑩若属：你们这班人。且：将。为所虏：被他俘虏。

⑪翼蔽：遮蔽，掩护。

⑫与之同命：跟沛公共生死。一说“同命”：拼命。

⑬拥：抱，持。

⑭交戟：把戟交靠起来。

⑮仆：倒下。

⑯披：分开。

⑰瞋目：睁大眼睛。

⑱眦：眼眶。

⑲跽：长跪，挺直上身跪起来。古人席地而坐，坐时臀部压在小腿上，挺直上身就显得身子长了，叫长跪，就是跽。

⑳参乘：即“骖乘”，古代主将战车上居于右侧担任护卫的武士，又叫车右。

㉑斗：古代盛酒器。

㉒彘肩：猪腿。

㉓啖：吃。

㉔举：尽。

㉕刑人：给人用刑。胜：尽，极。

㉖细说：指小人的谗言。

㉗如厕：上厕所。

沛公已出，项王使都尉陈平召沛公。沛公曰：“今者出，未辞也，为之奈何？”樊哙曰：“大行不顾细谨[①]，大礼不辞小让[②]。如今人方为刀俎[③]，我为鱼肉，何辞为！”于是遂去，乃令张良留谢。良问曰：“大王来何操[④]？”曰：“我持白璧一双，欲献项王，玉斗一双，欲与亚父，会[⑤]其怒，不敢献。公为我献之。”张良曰：“谨诺。”当是时，项王军在鸿门下，沛公军在霸上，相去四十里。沛公则置[⑥]车骑，脱身独骑，与樊哙、夏侯婴、靳强、纪信等四人持剑盾步走[⑦]，从郦山下，道芷阳间行[⑧]。沛公谓张良曰：“从此道至吾军，不过二十里耳。度[⑨]我至军中，公乃入。”沛公已去，间到军中，张良入谢，曰：“沛公不胜杯杓[⑩]，不能辞。谨使臣良奉白璧一双，再拜[⑪]献大王足下；玉斗一双，再拜奉大将军足下。”项王曰：“沛公安在？”良曰：“闻大王有意督过[12]之，脱身独去，已至军矣。”项王则受璧，置之坐上。亚父受玉斗，置之地，拔剑撞而破之，曰：“唉！竖子[13]不足与谋。夺项王天下者，必沛公也，吾属今为之虏矣。”

沛公至军，立诛杀曹无伤。

【注释】

①大行：指干大事。细谨：小的礼节。

②让：谦让。

③俎：切肉的砧板。

④何操：带了什么。

⑤会：适逢，恰巧。

⑥置：放下，丢下。

⑦步走：徒步。

⑧道：取道，经过。间行：抄小道走。

⑨度：估计。

⑩不胜杯杓：不能再喝。杯杓：两种酒器，借指酒。

⑪再拜：表示恭敬的礼节，这里指恭敬。

⑫督过：责备。

⑬竖子：对人的鄙称，类似于“小子”。

居数日，项羽引兵西屠咸阳，杀秦降王子婴，烧秦宫室，火三月不灭；收其货宝妇女而东。人或说项王曰：“关中阻山河四塞[1]，地肥饶，可都以[2]霸。”项王见秦宫室皆以烧残破，又心怀思欲东归，曰：“富贵不归故乡，如衣绣[3]夜行，谁知之者！”说者曰：“人言楚人沐猴而冠[4]耳，果然。”项王闻之，烹[5]说者。

【注释】

①阻：倚仗。四塞：四面要塞。

②都：建都。以：而。

③衣绣：穿锦绣衣服。

④沐猴而冠：猴子穿衣戴帽，究竟不是真人。比喻虚有其表，得意忘形；或是讥嘲为人愚鲁无知空有表面。

⑤烹：放在鼎里煮。

项王使人致命[①]怀王。怀王曰："如约[②]。"乃尊怀王为义帝[③]。项王欲自王，先王诸将相。谓曰："天下初发难时，假立诸侯后[④]以伐秦。然身被坚执锐首事，暴露于野三年，灭秦定天下者，皆将相诸君与籍之力也。义帝虽无功，故当分其地而王之。"诸将皆曰："善。"乃分天下，立诸将为侯王。项王、范增疑[⑤]沛公之有天下，业已讲解[⑥]，又恶负约[⑦]，恐诸侯叛之，乃阴谋[⑧]曰："巴蜀道险，秦之迁人[⑨]皆居蜀。"乃曰："巴蜀亦关中地也。"故立沛公为汉王，王巴、蜀、汉中，都南郑。而三分关中，王秦降将以距塞[⑩]汉王。项王乃立章邯为雍王，王咸阳以西，都废丘。长史欣者，故为栎阳狱掾，尝有德于项梁；都尉董翳者，本劝章邯降楚。故立司马欣为塞王，王咸阳以东至河，都栎阳；立董翳为翟王，王上郡，都高奴。徙魏王豹为西魏王，王河东，都平阳。瑕丘申阳者，张耳嬖臣[⑪]也，先下河南，迎楚河上，故立申阳为河南王，都洛阳。韩王成因故都，都阳翟。赵将司马卬定河内，数有功，故立卬为殷王，王河内，都朝歌。徙赵王歇为代王。赵相张耳素贤，又从入关，故立耳为常山王，王赵地，都襄国。当阳君黥布为楚将，常冠军，故立布为九江王，都六。鄱君吴芮率百越[⑫]佐诸侯，又从入关，故立芮为衡山王，都邾。义帝柱国共敖将兵击南郡，功多，因立敖为临江王，都江陵。徙燕王韩广为辽东王。燕将臧荼从楚救赵，因从入关，故立荼为燕王，都蓟。徙齐王田市为胶东王。齐将田都从共救赵，因从入关，故立都为齐王，都临淄。故秦所灭齐王建孙田安，项羽方渡河救赵，田安下济北数城，引其兵降项羽，故立安为济北王，都博阳。田荣者，数负项梁，又不肯将兵从楚击秦，以故不封。成安君陈余弃将印去，不从入关，然素闻其贤，有功于赵，闻其在南皮，故因环封三县[⑬]。番君将梅鋗功多，故封十万户侯。项王自立为西楚霸王，王九郡，都彭城。

【注释】

①致命：传达言辞。

②如约：指按先前所说“先破秦入咸阳者王之”的约定办。

③义帝：假皇帝。

④假立：暂时封立。诸侯后：指六国诸侯的后代，如韩成、田假、赵歇等。

⑤疑：怀疑，疑心。

⑥讲解：和解。

⑦恶：讨厌，不乐意。负约：背约。

⑧阴谋：暗中谋划。

⑨迁人：被流放的人。

⑩距塞：遮断，堵住。

⑪嬖臣：宠臣。

⑫百越：种族名，为春秋越国的遗族。楚灭越，越民徙居五岭一带，又徙至福建、广东各地，随地立君，故称百越。

⑬环封三县：把南皮周围三县封给陈余。

汉之元年[①]四月，诸侯罢戏下[②]，各就国[③]。

项王出[④]之国，使人徙义帝[⑤]，曰："古之帝者地方千里[⑥]，必居上游[⑦]。"乃使使徙义帝长沙郴县。趣义帝行，其群臣稍稍[⑧]背叛之，乃阴令衡山、临江王击杀之江中。韩王成无军功，项王不使之国，与俱至彭城，废以为侯，已[⑨]又杀之。臧荼之国，因逐韩广之辽东，广弗听，荼击杀广无终，并王其地。

【注释】

①汉之元年：即前206年。刘邦在这一年二月称汉王。当时天下尚未统一，各国都有自己的纪元，因司马迁为汉臣，所以用汉之纪元。

②戏下：大将军旗帜之下。戏：通“麾”，将帅的大旗。一说：“戏”指戏水，“戏下”即戏水之下。

③就国：到自己的封国去。

④出：指出函谷关。

⑤徙义帝：此指让楚王心迁离彭城。

⑥地方千里：土地纵横各千里。

⑦上游：河川的上流。

⑧稍稍：渐渐地。

⑨已：不久。

田荣闻项羽徙齐王市胶东，而立齐将田都为齐王，乃大怒，不肯遣齐王之胶东，因以齐反，迎击田都。田都走楚。齐王市畏项王，乃亡之胶东就国。田荣怒，追击杀之即墨。荣因自立为齐王，而西击杀济北王田安，并王三齐[①]。荣与[②]彭越将军印，令反梁地。陈余阴使张同、夏说说齐王田荣曰："项羽为天下宰[③]，不平。今尽王故王于丑地[④]，而王其群臣诸将善地，逐其故主，赵王乃北居代，余以为不可。闻大王起兵，且不听不义[⑤]，愿大王资[⑥]余兵，请以击常山，以复赵王，请以国为扞蔽[⑦]。"齐王许之，因遣兵之赵。陈余悉发三县兵，与齐并力击常山，大破之。张耳走归汉。陈余迎故赵王歇于代，反之赵[⑧]，赵王因立陈余为代王。

【注释】

①三齐：指齐、胶东、济北三国，其地均属战国齐地。

②与：给。

③为天下宰：指主持天下的事，即分封诸侯的事。

④丑地：坏地方。

⑤不听不义：不听从不义之命。

⑥资：助。

⑦扞蔽：外卫，屏障。

⑧反之赵：使他（赵王歇）返回赵国。

是时，汉还定三秦[①]。项羽闻汉王皆已并关中，且东，齐、赵叛之[②]，大怒。乃以故吴令郑昌为韩王，以距汉。令萧公角等击彭越。彭越败萧公角等。汉使张良徇韩，乃遗项王书曰："汉王失职[③]，欲得关中，如约即止，不敢东。"又以齐、梁[④]反书遗项王曰："齐欲与赵并灭楚。"楚以此故无西意。而北击齐。征兵九江王布。布称疾[⑤]不往，使将将数千人行。项王由此怨布也，汉之二年冬，项羽遂北至城阳，田荣亦将兵会战。田荣不胜，走至平原，平原民杀之。遂北烧夷[⑥]齐城郭。皆阬田荣降卒，系虏[7]其老弱妇女。徇齐至北海，多所残灭。齐人相聚而叛之。于是田荣弟田横收齐亡卒得数万人，反城阳。项王因留，连战未能下。

【注释】

①三秦：指雍、塞、翟三国，其地均在秦国地区。汉元年八月，刘邦用韩信计，自汉中经原路回关中，袭破雍王章邯。二年，塞王欣、翟王翳皆降汉。

②齐、赵叛之：指田荣并王三齐，迎还赵王歇。

③失职：指失去应该得到的封职，即未能被封为关中王。

④齐、梁：《史记会注考证》以为“齐、赵”之误。

⑤称疾：托言有病。

⑥烧夷：烧平。

⑦系虏：俘虏。

春，汉王部五诸侯[1]兵，凡五十六万人，东伐楚。项王闻之，即令诸将击齐，而自以精兵三万人南从鲁出胡陵。四月，汉皆已入彭城，收其货宝美人，日置酒高会。项王乃西从萧，晨击汉军而东，至彭城，日中，大破汉军。汉军皆走，相随[2]入谷、泗水，杀汉卒十余万人。汉卒皆南走山，楚又追击至灵壁东睢水上。汉军却，为楚所挤，多杀[3]，汉卒十余万人皆入睢水，睢水为之不流。围汉王三帀[4]。于是大风从西北而起，折木发屋[5]，扬沙石，窈冥昼晦[6]，逢迎楚军[7]。楚军大乱，坏散[8]，而汉王乃得与数十骑遁去[9]。欲过沛，收家室而西；楚亦使人追之沛，取汉王家；家皆亡，不与汉王相见。汉王道逢得孝惠、鲁元，乃载行。楚骑追汉王，汉王急，推堕孝惠、鲁元车下，滕公常下收载之。如是者三。曰：“虽急不可以驱[10]，奈何弃之？”于是遂得脱。求太公、吕后不相遇。审食其从太公、吕后间行，求汉王，反遇楚军。楚军遂与归，报项王，项王常置军中[11]。

【注释】

①五诸侯：其所指历来众说纷纭，颜师古以为是常山、河南、韩、魏、殷五国，今多采此说。

②相随：一个接着一个地。
③多杀：好多人被杀。
④三帀：三层。帀：同“匝”，环绕一周。
⑤木：树。发：掀起。
⑥窈冥：昏暗的样子。昼晦：白天如同夜晚般黑暗。
⑦逢迎：迎着，指风沙迎面而吹。
⑧坏散：崩溃。
⑨遁去：逃离。
⑩驱：赶马。
⑪常置军中：经常扣留在军营中，为的是当作人质。

是时吕后兄周吕侯为汉将兵居下邑，汉王间往从之，稍稍收其士卒。至荥阳，诸败军皆会[①]，萧何亦发关中老弱未傅[②]悉诣荥阳，复大振。楚起于彭城，常乘胜逐北，与汉战荥阳南京、索间，汉败楚，楚以故不能过荥阳而西。

【注释】

①会：会合，会聚。
②未傅：指未曾载入名册不符合兵役年龄的人。诣：往。

项王之救彭城，追汉王至荥阳，田横亦得收齐，立田荣子广为齐王。汉王之败彭城，诸侯皆复与[①]楚而背汉。汉军荥阳，筑甬道属之河[②]，以取敖仓粟。汉之三年，项王数侵夺汉甬道，汉王食乏，恐，请和，割荥阳以西为汉。

项王欲听之。历阳侯范增曰：“汉易与[③]耳，今释[④]弗取，后必悔之。”项王乃与范增急围荥阳。汉王患之，乃用陈平计间[⑤]项王。项王使者来，为太牢具[⑥]，举欲进之。见使者，详[⑦]惊愕曰：“吾以为亚父使者，乃反项王使者。”更持去，以恶食[⑧]食项王使者。使者归报项王，项王乃疑范增与汉有私，稍夺之权。范增大怒，曰：“天下事大定矣，君王自为之。愿赐骸骨归卒伍[⑨]。”项王许之。行未至彭城，疽[⑩]发背而死。

【注释】

①与：归附。

②属之河：意思是把荥阳和黄河连接起来。属：连接。

③易与：容易对付。

④释：放，指放走汉军。

⑤间：离间，指离间项王与范增的关系。

⑥太牢具：指极丰盛的筵席。古代祭祀或宴会，牛、羊、豕三者齐备叫太牢。具：饭食，酒肴。

⑦详：同“佯”，假装。

⑧恶食：粗劣的饭食。

⑨赐骸骨：意思是乞身告老。古人把做官看作委身于君，年老要求退休叫作乞骸骨。归卒伍：意思是回乡为民。卒伍：指乡里。

⑩疽：毒疮。

汉将纪信说汉王曰：“事已急矣，请为王诳楚为王[①]，王可以间出。”于是汉王夜出[②]女子荥阳东门被甲二千人，楚兵四面击之。纪信乘黄屋车[③]，傅左纛[④]，曰：“城中食尽，汉王降。”楚军皆呼万岁。汉王亦与数十骑从城西门出，走成皋。项王见纪信，问：“汉王安在？”信曰：“汉王已出矣。”项王烧杀纪信。

【注释】

①为王（第一个）：替您。诳楚：诓骗楚军。为王（第二个）：装扮成您（汉王）。

②出：放出。

③黄屋车，以黄绸为车盖里子的车，为天子所乘。

④傅：附着，带着。纛：用羽毛做的类似旗子的装饰物。

汉王使御史大夫周苛、枞公、魏豹守荥阳。周苛、枞公谋曰：“反国之王[①]，难与守城。”乃共杀魏豹。楚下荥阳城，生得[②]周苛。项王谓周苛曰：“为我将，我以公为上将军，封三万户。”周苛骂曰：“若不趣[③]降汉，汉今虏若，若非汉敌也。”项王怒，烹周苛，并杀枞公。

【注释】

①反国之王：意思是反叛过的国家的王，魏豹最初被项羽封为西魏王，后降汉，又叛汉，汉二年八月，韩信破魏，虏豹，刘邦赦免了他。

②生得：活捉。

③趣：通“促”，赶快。

汉王之出荥阳，南走宛、叶，得九江王布，行收兵，复入保成皋。汉之四年，项王进兵围成皋。汉王逃，独与滕公出成皋北门，渡河走修武，从张耳、韩信军。诸将稍稍得出成皋，从汉王。楚遂拔成皋，欲西。汉使兵距之巩，令其不得西。

是时，彭越渡河击楚东阿，杀楚将军薛公。项王乃自东击彭越。汉王得淮阴侯兵，欲渡河南。郑忠说汉王，乃止壁①河内。使刘贾将兵佐彭越，烧楚积聚②。项王东击破之，走彭越③。汉王则引兵渡河，复取成皋，军广武，就敖仓食。项王已定东海来，西，与汉俱临广武而军，相守④数月。

【注释】

①壁：壁垒，营垒，这里是筑起壁垒的意思。

②积聚：指粮草辎重。

③走彭越：把彭越打跑了。

④相守：各自守住营垒。

当此时，彭越数反梁地，绝楚粮食，项王患之，为高俎，置太公其上，告汉王曰：“今不急下①，吾烹太公。”汉王曰：“吾与项羽俱北面②受命怀王，曰‘约为兄弟’，吾翁即若翁③，必欲烹而④翁，则幸分我一杯羹。”项王怒，欲杀之。项伯曰：“天下事未可知，且为天下者不顾家，虽杀之无益，只益祸耳。”项王从之。

【注释】

①急下：赶快投降。

②北面：古时君主见臣下，南面而坐，臣下北面朝见君主，故以北

面指称臣。

③翁：父亲。

④而：你的。

楚汉久相持未决，丁壮苦军旅，老弱罢转漕[①]。项王谓汉王曰："天下匈匈[②]数岁者，徒以吾两人耳，愿与[③]汉王挑战，决雌雄，毋徒苦天下之民父子为也[④]。"汉王笑谢曰："吾宁斗智，不能斗力。"项王令壮士出挑战。汉有善骑射者楼烦[⑤]，楚挑战三合，楼烦辄[⑥]射杀之。项王大怒，乃自披甲持戟挑战。楼烦欲射之，项王瞋目叱之，楼烦目不敢视，手不敢发，遂走还入壁，不敢复出。汉王使人间问之，乃项王也。汉王大惊。于是项王乃即汉王相与临广武间而语[⑦]。汉王数[⑧]之，项王怒，欲一战。汉王不听，项王伏弩[⑨]射中汉王。汉王伤，走入成皋。

【注释】

①罢转漕：由于行军而疲惫。转：车运。漕：船运 。

②匈匈：动乱，纷扰。

③与：跟，向。

④徒：白白地。为：语气词。

⑤楼烦：北方种族名，其人善骑射，这里指善于骑射的士卒。

⑥辄：每次。

⑦即：靠近，走近。间：通"涧"。

⑧数：列举罪状。按：《高祖本纪》载有刘邦所列项羽十条罪状，可参看。

⑨伏弩：埋伏的弓箭手。"弩"，一种带机关的弓。

项王闻淮阴侯已举河北，破齐、赵，且欲击楚，乃使龙且往击之。淮阴侯与战，骑将灌婴击之，大破楚军，杀龙且。韩信因自立为齐王。项王闻龙且军破，则恐，使盱台人武涉往说淮阴侯[①]。淮阴侯弗听。是时，彭越复反，下梁地，绝楚粮。项王乃谓海春侯大司马曹咎等曰："谨守成皋，则汉欲挑战，慎勿与战，毋令得东而已[②]。我十五日必诛彭越，定梁地，复从将军。"乃东，行击陈留、外黄。

【注释】

①武涉说淮阴侯的内容是劝说淮阴侯背汉联楚，三分天下。详见《淮阴侯列传》。

②毋令得东：不要让汉军得以东进。

外黄不下。数日，已降，项王怒，悉令男子年十五已[①]上诣城东，欲阬之。外黄令舍人[②]儿年十三，往说项王曰："彭越强劫外黄，外黄恐，故且降，待大王。大王至，又皆阬之，百姓岂有归心？从此以东，梁地十余城皆恐，莫肯下矣。"项王然其言[③]，乃赦外黄当阬者。东至睢阳，闻之皆争下[④]项王。

【注释】

①已：通"以"。

②舍人：门客。

③然其言：以其言为然，认为他的话对。

④争下：争着降服。

汉果数挑楚军战，楚军不出。使人辱之，五六日，大司马怒，渡兵汜水。士卒半渡，汉击之，大破楚军，尽得楚国货赂[①]。大司马咎、长史翳、塞王欣皆自刭汜水上。大司马咎者，故蕲狱掾，长史欣亦故栎阳狱吏，两人尝有德于项梁，是以项王信任之。当是时，项王在睢阳，闻海春侯军败，则引兵还。汉军方围钟离眜于荥阳东，项王至，汉军畏楚，尽走险阻[②]。

【注释】

①货赂：财货。

②险阻：指山高路险之地。

是时，汉兵盛，食多，项王兵罢，食绝。汉遣陆贾说项王，请太公，项王弗听。汉王复使侯公往说项王，项王乃与汉约，中分天下，割鸿沟以西者为汉，鸿沟而东者为楚。项王许之，即归汉王父母妻子[①]。军皆呼万岁。汉王乃封侯公为平国君。匿弗肯复见[②]。曰："此天下辩士，所居倾国[③]，故号为平国君。"项王已约，乃引兵解而东归。

【注释】

①父母妻子：刘邦生母刘媪已死，此处"母"指刘邦庶母，"子"指庶子刘肥。（赵翼《廿二史札记》）

②匿弗肯复见：意思是让侯公隐藏起来，汉王不肯再见到他。一说是侯公藏起来不愿再见汉王，表示不图封赏。

③所居倾国：意思是侯公口才好，他住在哪儿就会使人家的国家倾覆。

汉欲西归，张良、陈平说曰："汉有天下太半[①]，而诸侯皆附之。楚兵罢食尽，此天亡楚之时也，不如因其机而遂取之。今释弗击，此所谓'养虎自遗患'也。"汉王听之。

汉五年，汉王乃追项王至阳夏南，止军，与淮阴侯韩信、建成侯彭越期会而击楚军。至固陵，而信、越之兵不会。楚击汉军，大破之。汉王复入壁，深堑[②]而自守。谓张子房曰："诸侯不从约，为之奈何？"对曰："楚兵且破，信、越未有分地，其不至固宜[③]。君王能与共分天下，今可立致[④]也。即[⑤]不能，事未可知也。君王能自陈以东傅[⑥]海，尽与韩信；睢阳以北至穀城，以与彭越。使各自为战，则楚易败也。"汉王曰："善。"于是乃发使者告韩信、彭越曰："并力击楚。楚破，自陈以东傅海与齐王，睢阳以北至穀城与彭相国。"使者至，韩信、彭越皆报曰："请今进兵。"韩信乃从齐往，刘贾军从寿春并行，屠城父，至垓下。大司马周殷叛楚，以舒屠六，举九江兵，随刘贾、彭越皆会垓下，诣[⑦]项王。

【注释】

①太半：大半。

②深堑：挖深壕沟。

③固：本来。宜：应该。

④致：使至，招来。

⑤即：如果。

⑥傅：附着，靠近，这里是到的意思。

⑦诣：往，到……去，这里有逼近的意思。

项王军壁垓下，兵少食尽，汉军及诸侯兵围之数重。夜闻汉军四面皆楚歌，项王乃大惊曰："汉皆已得楚乎？是何楚人之多也[①]！"项王则夜起，饮帐中。有美人名虞，常幸从；骏马名骓，常骑之。于是项王乃悲歌慷慨，自为诗曰："力拔山兮气盖世，时不利兮骓不逝。骓不逝兮可奈何，虞兮虞兮奈若何[②]！"歌数阕[③]，美人和之。项王泣数行下，左右皆泣，莫能仰视。

【注释】

①何楚人之多：怎么楚人这么多。

②可参看前文《垓下歌》注释及导读。

③阕：乐曲每终了一次叫一阕。"数阕"就是几遍。

于是项王乃上马骑，麾下壮士骑从者八百余人，直[①]夜溃围南出，驰走。平明，汉军乃觉之，令骑将灌婴以五千骑追之。项王渡淮，骑能属[②]者百余人耳。项王至阴陵，迷失道，问一田父[③]，田父绐[④]曰："左"。左，乃陷大泽中。以故汉追及之。项王乃复引兵而东，至东城，乃有二十八骑。汉骑追者数千人。项王自度不得脱。谓其骑曰："吾起兵至今八岁矣，身七十余战，所当者破，所击者服，未尝败北，遂霸有天下。然今卒[⑤]困于此，此天之亡我，非战之罪也。今日固决死，愿为诸君快战[⑥]，必三胜之，为诸君溃围，斩将，刈[⑦]旗，令诸君知天亡我，非战之罪也。"乃分其骑以为四队，四向[⑧]。汉军围之数重。项王谓其骑曰："吾为公取彼一将。"令四面骑驰下，期山东为三处。于是项王大呼驰下，汉军皆披靡[⑨]，遂斩汉一将。是时，赤泉侯为骑将，追项王，项王瞋目而叱之，赤泉侯人马俱惊，辟易[⑩]数里。与其骑会为三处。汉军不知项王所在，乃分军为三，复围之。项王乃驰，复斩汉一都尉，杀数十百人，复聚其骑，亡其两骑耳。乃谓其骑曰："何如？"骑皆伏曰："如大王言。"

【注释】

①直：同“值”，当，趁。

②属：连接，这里指跟上。

③田父：老农。

④绐：欺骗。

⑤卒：终于。

⑥快战：痛快地打一仗。

⑦刈：砍。

⑧四向：面向四方。

⑨披靡：原指草木随风倒伏，这里比喻军队溃败。

⑩辟易：倒退。

于是项王乃欲东渡乌江。乌江亭长舣[①]船待，谓项王曰：“江东虽小，地方千里，众数十万人，亦足王也。愿大王急渡。今独臣有船，汉军至，无以渡。”项王笑曰：“天之亡我，我何渡为[②]！且籍与江东子弟八千人渡江而西，今无一人还，纵江东父兄怜而王我，我何面目见之？纵彼不言，籍独不愧于心乎？”乃谓亭长曰：“吾知公长者。吾骑此马五岁，所当无敌，尝一日行千里，不忍杀之，以赐公。”乃令骑皆下马步行，持短兵接战。独籍所杀汉军数百人。项王身亦被[③]十余创。顾见汉骑司马吕马童，曰：“若非吾故人[④]乎？”马童面之[⑤]，指王翳曰：“此项王也。”项王乃曰：“吾闻汉购[⑥]我头千金，邑万户，吾为若德[⑦]。”乃自刎而死。王翳取其头，余骑相蹂践争项王，相杀者数十人。最其后，郎中骑杨喜，骑司马吕马童，郎中吕胜、杨武各得其一体[⑧]。五人共会其体，皆是。故分其地为五：封吕马童为中水侯，封王翳为杜衍侯，封杨喜为赤泉侯，封杨武为吴防侯，封吕胜为涅阳侯。

【注释】

①舣：整船靠岸。

②何渡为：还渡江干什么。

③被：遭受。

④故人：旧友。

⑤面之：跟项王面对面。

⑥购：悬赏征求。

⑦为若德：送给你好处。

⑧体：身体的部分，四肢加头合称五体。

项王已死，楚地皆降汉，独鲁不下。汉乃引天下兵欲屠之，为其守礼义，为主死节[①]，乃持项王头视[②]鲁，鲁父兄乃降。始，楚怀王初封项籍为鲁公，及其死，鲁最后下，故以鲁公礼葬项王穀城。汉王为发哀，泣之而去。

诸项氏枝属[③]，汉王皆不诛。乃封项伯为射阳侯。桃侯、平皋侯、玄武侯皆项氏，赐姓刘。

【注释】

①死节：为节操而死。

②视：同“示”，给……看。

③枝属：宗族。

太史公曰：吾闻之周生曰“舜目盖重瞳子”[①]，又闻项羽亦重瞳子。羽岂其苗裔邪？何兴之暴[②]也！夫秦失其政，陈涉首难，豪杰蠭起[③]，相与并争，不可胜数，然羽非有尺寸，乘势[④]起陇亩之中[⑤]，三年，遂将五诸侯[⑥]灭秦，分裂天下，而封王侯，政由羽出，号为“霸王”，位虽不终[⑦]，近古以来未尝有也。及羽背关[⑧]怀楚，放逐义帝而自立，怨王侯叛己，难矣。自矜功伐[⑨]，奋其私智而不师古[⑩]，谓霸王之业，欲以力征[⑪]经营天下，五年卒亡其国，身死东城，尚不觉寤[⑫]而不自责，过[⑬]矣。乃引[⑭]“天亡我，非用兵之罪也”，岂不谬哉！

【注释】

①重瞳子：一个眼睛里有两个瞳孔。

②何兴之暴：怎么起来得这么突然。

③蠭起：即“蜂起”，指很多人或事物如群蜂飞舞，纷然并起。

④势：趁势。

⑤陇亩之中：田野之中，指民间。陇：同“垄”。

⑥五诸侯：指战国时的齐、赵、韩、魏、燕五个诸侯国。

⑦位：指王位。不终：指没有维持下来。

⑧背关：舍弃关中。

⑨矜：夸。功伐：功劳。

⑩奋：振，指施展。师古：效法古人。

⑪力征：以武力征伐。

⑫寤：同“悟”，觉悟，明晓。

⑬过：错。

⑭乃：竟然。引：拿过来，这里有找词儿的意思。

【导读】

《项羽本纪》描述了项羽一生，也描绘了秦末诸侯争雄。项羽是一个力拔山、气盖世、“近古以来未尝有”的英雄，又是一个性情暴戾、优柔寡断、只知用武不谙机谋的匹夫。司马迁把项羽的各个侧面，全部放在了这篇文章里。

《项羽本纪》以描绘项羽的形象、刻画项羽的性格为主，同时也生动地叙写了战争的恢宏和残酷。在广阔的历史背景下写人，在写人的过程中写战争，二者相得益彰。战争因人物而恢宏、壮观，人物因战争而更显生动、奇伟。

《项羽本纪》在刻画人物性格方面运用了多种艺术手法。项羽少时的才疏学浅，长大以后的勇力过人，只是略略几笔带过，直到消灭秦军主力、扭转战局的巨鹿大战，破釜沉舟，威震诸侯，也还只是从侧面用笔，通过写诸侯军的观望、恐惧、畏服，以衬托项羽。在进行粗线条的勾勒，有意地夸张了整体之后，司马迁便抓住了几个点睛处，工笔细描，刻意求精。鸿门宴场面的极力铺排，垓下之围悲剧气氛的纵笔渲染，乌江自刎时神态的精雕细刻，都是形神兼备。

《项羽本纪》达到了思想和艺术的高度统一。它犹如一幅逼真传神的英雄肖像画，色彩鲜明，又像一张秦汉之际的政治军事形势图，错综有序。通篇文章气势磅礴，情节起伏，场面壮阔，脉络清楚，疏密相间，语言生动，成为我国文学史上的一篇不朽佳作。文中破釜沉舟、鸿门宴、四面楚歌、乌江自刎等故事，早已家喻户晓，历代传诵。

【作者简介】

见《伍子胥列传》。

三国·两晋·南北朝

鲁肃传

陈寿

鲁肃字子敬，临淮东城[1]人也。生而失父，与祖母居。家富于财，性好施与。尔时天下已乱，肃不治家事，大散财货，摽卖[2]田地，以赈穷弊[3]，结士为务，甚得乡邑欢心。

周瑜为居巢长[4]，将数百人故过候肃[5]，并求资粮。肃家有两囷[6]米，各三千斛[7]，肃乃指一囷与周瑜，瑜益知其奇也，遂相亲结，定侨札[8]之分。袁术[9]闻其名，就署东城长。肃见术无纲纪，不足与立事，乃携老弱将轻侠[10]少年百余人，南到居巢就[11]瑜。瑜之东渡，因与同行。留家曲阿。会[12]祖母亡，还葬东城。

刘子扬[13]与肃友善，遗肃书曰："方今天下豪杰并起，吾子姿才，尤宜今日。急还迎老母，无事滞于东城。近郑宝者，今在巢湖，拥众万余，处地肥饶，庐江间人多依就之，况吾徒[14]乎？观其形势，又可博集，时不可失，足下速之。"肃答然其计。葬毕还曲阿，欲北行。会瑜已徙肃母到吴，肃具以状语瑜。时孙策已薨，权尚住吴，瑜谓肃曰："昔马援答光武云'当今之世，非但君择臣，臣亦择君'。今主人[15]亲贤贵士，纳奇录异，且吾闻先哲秘论[16]，承运代刘氏者，必兴于东南，推步事势[17]，当其历数。终构帝基，以协天符[18]，是烈士攀龙附凤驰骛之秋。吾方达此，足下不须以子扬之言介意也。"肃从其言。瑜因荐肃才宜佐时[19]，当广求其比，以成功业，不可令去也。

权即见肃，与语甚悦之。众宾罢退，肃亦辞出，乃独引肃还，合榻对饮。因密议曰："今汉室倾危，四方云扰，孤承父兄余业，思有桓文[20]之功。君既惠顾，何以佐之？"肃对曰："昔高帝区区欲尊事义帝而不获者[21]，以项羽为害也。今之曹操，犹昔项羽，将军何由得为桓文乎？肃窃料之，汉室不可复兴，曹操不可卒除。为将军计，惟有鼎足江东，以观天下之衅。规模如此，亦自无嫌[22]。何者？北方诚多务也。因其多务，剿除黄祖[23]，进伐刘表[24]，竟长江所极，据而有之，然后建号帝王以图天下，此高帝之业也。”权曰：“今尽力一方，冀以辅汉耳，此言非所及也。”张昭[25]非肃谦下不足，颇訾毁之，云肃年少粗疏，未可用。权不以介意，益贵重之，赐肃母衣服帏帐，居处杂物，富拟其旧。

刘表死。肃进说曰：“夫荆楚与国邻接，水流顺北，外带江汉，内阻山陵，有金城之固，沃野万里，士民殷富，若据而有之，此帝王之资也。今表新亡，二子素不辑睦，军中诸将，各有彼此。加刘备天下枭雄，与操有隙，寄寓于表，表恶其能而不能用也。若备与彼协心，上下齐同，则宜抚安，与结盟好；如有离违，宜别图之，以济大事。肃请得奉命吊表二子，并慰劳其军中用事者，及说备使抚表众，同心一意，共治曹操，备必喜而从命。如其克谐[26]，天下可定也。今不速往，恐为操所先。”

权即遣肃行。到夏口，闻曹公已向荆州，晨夜兼道。比至南郡，而表子琮[27]已降曹公，备惶遽[28]奔走，欲南渡江。肃径迎之，到当阳长阪，与备会，宣腾权旨[29]，及陈江东强固，劝备与权并力[30]。备甚欢悦。时诸葛亮[31]与备相随，肃谓亮曰“我子瑜[32]友也”，即共定交。备遂到夏口，遣亮使权，肃亦反命[33]。

会权得曹公欲东之问，与诸将议，皆劝权迎之，而肃独不言。权起更衣[34]，肃追于宇下，权知其意，执肃手曰：“卿欲何言？”肃对曰：“向察众人之议，专欲误将军，不足与图大事。今肃可迎操耳，如将军，不可也。何以言之？今肃迎操，操当以肃还付乡党[35]，品其名位，犹不失下曹从事，乘犊车，从吏卒，交游士林[36]，累官故不失州郡也。将军迎操，欲安所归[37]？愿早定大计，莫用众人之议也。”权叹息曰：“此诸人持议，甚失孤望；今卿廓开大计，正与孤同，此天以卿赐我也。”

时周瑜受使至鄱阳，肃劝追召瑜还。遂任瑜以行事，以肃为赞军校尉[38]，助画方略。曹公破走，肃即先还，权大请诸将迎肃。肃将入合拜，权起礼之，因谓曰：“子敬，孤持鞍下马相迎，足以显卿未？”肃趋进曰：“未也。”众人闻之，无不愕然。就坐，徐举鞭言曰：“愿至尊威德加乎四海，总括九州，克成帝业，更以安车软轮[39]征肃，始当显耳。”权抚掌欢笑。

后备诣京见权，求都督荆州，惟肃劝权借之，共拒曹公。曹公闻权以土地业备，方作书，落笔于地。

周瑜病困，上疏曰：“当今天下，方有事役，是瑜乃心夙夜[40]所忧，愿至尊[41]先虑未然，然后康乐。今既与曹操为敌，刘备近在公安，边境密迩，百姓未附，宜得良将以镇抚之。鲁肃智略足任，乞以代瑜。瑜陨踣[42]之日，所怀[43]尽矣。”即拜肃奋武校尉，代瑜领兵。瑜士众四千余人，奉邑[44]四县，皆属焉。令程普领南郡太守。肃初住江陵，后下屯陆口，威恩大行，众增万余人，拜汉昌太守、偏将军。十九年[45]，从权破皖城[46]，转横江将军。

先是，益州牧刘璋纲维颓弛[47]，周瑜、甘宁并劝权取蜀，权以咨备，备内欲自规[48]，仍伪报曰：“备与璋托为宗室，冀凭英灵，以匡汉朝。今璋得罪左右，备独竦惧[49]，非所敢闻，愿加宽贷。若不获请，备当放发归于山林。”后备西图璋[50]，留关羽守，权曰：“猾虏[51]乃敢挟诈！”及羽与肃邻界，数生狐疑，疆埸纷错，肃常以欢好抚之。备既定益州，权求长沙、零、桂，备不承旨，权遣吕蒙率众进取。备闻，自还公安，遣羽争三郡。肃住益阳，与羽相拒。肃邀羽相见，各驻兵马百步上，但请将军单刀俱会。肃因责数羽曰：“国家区区本以土地借卿家者，卿家军败远来，无以为资故也。今已得益州，既无奉还之意，但求三郡，又不从命。”语未究竟，坐有一人曰：“夫土地者，惟德所在耳，何常之有！”肃厉声呵之，辞色甚切。羽操刀起谓曰：“此自国家事，是人何知！”目使之去。备遂割湘水为界，于是罢军。

肃年四十六，建安二十二年卒。权为举哀，又临其葬。诸葛亮亦为发哀。权称尊号，临坛，顾谓公卿曰：“昔鲁子敬尝道此，可谓明于事势矣。”

【注释】

①临淮东城：临淮郡包括今天江苏和安徽淮河两岸地区，郡治在徐县（今江苏宿迁泗洪境内）。东城县：今安徽定远县。

②摽卖：标价出卖。摽，通“标”。

③赈穷弊：接济贫困的人。

④居巢长：居巢县令。居巢：古地名，今安徽巢湖附近。

⑤将数百人故过候肃：率领数百人特意经过等候鲁肃。

⑥囷：古代一种圆形的谷仓。

⑦斛：古时量粮食的器具。也作计量单位使用。

⑧侨札：指春秋郑国公孙侨（子产）与吴国公子季札。季札至郑，

与子产一见如故，互赠缟带纻衣。事见《左传·襄公二十九年》。后以“侨札”比喻友情深厚。

⑨袁术（？—199）：字公路，汝南郡汝阳县（今河南商水）人，司空袁逢嫡次子，太仆袁基、冀州牧袁绍异母弟。东汉末年地方军阀。

⑩轻侠：指轻生死重义气，勇于急人之难。

⑪就：投奔。

⑫会：适逢。

⑬刘子扬：刘晔（？—234），三国时期魏国著名的战略家，人称有佐世之才，是曹操手下举足轻重的谋士。刘晔历仕三朝。

⑭吾徒：我辈、我们。

⑮主人：指孙权。

⑯先哲秘论：指“代汉者当涂高也”。这是东汉末年流传很广的一句谶语。

⑰推步：推算天象历法。古人谓日月转运于天，犹如人之行步，可推算而知。事势：事情的趋势；形势。

⑱天符：天的符命。《吕氏春秋·知度》：“唯彼天符，不周而周。”

⑲佐时：辅佐当世之君治理国家。

⑳桓文：春秋五霸中的齐桓公和晋文公。

㉑高帝：刘邦（前256—前195），字季，沛郡（今江苏徐州）人。汉朝开国皇帝，汉民族和汉文化的伟大开拓者。义帝：楚义帝熊心（？—前206），芈姓，熊氏，名心。楚怀王熊槐之后。秦末诸侯王之一。被项羽杀死。

㉒嫌：嫌怨、猜忌。

㉓黄祖（？—208）：刘表任荆州牧时，黄祖任江夏太守。初平二年（191），黄祖在与长沙太守孙坚交战时，其部下将孙坚射死，因此与孙家结下仇怨，之后黄祖在建安十三年（208）与孙权的交战中被杀。

㉔刘表（142—208）：字景升，山阳郡高平县（今山东济宁）人。东汉末年群雄之一，时任荆州牧。

㉕张昭（156—236）：字子布。徐州彭城（今江苏徐州）人。三国时期孙吴重臣，文官领袖。

㉖克谐：能够成功。克：能。谐：和谐，有圆满、顺利的意思。

㉗表子琮：刘表的儿子刘琮。

㉘惶遽：恐惧慌张。

㉙宣腾：宣示传达。权：指孙权。旨：帝王、长官的命令。

㉚并力：合力、协力。

㉛诸葛亮（181—234）：字孔明，号卧龙，琅琊阳都（今山东临沂）人，三国时期蜀国丞相，杰出的政治家、军事家、外交家、文学家、书法家、发明家。诸葛亮一生"鞠躬尽瘁、死而后已"，是中国传统文化中忠臣与智者的代表人物。

㉜子瑜：诸葛瑾（174—241），字子瑜，琅邪阳都（今山东临沂）人。三国时期吴国重臣，诸葛亮之兄，诸葛恪之父。胸怀宽广，温厚诚信，得到孙权的深深信赖，并努力缓和蜀汉与东吴的关系。曾代吕蒙领南郡太守，官至大将军，领豫州牧。

㉝反命：返回复命。

㉞更衣：古时上厕所的婉辞。汉张仲景《伤寒论·少阴病》："少阴病，下利，脉微濇，呕而汗出，必数更衣，反少者，当温其上，灸之。"

㉟乡党：泛称家乡。周制，五百家为党，一万二千五百家为乡。《论语·乡党》："孔子之于乡党，恂恂如也，似不能言者。"

㊱士林：指文人士大夫阶层。汉陈琳《为袁绍檄豫州》："自是士林愤痛，民怨弥重，一夫奋臂，举州同声。"

㊲所归：归依，归宿。

㊳赞军校尉：位在将军下，三国时校尉名号甚多，职责亦不同。赞军校尉为吴置，鲁肃任之，助周瑜参赞军务，故以赞军名之，其职位相当于现在的总参谋长。

㊴安车软轮：同"安车蒲轮"。车轮用蒲叶包裹、可以安然坐着的马车。用以迎送德高望重的人，表示优礼。

㊵夙夜：朝夕，日夜。诸葛亮《出师表》："夙夜忧叹，恐托付不效，以伤先帝之明。"

㊶至尊：至高无上的地位。此指孙权。

㊷陨踣：死亡的婉称。

㊸所怀：心中所想。《庄子·在宥》："大人之教，若形之于影，声之于响，有问而应之，尽其所怀，为天下配。"

㊹奉邑：以收取赋税作为俸禄的封地。奉：通“俸”。《汉书·河渠书》：“是时武安侯田蚡为丞相，其奉邑食鄃。”

㊺十九年：指建安十九年。建安：东汉末年汉献帝的第五个年号，从建安元年（196）一月到建安二十五年（220）三月。这个时期东汉朝廷的政治大权主要由曹操所掌握。这一时期在曹操父子的推动下形成了以曹氏父子（曹操、曹丕、曹植）为代表的建安文学。建安是汉末历史中最精彩的一个时期，一些著名战役都发生于在这一时期，如官渡之战、赤壁之战、渭南之战等。

㊻从权破皖城：跟随孙权攻克皖城（今安徽安庆潜山）。此战对孙权控制江淮地域起重要作用。

㊼刘璋：字季玉，江夏竟陵（今湖北天门）人。汉宗室，东汉末年军阀，在父亲刘焉死后继任益州牧。迎接刘备入益州，想借刘备之力抵抗曹操。不料刘备攻击刘璋，又有法正为内应，遂进至成都。成都吏民都想抵抗刘备，但刘璋为百姓计而开城出降。刘备占据成都后，刘璋以振威将军的身份被迁往荆州居住，关羽失荆州后，刘璋归属东吴，被孙权任命为益州牧。纲维：总纲和四维。比喻法度。颓弛：废弛。

㊽内欲自规：内心想为自己谋划。

㊾竦惧：肃立惶恐。

㊿西图璋：向西图谋刘璋（的领地）。

(51)猾虏：奸狡的敌人。对敌方的蔑称。

【导读】

陈寿《三国志》是一部记载魏、蜀、吴三国鼎立时期的纪传体断代史。其中，《魏书》30卷，《蜀书》15卷，《吴书》20卷，共65卷。

由于《三国演义》的描写，很多人对鲁肃的印象是一个老实、忠厚的长者形象。而实际上，鲁肃是一个志向高远、深谋远虑的文武全才，并且其在促使孙权抵抗曹魏的过程中起到了关键作用。他促成了孙刘联军，并在刘备取得益州后，艰难维持着微妙的联盟关系。鲁肃死后，吕蒙即进兵荆州，杀死关羽，夷陵之战随即爆发，孙刘联盟破裂，吴蜀联盟对抗曹魏的微妙平衡被打破。由此可见鲁肃的能力和他的重要性。

《鲁肃传》以魏、蜀、吴三国为主，兼涉诸多重大历史事件；以鲁肃为主，涉及刘表、黄祖、刘璋、刘晔、张昭、诸葛亮、关羽等诸多人物，盘根错节的关系，在陈寿笔下却一丝不乱。人物刻画，多神来之笔，廊下追孙权一段尤为精彩传神。

【作者简介】

陈寿（233—297），字承祚，巴西郡安汉县（今四川南充）人。三国时蜀汉及西晋时著名史学家。陈寿少时好学，师事同郡学者谯周，在蜀汉时曾任卫将军主簿、东观秘书郎、观阁令史、散骑黄门侍郎等职。当时，宦官黄皓专权，大臣都曲意附从。陈寿因为不肯屈从黄皓，所以屡遭遣黜。蜀降晋后，历任著作郎、长广太守、治书侍御史、太子中庶子等职。晚年多次被贬，屡次受人非议。太康元年（280），晋灭吴结束了分裂局面后，陈寿历经十年艰辛，完成了纪传体史学巨著《三国志》。此书完整地记叙了自汉末至晋初近百年间的历史全貌，与《史记》《汉书》《后汉书》并称“前四史”。《三国志》以魏、蜀、吴三国各自成书，如实地记录了三国鼎立的局势，在材料的取舍上十分严谨，为历代史学家所重视。

登大雷岸与妹书

鲍照

吾自发寒雨，全行日少[①]。加秋潦浩汗[②]，山溪猥[③]至，渡溯[④]无边，险径游历，栈石星饭[⑤]，结荷[⑥]水宿。旅客贫辛，波路[⑦]壮阔，始以今日食时[⑧]，仅及大雷[⑨]。涂登[⑩]千里，日逾十晨。严霜惨节，悲风断肌，去亲为客，如何如何！

向因涉顿[⑪]，凭观川陆，遨神清渚[⑫]，流睇方曛[⑬]；东顾五洲[⑭]之隔，西眺九派[⑮]之分；窥地门[⑯]之绝景，望天际之孤云。长图大念[⑰]，隐心[⑱]者久矣。

南则积山万状，争高负气[⑲]，含霞饮景[⑳]，参差代雄，凌跨长陇[㉑]，前后相属[㉒]，带天有匝[㉓]，横地无穷。东则砥原远隰[㉔]，亡端靡际[㉕]。寒蓬夕卷，古树云平[㉖]。旋风四起，思鸟群归。静听无闻，极视不见。北则陂池潜演[㉗]，湖脉通连，苎蒿攸积[㉘]，菰[㉙]芦所繁，栖波之鸟[㉚]，水化之虫[㉛]，智吞愚，强捕小，号噪惊聒[㉜]，纷牣[㉝]其中。西则回江永指[㉞]，长波天合，滔滔何穷，漫漫安竭！创古迄今，舳舻[㉟]相接。思尽波涛，悲满潭壑，烟归八表[㊱]，终为野尘[㊲]，而是注集[㊳]，长写[㊴]不测，修灵浩荡[㊵]，知其何故哉！

西南望庐山，又特惊异。基[㊶]压江潮，峰与辰汉[㊷]相接。上常积云霞，雕锦缛[㊸]。若华[㊹]夕曜，岩泽气通[㊺]，传明散彩，赫[㊻]似绛天。左右青霭[㊼]，表里紫霄。从岭而上，气尽金光，半山以下，纯为黛色。信可以神居帝郊[㊽]，镇控湘汉者也。

若潨洞[㊾]所积，溪壑所射，鼓怒之所豗击[㊿]，涌澓之所宕涤[51]，则上穷荻浦[52]，下至狶洲[53]，南薄燕派，北极雷淀[54]，削长埤[55]短，可数百里。其中腾波触天，高浪灌日，吞吐百川，写泄万壑。轻烟不流，华鼎振涾[56]。弱草[57]朱靡，洪涟陇蹙[58]，散涣[59]长惊，电透箭疾[60]。穹溘崩聚[61]，坻飞岭覆[62]。回沫[63]冠山，奔涛空谷，碪石[64]为之摧碎，碕岸为之齑落[65]。仰视大火[66]，俯听波声，愁魄胁息[67]，心惊慓[68]矣！

至于繁化殊育[69]，诡质怪章[70]，则有江鹅、海鸭、鱼鲛、水虎之类[71]；豚首、象鼻、芒须、针尾之族[72]；石蟹、土蚌、燕箕、雀蛤之俦[73]；拆甲、曲牙、逆鳞、反舌之属[74]，掩沙涨，被草渚，浴雨排风，吹涝弄翮[75]。

夕景欲沉，晓雾将合，孤鹤寒啸，游鸿远吟，樵苏[76]一叹，舟子再泣，诚足悲忧，不可说也。风吹雷飚，夜戒前路[77]，下弦[78]内外，望达所届。

寒暑难适，汝专自慎。夙夜戒护[79]，勿我为念。恐欲知之，聊书所睹。临途草蹙[80]，辞意不周。

【注释】

①全行日少：整天赶路的日子少。

②秋潦：秋雨。浩汗：水阔大的样子。

③猥：多。

④溯：逆流而行。

⑤栈石：栈道，在山岩的绝险处，用木板架起的道路。星饭：在星光下露天生活。

⑥结：联结，引申作“傍靠”解。荷：荷边，水边。

⑦波路：水路。

⑧食时：吃午饭的时候。

⑨大雷：在今安徽望江。

⑩涂：通“途”。登：行进。

⑪顿：与“屯”通，谓止歇。

⑫遨神：神游。清渚：水中清明的小洲。

⑬流睇（dì）：放眼。方曛（xūn）：正是黄昏时间。

⑭五洲：指大雷岸一带的江中沙州。

⑮九派：长江于浔阳分为九股支流。

⑯地门：泛指地势险要处。

⑰长图大念：远大的志向。

⑱隐心：动心。隐：思考。

⑲负气：争气。

⑳饮景：吸引日光。

㉑长陇：长大的坡坂。

㉒相属：相连。

㉓匝：绕一周。

㉔砥原：像磨刀石一样的平原。隰（xí）：低地。
㉕亡端：找不到头。靡际：望不到边际。
㉖云平：高耸入云。
㉗陂：水泽。演：地下水脉。
㉘苎：麻。攸：所。
㉙菰：茭白。
㉚栖波之鸟：水鸟。
㉛水化之虫：鱼。
㉜聒：闹声。
㉝纷：杂多。牣（rèn）：充满。
㉞回江：曲折的江水。指：指向。
㉟舳：船尾。舻：船头。
㊱八表：八方之外。
㊲野尘：田野中的浮气和飞尘。
㊳注集：灌注汇集。
㊴写：通“泻”。
㊵修：远。灵：神。此指水神。《楚辞·离骚》：“怨灵修之浩荡兮。”
㊶基：山脚。
㊷辰：星辰。汉：银河。
㊸缛：花样繁多的彩饰。
㊹若华：若木之华，指霞光。
㊺岩泽气通：山川之间，雾气相通。
㊻赫：火红。
㊼霭：云气。
㊽神居：神仙的居处。帝郊：天帝所在地。
㊾潨（cóng）：小水流入大水。洞：水流很快。
㊿鼓怒：疾风鼓起怒浪。豗击：相击。
51澓（fù）：回流。宕：同“荡”。宕涤：冲刷。
52荻蒲：长满芦苇的水边。
53豨（xī）：通“潴”，水汇集处。
54薄：逼近。燕派：地名。极：至。雷淀：地名。

㊺埤（pí）：增补。

㊻华鼎：指喷溅的水珠。涾（tà）：溢。

㊼弱草：小草。

㊽洪涟：洪波。陇：丘陇。蹙：迫。

㊾涣：盛大的水。

㊿透、疾：均指水流快。

61穹：高岸。溘：逝。崩：崩溃的山石。

62坻：水中高地。覆：翻。

63冠：盖满。

64碪石：即河边捣衣石。

65碕岸：曲岸。齏（jī）：碎。

66大火：星名，即心宿，火星。

67愁魄：身躯战栗。胁息：屏住呼吸。

68慓（piào）：急疾。

69繁化殊育：繁殖生长的各种生物。

70诡：变异。质：躯。章：外表。

71江鹅：水鸥。海鸭：似鸭而有斑白纹，亦名文鸭。鱼鲛：鲨鱼。

72豚首：海豚。象鼻：建同鱼。芒须：锋利的虾须。针尾：指鲛类。族：族类。

73石蟹：生在石穴中的蟹。土蚌：蚌类。燕箕：鱼名。之俦：之类。

74拆甲：鳖。曲牙：海兽。逆鳞：蜃蛟。反舌：虾蟆。

75吹涝：吹动大波浪。翮（hé）：鸟的羽根。

76樵苏：樵夫。

77夜戒前路：夜间不能赶路。

78下弦：夏历每月二十二、三日，月缺一半。

79夙夜：早晚。戒护：小心保重。

80草蹙：仓促。

【导读】

鲍照出生地有多种说法，有说宿迁侨县上党（江苏宿迁），有说京口（今江苏镇江），究竟是哪里，至今无定论。鲍照的诗文惊才绝艳，俊逸豪放，是中华民族的共同瑰宝，不论他的出生地在哪，都不妨碍我们共同欣赏他的精彩文字。

宋文帝元嘉十六年（439）四月，临川王刘义庆出镇江州（今江西九江），引鲍照为佐吏。同年秋天，鲍照从建康（今江苏南京）赴江州就职，途中登上大雷岸，远眺四野，即景抒情，写下了《登大雷岸与妹书》。当时鲍照 20 多岁，年轻气盛，对前程充满憧憬与自信，但人微职卑的现实，使他对仕途的艰辛已有了一定的体验与认识。在这封信中，鲍照以激越奔放的感情，峻健惊挺的笔势，饱蘸浓墨重彩，点染云烟，着意山水，酣畅淋漓地描绘了途中所见景物的神奇风貌，使一封普通的家书成了南朝文学中的一篇奇文。

【作者简介】

见《芜城赋》。

唐

衢州徐偃王庙碑[1]

韩愈

徐与秦俱出柏翳为嬴姓[2]，国于夏殷周世，咸有大功。秦处西偏，专用武胜；遭世衰，无明天子，遂虎吞诸国为雄。诸国既皆入秦为臣属，秦无所取利，上下相贼害[3]，卒偾其国而沉其宗[4]。徐处得地中，文德为治，及偃王诞当国，益除去刑争末事，凡所以君国子民待四方，一出于仁义。

当此之时，周天子穆王[5]无道，意不在天下，好道士说，得八骏，骑之西游，同王母宴于瑶池[6]之上，歌讴忘归。四方诸侯之争辩者，无所质正，咸宾祭于徐。贽[7]玉帛死生之物于徐之庭者，三十六国，得朱弓赤矢之瑞[8]。穆王闻之恐，遂称受命，命造父御[9]，长驱而归，与楚连谋伐徐。徐不忍斗其民[10]，北走彭城武原山下，百姓随而从之万有余家。偃王死，民号其山为徐山，凿石为室，以祠偃王。偃王虽走死失国，民戴其嗣，为君如初。驹王章禹[11]，祖孙相望；自秦至今，名公巨人，继迹史书。徐氏十望[12]，其九皆本于偃王，而秦后迄兹无闻家[13]。天于柏翳之绪[14]，非偏有厚薄，施仁与暴之报，自然异也。

衢州，故会稽[15]太末也。民多姓徐氏，支县龙丘[16]，有偃王遗庙。或曰：偃王之逃战，不之[17]彭城，之越城之隅，弃玉几研于会稽之水。或曰：徐子章禹既执[18]于吴，徐之公族子弟[19]，散之徐、扬二州间，即其居立先王庙云：

开元初，徐姓二人相属为刺史，帅其部之同姓，改作庙屋，载事于碑。后九十年，当元和九年，而徐氏放复为刺史。放字达夫，前碑所谓今户部侍郎，其大父也。春行视农，至于龙丘，有事于庙，思惟本原，曰："故制粗朴下窄，不足以揭虔妥灵[20]。而又梁桷[21]赤白，陊剥[22]不治，图像之威，黮昧就灭；藩拔级夷，庭木秃缺。祈吐日慢，祥庆弗下；州之群支，不获荫庥[23]。余惟遗绍[24]，而尸其上，不即不图，以有资聚，罚其可辞！"乃命因故为新，众工齐事，惟月若日，工告讫功[25]，大祠于庙，宗乡咸序应。是岁，州无怪风剧雨，民不夭厉[26]，谷果完实。民皆曰："耿耿祉哉，其不可诬。”乃相与请辞京师，归而镵[27]之于石。辞曰：

秦杰以颠，徐由逊绵。秦鬼久饥，徐有庙存。婉婉[28]偃王，惟道之耽。以国易仁，为笑于顽。自初擅命，其实几姓。历短詈长，有不偿亡。课其利害，孰与王当。姑蔑[29]之墟，太末之里。谁思王恩，立庙以祀。王之闻孙，世世多有。唯临兹邦，庙土实守。坚峤之后，达夫廓之。王殁万年，如始祔时。王孙多孝，世奉王庙。达夫之来，先慎诏教。尽惠庙民，不主于神。维是达夫，知孝之元。太末之里，姑蔑之城。庙事时修，仁孝振声。宜宠其人，以及后生。嗟嗟维王，虽古谁亢。王死于仁，彼以暴丧[30]。文追作诔[31]，刻示茫茫。

【注释】

①衢州：浙江衢州一带。徐偃王庙碑：被称为浙西第一碑。徐偃王：嬴姓徐氏，名诞，西周时徐国第三十二代国君。徐国统辖今淮、泗一带。建都江苏泗洪境内的大徐城。

②柏翳：指伯益，一作伯翳、柏益，又称大费。少昊裔孙，被舜赐姓嬴。东夷部落首领，治水有功，发明了凿井的技术，曾被禹选为继承人。伯益次子若木被封于徐国，为徐氏始祖。

③贼害：残害，祸害。

④偾：使灭亡。沉其宗：灭其族。

⑤周天子穆王：指周穆王（约前1054—前949），姬姓，名满，周昭王之子，西周第五位君主，在位55年，是西周在位时间最长的周王，也是中国古代历史上最富于传奇色彩的帝王之一，世称“穆天子”。周穆王时作《吕刑》，是中国流传下来的最早的法典。周穆王在位期间巡游征战，王朝疆土不断扩大，有力地巩固了周王朝的统治。然而常年征讨，天子不在朝堂，自穆王之后，周王朝开始由盛而衰。

⑥王母：指西王母。“西王母”一词，出自《庄子》《山海经》等，因所居昆仑丘（昆仑山）于汉中原为西，故称西王母。西王母是上古神话中的一位至高无上的女神，传说她拥有不死药。瑶池：古代神话传说中昆仑山上的池名，西王母所居之地。

⑦贽：古时初次求见时所送的礼物，引申义是持物以求见。

⑧得朱弓赤矢之瑞：《博物志》载：“偃王欲舟行上国，乃通沟陈

蔡之间，得朱弓赤矢，以为得天瑞，遂因名为弓，自称偃王。江淮诸侯服从者三十六国。”

⑨造父，嬴姓。伯益的九世孙。据《史记》载：“穆王使造父御，西巡狩，见西王母，乐之忘归。而徐偃王反，穆王日驰千里马，攻徐偃王，大破之。乃赐造父以赵城，由此为赵氏。”御：驾车。

⑩斗其民：使百姓参与战争。

⑪驹王章禹：不同时期的徐国国君。

⑫望：指名门望族。

⑬讫兹：至今。闻家：显达、有名望的家族。

⑭绪：本指丝的头，比喻事情的开端。

⑮会稽：会稽郡，中国古代郡名，位于长江下游江南一带。于公元前 222 年设郡（秦朝置）。郡治在吴县（今江苏苏州城区），辖春秋时长江以南的吴国、越国故地。唐初复置越州，唐玄宗改越州为会稽郡，唐肃宗时复为越州，会稽郡遂不复存在，之后作为越州、绍兴的别称。

⑯龙丘：龙丘县，唐代时位于江南东道东部，即今浙江省中部偏西，系衢州属县。唐贞观八年（634）复置龙丘县。其地大部分系原太末县之疆域。县以著名的隐士、西汉新安（今浙江衢州）人龙丘苌之名命名。后人简作为龙丘。

⑰之：这里是前往的意思。

⑱徐子章禹：指徐国最后一任国君章禹。执：逮捕、捉拿。

⑲公族子弟：诸侯或君王的同族、后代。

⑳妥灵：安置亡灵。

㉑梁桷：房屋的梁与椽。

㉒陊剥：破败剥蚀。

㉓荫庥：庇护；荫佑。

㉔遗绍：继承者；后裔。

㉕讫功：亦作“讫工”。完工；竣事。

㉖夭厉：指因遭疾疫而早死。

㉗镵：刺，凿。

㉘婉婉：和顺貌。南朝宋谢瞻《张子房》诗：“婉婉幙中画，辉辉天业昌。”

㉙姑蔑：姑蔑本是黄河流域的一个古老族群，周初被征服后，族群辗转南下越境。约秦王政二十五年（前222），始置太末（也作大末）县，隶会稽郡。春秋时姑蔑范围包括现在的衢州市全部及金华、丽水和江西玉山的部分地区，龙游是姑蔑的政治中心，县城内曾长期留存姑蔑宫等古迹。秦王朝实行郡县制时，龙游为江南首批设县的县治之一，时称太末县。此后，新县不停设立，土地不断析出，县域范围逐渐缩小，县名则先后改为太末、末治、龙丘、龙游等。

㉚王死于仁，彼以暴丧：徐偃王死于仁慈，秦王一族亡于暴政。

㉛诔：叙述死者生平事迹、赞美其德行的文辞。

【导读】

夏朝时期，伯益因协助禹治水有功，受舜赐姓嬴。帝舜禅位于禹后，伯益被任命为执政官，总理朝政。禹封其子若木于徐地，建立徐国。徐国共传44世，周敬王八年（前512）为吴国所灭，历时1600余年。徐国后期的范围为今淮、泗一带，国都建在今江苏泗洪境内的大徐城。

伯益的十世孙为造父，造父的侄子非子因善于养马，得到周孝王的赏识，获封秦地，号称秦嬴，此后秦人世代为周王室对抗西戎。秦国与徐国同出一源，所以在本文中，韩愈多次将秦徐作对比。

徐国传至第三十二世时，国君即徐偃王。徐偃王好行仁义，徐国国力强盛，势力范围不断扩展。当时的宗主国西周，对其诸侯国颁布了很多规制，徐偃王无视其规定，僭越称王，逾制建筑徐国都城。《帝乡纪略》记载："（徐偃王在）周穆王时为东方诸侯，长行仁义，欲霸上国，获朱弓彤矢，以为天瑞，乃僭称王，陆地而朝者三十六国。"徐偃王实际上已经与周王室分庭抗礼。

周穆王以徐偃王"僭越""逾制"等为由，"乘八骏之马，使造父御之，发楚师袭其不备，大破之"。因徐偃王在当地很得民心，所以周穆王封其子宗为徐子，继续管理徐国。徐国又传了十一世至章禹，周敬王八年（前512）被吴王阖闾所灭。灭国后徐氏族人大量南迁，是中国历史上较早、规模较大的一次人口迁徙。据说部分迁居越国的徐国人参与了越王勾践的对吴战争，最后如愿复仇。

唐代时，衢州地区有大量徐氏后代定居，为当地望族。在当时，徐偃王既是徐氏的家族神，也是护佑一方的地方神。开元初年，两位徐姓官员相继担任衢州刺史，遂将衢州龙丘县的徐偃王庙重新修建，立碑纪念。徐偃王庙修缮完成后，进行了盛大的祠祭仪式，当地徐氏家族也参与了祭祀活动。结果“是岁，州无怪风剧雨，民不夭厉，谷果完实”。当地民众认为这是徐偃王显灵的恩赐，遂“请辞京师”邀请“一代文宗”韩愈撰文记事，从此衢州徐偃王庙声名远播，并在后代的方志中被屡屡提及。

作为徐国的代表人物，徐偃王是徐国文明的开拓者和领袖人物。古徐国经过了夏、商、周三代，历时千余年，徐国人民创造了灿烂的徐文化，光辉的徐国历史和灿烂的徐文化似晶莹的宝石，永远放射出不朽的光芒。

【作者简介】

韩愈（768—824），字退之，河南河阳（今河南孟州）人。自称“郡望昌黎”，世称“韩昌黎”“昌黎先生”。唐代杰出的文学家、思想家、哲学家、政治家。贞元八年（792），韩愈登进士第，两任节度推官，累官监察御史。后因论事而被贬阳山，历都官员外郎、史馆修撰、中书舍人等职。元和十二年（817），出任宰相裴度的行军司马，参与讨平“淮西之乱”。其后又因谏迎佛骨一事被贬至潮州。晚年官至吏部侍郎，人称“韩吏部”。长庆四年（824），韩愈病逝，年五十七，追赠礼部尚书，谥号“文”，故称“韩文公”。元丰元年（1078），追封昌黎伯，并从祀孔庙。

韩愈是唐代古文运动的倡导者，被后人尊为“唐宋八大家”之首，有“文章巨公”和“百代文宗”之名。韩愈主张继承先秦两汉散文传统，反对专讲声律对仗而忽视内容的骈体文。韩愈文章气势雄伟，说理透彻，逻辑性强、时人有“韩文”之誉。杜牧把韩文与杜诗并列，称为“杜诗韩笔”；苏轼称他“文起八代之衰”。韩愈、柳宗元倡导的古文运动，开辟了唐以来古文的发展道路。韩诗力求新奇，重气势，有独创之功。韩愈以文为诗，把新的古文语言、章法、技巧引入诗坛，增强了诗的表达功能，扩大了诗的领域范围，纠正了大历（766—780）以来的平庸诗风。在封建思想道德方面，他也有独到的建树，大力提倡儒学，以继承儒学道统自居，开宋明理学家之先声。著有《韩昌黎集》等。所撰《顺宗实录》五卷是唐代唯一没有佚失的实录，留下了有关顺宗及其相关时期情况的记录，弥足珍贵。

宋

故事一

沈括

上亲郊庙[①]，册文皆曰“恭荐岁事[②]”。先景灵宫[③]，谓之“朝献”；次太庙，谓之“朝飨”；末乃有事[④]于南郊。予集《郊式》[⑤]时，曾预[⑥]讨论，常疑其次序：若先为尊，则郊不应在庙后；若后为尊，则景灵宫不应在太庙之先。求其所从来，盖[⑦]有所因。按唐故事，凡有事于上帝，则百神皆预遣使祭告，唯太清宫[⑧]、太庙则皇帝亲行。其册祝皆曰：“取某月某日，有事于某所，不敢不告。”宫庙谓之“奏告”，余皆谓之“祭告”，唯有事于南郊方为正祠[⑨]。至天宝九载[⑩]，乃诏曰：“‘告’者，上告下之词。今后太清宫宜称‘朝献’，太庙称‘朝飨’。”自此遂失“奏告”之名，册文皆为正祠。

【注释】

①郊庙：指郊祀和庙祀，即祭天和祭祖的活动。郊，南郊，北宋帝王于冬至日在都城南郊的圜丘（圆形高坛）举行祭天的仪式；有时郊祀也指合祭天地的活动。

②恭荐岁事：于岁时祭祀恭恭敬敬地进献祭品。

③景灵宫：宋代皇室奉祠本朝历世帝、后的处所。仿道家宫观形式，供奉已故帝、后的画像。真宗大中祥符间始建于皇城东南，后来不断扩大建筑规模，每帝为一殿，皇后亦另为一殿，又有诸多附属建筑，并画功臣像陪祀。祭奠时，于皇帝用道家仪，于皇后用家人礼。南渡初暂寓其宫于温州，后复迁建于临安。

④有事：指祭祀。

⑤《郊式》：指宋神宗熙宁初年（1068）沈括等奉敕编修的《南郊式》。原书详考礼制沿革，重定南郊大礼仪式及一应事务程序，总为一百一十卷。因当时王安石以宰执总领其事，故《宋史·艺文志》著录为王安石撰。

⑥预：参与。

⑦盖：承接连词，表示推论缘由。

⑧太清宫：唐代在京师建立的祭祀老子的庙观。唐王朝李氏自称为老子的后裔，高宗时追尊老子为“太上玄元皇帝”。玄宗时命各地普建玄元皇帝庙，在京师者称为“玄元宫”，后改名为“太清宫”。

⑨正祠：指列入朝廷议程的规定性祭祀活动。此处意谓当南郊祭天时，太清宫、太庙之“奏告”及诸神庙之“祭告”皆为临时性的辅助祭祀，只有“郊祀”才是按常规进行的正式典礼。

⑩天宝九载：唐玄宗天宝三年（744）改“年”为“载”，至肃宗至德三年（758）复改“载”为“年”。

正衙法座[①]，香木为之，加金饰，四足，堕角，其前小偃，织藤冒[②]之。每车驾出幸，则使老内臣[③]马上抱之，曰“驾头”。辇后曲盖[④]谓之“筤”。两扇夹心，通[⑤]谓之“扇筤”。皆绣，亦有销金者，即古之“华盖”也。

【注释】

①法座：古代皇帝的坐具。

②冒：覆盖。

③内臣：太监。

④曲盖：柄部弯曲的伞盖。

⑤通：都，全部的意思。

唐翰林院在禁中[①]，乃人主燕居[②]之所，玉堂、承明、金銮殿[③]皆在其间。应供奉之人，自学士已下，工伎群官司隶籍[④]其间者，皆称翰林，如今之翰林医官、翰林待诏[⑤]之类是也。唯翰林茶酒司止称翰林司，盖相承阙文[⑥]。

【注释】

①翰林院：以文翰及其他杂艺供奉皇帝的御用机构。禁中：皇宫。

②燕居：闲居。

③玉堂、承明、金銮殿：“玉堂”疑当作“浴堂”，唐代皇宫中院、

殿名，为皇帝住处之一，皇帝常于此召见学士，故与承明、金銮二殿并举。唐人以“玉堂”为翰林院之别称，此叙翰林院址所在，则不当重出“玉堂”之名，且玉堂作为朝廷机构的建筑，亦不可与承明、金銮二殿并列。今译文权且以作“浴堂”为是。唐承明殿未详；金銮殿在金銮坡，载籍习见。

④工伎群官司：唐代翰林院除文学之士外，尚有医卜、技艺、方士、僧道等人，各有其分隶的官职部门。隶籍：指名籍所属。

⑤翰林待诏：宋代翰林御书院、翰林图画院皆有待诏之官，以随时待命应奉皇帝而名。

⑥阙文：此指“翰林茶酒司”省去“茶酒”二字而只称“翰林司”，犹言省称。阙：同“缺”。按：宋代翰林司属光禄寺，掌供应酒茶汤果，而兼掌翰林院执役者的名籍及轮流值宿。

唐制，自宰相而下，初命皆无宣召[①]之礼，惟学士宣召。盖学士院在禁中，非内臣宣召，无因得入。故院门别设复门[②]，亦以其通禁庭也。又学士院北扉[③]者，为其在浴堂[④]之南，便于应召。今学士初拜，自东华门[⑤]入，至左承天门[⑥]下马待诏，院吏自左承天门双引至阁门[⑦]，此亦用唐故事也。唐宣召学士自东门入者，彼时学士院在西掖[⑧]，故自翰林院东门赴召，非若今之东华门也。至如挽铃故事[⑨]，亦缘其在禁中，虽学士院吏亦止于玉堂门外，则其严密可知。如今学士院在外，与诸司无异，亦设铃索，悉皆文具[⑩]故事而已。

【注释】

①初命：新任命。宣召：此指传旨召入使就职。皇帝派人传达谕旨叫“宣”。《宋史·职官志二》：“凡初命为学士，皆遣使就第宣诏旨，召入院。”

②复门：夹门，旁门。

③北扉：北门。此用作动词，指开北门。

④浴堂：唐代皇宫中院、殿名。为皇帝住处之一，皇帝常于此召见学士。

⑤东华门：北宋宫城的东门。宫城西门称西华门。

⑥左承天门：东华门内第二道门。西华门内第二道门称右承天门。

⑦双引：指由两吏人一前一后共同引导。当时臣下被皇帝召见，以双引为荣。阎门：北宋宫城正殿文德殿的东西掖门，分称东上阎门与西上阎门。此应指东上阎门。

⑧学士院：唐代学士初称翰林供奉，属翰林院，玄宗开元末改称学士，另置学士院。西掖：指宫城西掖门内。宫城南面有三门，在正南门东、西两侧者分称东、西掖门或左、右掖门。

⑨挽铃故事：唐学士院处禁密之地，初为备夜间值班时有皇帝诏命至，故设悬铃而系以绳索，以代传呼。后渐成故事，凡欲入本院者，皆须先拉铃，经院官允许方得入内。宋太宗时曾恢复铃索的设置。

⑩文具：徒具形式的文饰。

学士院玉堂①，太宗皇帝曾亲幸②，至今唯学士上日③许正坐，他日皆不敢独坐。故事，堂中设视草④台，每草制，则具衣冠据台而坐。今不复如此，但存空台而已。玉堂东承旨⑤阁子，窗格上有火燃处。太宗尝夜幸玉堂，苏易简⑥为学士，已寝遽起，无烛具衣冠，宫嫔自窗格引烛入照之。至今不欲更易，以为玉堂一盛事。

【注释】

①学士院玉堂：宋代学士院全称翰林学士院，学士亦称翰林学士，但为独立机构，不隶属翰林院，且实际地位远高于翰林院。掌起草制、诰、诏、令等朝廷文件。宋人仍沿唐俗，称学士院正厅为玉堂，宋太宗曾赐其匾额，题为“玉堂之署”。

②亲幸：亲临，亲至。古人称皇帝至某处专用“幸”字。

③上日：指上任之日。

④视草：起草。

⑤承旨：指翰林学士承旨。为翰林学士之首，不常置，以翰林学士久任者充任。

⑥苏易简（958—997）：字太简，绵州盐泉（今四川绵阳东南）人。太宗时进士第一，历翰林学士承旨，官至参知政事。

东西头供奉官，本①唐从官之名。自永徽②以后，人主③多居大明宫，别置从官，谓之“东头供奉官”。西内[4]具员不废，则谓之“西头供奉官”。

【注释】

①本：本来，原本。

②永徽：唐高宗年号。

③人主：皇上。

④西内：西边大内，正式的皇宫。

唐制，两省供奉官东西对立，谓之“蛾眉班”。国初，供奉班于百官前横列。王溥罢相为东宫，一品班在供奉班之后，遂令供奉班依旧分立。庆历中，贾安公为中丞，以东西班对拜为非礼[1]，复令[2]横行。至今初叙班分立；百官班定，乃转班横行；参罢，复分立；百官班退[3]，乃出。参用旧制也。

【注释】

①非礼：不符合礼法。

②令：下令。

③班退：分班退出。

中国衣冠，自北齐[1]以来，乃全用胡服[2]。窄袖绯[3]绿短衣，长靿靴[4]，有蹀躞带[5]，皆胡服也。窄袖利于驰射，短衣长勒皆便于涉草。胡人乐茂草，常寝处其间，予使北[6]时皆见之，虽王庭亦在深荐[7]中。予至胡庭日，新雨过，涉草，衣袴皆濡，唯胡人都无所沾。带衣所垂蹀躞，盖欲佩带弓剑、帉帨、算囊、刀砺[8]之类。自后虽去蹀躞，而犹存其环。环所以衔蹀躞，如马之鞦根[9]，即今之带銙[10]也。天子必以十三环为节，唐武德、正观[11]时犹尔[12]。开元之后，虽仍旧俗，而稍褒博[13]矣。然带钩[14]尚穿带本为孔，本朝加顺折[15]，茂人文[16]也。

【注释】

①北齐：南北朝时北方政权之一。550 年正式取代东魏建国，577 年为北周所灭。

②胡服：泛指北方少数民族服装。古籍称北方边地及西域各民族为

"胡"。史载战国时赵武灵王已提倡胡服骑射。

③绯：红色。

④长靿（yào）靴：长筒靴。靿：靴筒。

⑤蹀躞（dié xiè）带：装饰蹀躞的腰带。蹀躞：亦作"鞢躞"，一种北方少数民族特有的装饰物，样式不详。疑蹀躞本为一种兽名。

⑥使北：出使北方。指宋神宗熙宁八年（1075）沈括出使契丹辽国事。

⑦荐：兽所食草。此泛指草。

⑧帉帨（fēn shuì）：佩巾，手巾。算囊：亦称"算袋"，本指盛算子（计算用具）的革袋，后来成为一种装饰品，亦用以盛他物。刀砺：佩刀和磨石。

⑨鞦根：套车时拴在牛马大腿后面的革带称"鞦"（也写作"鞧""緧"），"鞦根"当是此种革带上的装饰物。按本条文意，鞦根亦是一种环。

⑩带銙：作带扣用的金属板或玉板。亦为装饰物。

⑪正观：即贞观，唐太宗年号。作者避宋讳改"贞"为"正"。

⑫尔：如此，这样。

⑬褒博：宽大。

⑭带钩：腰带上用来结系两端的金属钩。古代贵族所用形制多样，装饰华丽。

⑮顺折：此二字之意待考。疑指唐人所称的"挞尾"，即腰带下插的垂头。史载古时韦带垂头反插，唐高祖曾令下插，以取顺下之义。宋代挞尾亦视官阶高下，分别以金、玉、犀、银、铜、铁为饰。

⑯茂人文：他书或引作"盖弥文"，指更增加了礼制文明的色彩。

幞头[①]，一谓之"四脚"，乃四带也。二带系脑后垂之；二带反系头上，令曲折附顶，故亦谓之"折上巾"。唐制，唯人主得用硬脚[②]。晚唐方镇擅命，始僭[③]用硬脚。本朝幞头，有直脚、局脚、交脚、朝天、顺风[④]，凡五等，唯直脚贵贱通服之。又庶人所戴头巾，唐人亦谓之"四脚"。盖两脚系脑后，两脚系颔[⑤]下，取其服劳不脱也；无事则反系于顶上。今人不复系颔下，两带遂为虚设。

【注释】

①幞头：包头软巾。相传北周武帝时裁定用四条带子，谓之“四脚”。隋时加桐木骨子，使巾顶高起，后世或以藤、竹等为骨。

②硬脚：用金属线撑起的巾脚。唐代皇帝所服的幞头用硬脚，稍上曲；五代晚期以后，硬脚渐趋平直。

③僭：僭越，超越等级本分。

④直脚：指平直的硬脚。宋人多用铁线支撑。局脚：即曲脚，硬脚弯曲者。交脚：指前后脚互相交叉者。朝天：指巾脚上曲者。顺风：指一脚下垂、一脚上曲者。

⑤颔：下巴颏。

予及史馆检讨[①]时，议枢密院札子问宣头[②]所起。予按唐故事，中书舍人[③]职掌诏诰，皆写四本，一本为底，一本为宣。此“宣”谓行出耳，未以名书也。晚唐枢密使自禁中受旨，出付中书[④]，即谓之“宣”。中书承受，录之于籍，谓之“宣底”。今史馆中尚有《梁宣底》二卷，如今之“圣语簿”也。梁朝初置崇政院[⑤]，专行密命；至后唐庄宗复枢密使，使郭崇韬、安重诲[⑥]为之，始分领政事。不关由[⑦]中书，直行下者谓之“宣”，如中书之“敕”[⑧]；小事则发头子、拟堂帖[⑨]也。至今枢密院用宣及头子。本朝枢密院亦用札子，但中书札子，宰相押字在上，次相及参相以次向下；枢密院札子，枢长押字在下，副贰以次向上，以此为别。头子，唯给驿马[⑩]之类用之。

【注释】

①史馆检讨：史馆属官。掌修日历、国史，通常以他官兼任。

②枢密院：官署名，长官为枢密使。唐代以宦官为枢密使，掌传达皇帝命令。五代时改以士人充任。宋代枢密院为最高军事机构，掌军国机务、兵防、边备、军马等政令，与中书省对掌军政大权，合称“二府”。札子：官府文书名。宋代中央机构处置公事，已奉皇帝旨意者，许用札子命下级官府执行。有些官员在一定情况下，亦许用札子向皇帝奏事。宣头：又称“头子”，实指零碎事体的宣命文件，详见注⑨。

③中书舍人：中书省属官。掌起草诏令，署敕宣旨，并参议表章、

接纳上奏文表等事。三国曹魏时已置，后世沿置。宋初中书舍人仅为确定俸禄的官阶，实不任职，而另置知制诰及直舍人院起草诏令。神宗元丰年间改官制以后，废舍人院，建为中书后省，始以中书舍人为事务主管。

④中书：即中书省。自三国曹魏以后，中书省即为中央最高决策机构，其长官多称中书令，实为宰相。唐宋时宰相于政事堂议事，实是中书省与门下省合署办公，故政事堂亦称“中书门下”，或简称“中书”。宋代皇城外尚有中书省和门下省，俗称“外省”或“后省”。

⑤崇政院：五代后梁为避免唐代宦官专权之弊，改枢密院为崇政院，以文臣为院使及直院。可参与朝廷机密，然仅备皇帝顾问，承旨宣于宰相而行之，并无决策和专擅行事的权力。

⑥郭崇韬（？—926）：五代后唐将领，庄宗时首以宰相兼任枢密使，自此枢密院专掌军事。安重诲（？—931）：五代后唐将领，后唐明宗（李嗣源）时官至枢密使，累加侍中兼中书令。

⑦关由：指政府机构间的文书往来。其文体与札子大同小异。

⑧中书之“敕”：“敕”和“宣”有别。宋承五代，凡皇帝圣旨及札子批状，由中书省下达者称“敕”，由枢密院下达者称“宣”。

⑨发头子、拟堂帖：此亦指枢密院与中书省之别。凡处置具体事务的文书，枢密院称“头子”或“宣头”，中书省则称“堂帖”或“札子”。“堂帖”之名，本指唐代政事堂（宰相办公处）所颁文书。

⑩驿马：驿站的马。古代为传递政府文书而设驿站，供传递者更换马匹或休息、住宿之用。

百官于中书见宰相，九卿[1]而下，即省吏高声唱一声“屈躬”[2]，趋[3]而入。宰相揖及进茶，皆抗声赞喝[4]，谓之“屈揖”。待制[5]以上见，则言“请某官”，更不屈揖，临退仍进汤[6]。皆于席南横设百官之位，升朝[7]则坐，京官[8]以下皆立。后殿引臣寮[9]，则待制已上宣名拜舞[10]；庶官[11]但赞拜，不宣名，不舞蹈。中书略贵[12]，示与之抗[13]也；上前则略微[14]者，杀[15]礼也。

【注释】

①九卿：泛指中央政府各部门长官。

②唱：犹“喝”，高喊。屈躬：表示趋进时身体略前倾的称谓。

③趋：以小碎步向前行走。古人以此表示恭敬。

④抗声：高声。抗：通“亢”。赞喝：一作“赞唱”，赞礼喊号。古代称辅助行礼或辅助行礼的人为“赞”，即司仪。

⑤待制：宋代于文臣正式官职之外所加的一种衔名，地位在学士、直学士之下。此种衔名率系于诸阁，如天章阁学士、直学士、待制等，为文臣清贵之选。

⑥临退仍进汤：指直到离去之前仍然上茶。汤：茶水，古人称茶汤。

⑦升朝：指升朝官，又称朝官或常参官。宋代将常朝日参见皇帝的高级官员称为常参官，有一定的官阶规定。

⑧京官：宋代官阶在升朝官以下的官员称京官，即常参官以外的未常参者。亦有一定的官阶规定。

⑨后殿：指皇宫内举行常朝的正殿（又称正衙、前殿）之后的殿庭。皇帝常于后殿办公及接见臣下。臣寮：同“臣僚”。

⑩宣名拜舞：指自报官职姓名并行拜见舞蹈的礼节。古人正规行礼时手舞足蹈，称“拜舞”或“舞蹈”。

⑪庶官：众官。此指待制以下的官员。

⑫中书略贵：指百官在中书省见宰相略显得受到尊重。实指礼节较简化。贵：尊重。

⑬抗：对等，平等。

⑭微：低微。

⑮杀：减，降低等次。

唐制，丞郎拜官，即笼门谢。今三司副使已上拜官，则拜舞于子阶上；百官拜于阶下，而不舞蹈。此亦笼门故事也。

学士院第三厅，学士阁子当前有一巨槐，素①号“槐厅”。旧传居此阁者多至入相，学士争槐厅，至有抵彻②前人行李而强据之者。予为学士时，目观此事。

【注释】

①素：向来。

②抵：抵任，到任。彻：通“撤”，撤出，搬出。

《集贤院记》[①]：“开元故事，校书官许称学士[②]。”今三馆职事皆称学士[③]，用开元故事也。

【注释】

①《集贤院记》：即唐人韦述所撰《集贤注记》。原书三卷，记唐代开元、天宝间集贤院置院始末、院中故事及学士名氏。已佚，今存佚文尚多。

②校书官：泛指集贤院整理图籍的官员。唐代集贤院曾先后置学士、直学士、校理、待制、留院、入院、侍讲、刊校、修撰、修书及直院等官，民间统称“学士”。后规定登朝官五品以上为学士，六品以下为直学士，学士中取位次最高者一人判院事，缺学士即以直学士中位次最高者递补；非登朝官不问品秩，并为校理，其余名目皆停废。

③三馆：宋承唐制，以史馆、昭文馆、集贤院为三馆，掌修史、藏书、校书事务。太宗时增建秘阁，与三馆合称馆阁，又新建崇文院总寓馆阁。凡供职馆阁及崇文院者，有学士、直学士、直馆、直阁、修撰、校理、检讨、校勘、校书等职名，统称馆职，为文臣清贵之选。元丰五年（1082）改官制后，崇文院并入秘书省，而秘书省官著作郎、著作佐郎、秘书郎、校书郎、正字等仍称馆职。其余还有不同职事的史官名目，亦与馆职等同，有时馆职还包括诸杂阁的部分职事。两宋时期，民间沿唐俗，亦往往统称担任馆职者为“学士”。

馆阁新书净本[①]有误书处，以雌黄[②]涂之。尝校[③]改字之法，刮洗则伤纸，纸贴之又易脱；粉[④]涂则字不没，涂数遍方能漫灭。唯雌黄一漫则灭，仍久而不脱。古人谓之铅黄[⑤]，盖用之有素矣。

【注释】

①新书净本：指馆阁书籍经过精心校勘定本后，又重新缮写、校对、誊清及装订的新本。

②雌黄：矿物名。为晶体鸡冠石的一种，可作颜料。旧称鸡冠石为

石黄或黄金石，又分为雄黄和雌黄二种，然载籍亦每相混。古人用黄纸写字抄书，有误则以雌黄涂抹，取其易于漫灭而不留痕迹。

③校：考察比较。

④粉：指铅粉。古人用铅粉作化妆品涂面，也用以涂改书写误字。特制的铅粉亦呈黄色，故道家铅丹又称黄丹。

⑤铅黄：即铅粉和雌黄。

予为鄜延经略使[①]日，新一厅，谓之五司厅。延州正厅乃都督[②]厅，治延州事；五司厅治鄜延路军事，如唐之使院[③]也。五司者，经略、安抚、总管、节度、观察[④]也。唐制，方镇皆带节度、观察、处置三使[⑤]。今节度之职多归总管司，观察归安抚司，处置归经略司。其节度、观察两案并支掌、推官、判官[⑥]，今皆治州事而已。经略、安抚司不置佐官[⑦]，以帅权不可更不专也。都总管、副总管、钤辖、都监[⑧]同签书，而皆受经略使节制。

【注释】

①鄜（fū）延经略使：全称“鄜延路经略安抚使”，治延州（今陕西延安）。宋代经略使不常置，多以经略安抚使为名，由各路帅府的知州、知府兼任，总掌一路兵民之政，并兼马步军都总管。其官署称经略使司或经略司。

②都督：宋代都督府的长官，掌本府兵民之政。一般以亲王担任，不常置，缺则以知府兼任。

③使院：指唐代节度使等地方军政大员的治事处所。

④安抚、总管、节度、观察：宋代安抚使职同经略使，唯后者地位高于前者，在沿边重要地区多由经略兼安抚。总管即都部署，又称都总管，掌军旅屯戍等事，北宋时多由诸路帅臣或知州兼任，南宋时多成闲职。节度使在唐代总揽一方军、政、财权，观察使为一道行政长官，二者到宋代都仅为武臣虚衔。

⑤处置使：唐代初设各道按察使，开元时改设采访处置使，掌举劾州县官吏。后改为观察处置使，即观察使。

⑥节度、观察两案：因节度、观察之职已分归总管司、安抚司，在各自司内分案治事，故称“两案”。支掌：幕职官节度掌书记与观察支使的合称。掌文案。二者不同置，一般有出身者为节度掌书记，无出身者为观察支使。推官、判官：亦皆为幕职官。前者掌本州司法，后者掌行政事务。

⑦佐官：副职。

⑧钤辖：又称“兵马钤辖”。统兵官，位在都部署、部署之下。北宋时往往由文臣地方官兼任，后多成闲职。都监：又称“兵马都监”。性质与钤辖同，位在钤辖之下。

银台司兼门下封驳[①]，乃给事中之职，当隶门下省，故事乃隶枢密院。下寺监[②]皆行札子，寺监具申状，虽三司，亦言“上银台”。主判不以官品，初冬独赐翠毛锦袍。学士以上，自从本品。行案用枢密院杂司人吏，主判食枢密厨，盖枢密院子司也。

【注释】

①封驳：封还皇帝不适宜的诏令，驳回大臣有错误的奏章。

②寺监：指太常寺、宗正寺、国子监、少府监等。

前世藏书，分隶数处，盖防水火散亡也。今三馆、秘阁，凡四处藏书，然同在崇文院[①]。其间官书多为人盗窃，士大夫家往往得之。嘉祐中，置编校官八员，杂雠四馆书[②]，给吏百人，悉以黄纸为大册写之，自此私家不敢辄藏。校雠累年，仅能终昭文一馆之书而罢。

【注释】

①崇文院：宋初承五代，仍以小屋数十间为三馆。太宗太平兴国二年（977）另选址重建，次年建成，赐名崇文院，迁三馆书籍于其中。真宗时曾因失火，临时建崇文外院。仁宗时故址修缮毕，复撤外院。神宗元丰五年（1082）改官制，崇文院改为秘书省。

②杂雠四馆书：指以崇文院总领的史馆、昭文馆、集贤院、秘阁之书相互校雠。后又以诸阁书供校雠。

旧翰林学士地势清切①，皆不兼他务。文馆职任，自校理②以上，皆有职钱③，唯内外制④不给。杨大年⑤久为学士，家贫请外，表辞千余言⑥。其间两联曰："虚忝甘泉之从臣⑦，终作若敖之馁鬼⑧。从者之病莫兴⑨，方朔之饥欲死⑩。"

【注释】

①地势：地位。清切：清闲而亲近皇帝。切，亲近。

②校理：馆阁校勘书籍官。以京官任者称校勘，以朝官任者称校理。

③职钱：亦称"贴职钱"，于俸禄之外加给的钱。

④内外制：官职合称，亦称"两制"。宋代翰林学士皆加知制诰官衔，起草制、诰、诏、令、赦书、德音等文件，称内制；翰林学士之外，以他官加知制诰官衔履行同样职任者，则称外制。

⑤杨大年：即杨亿（974—1020），字大年，建州浦城（今属福建）人。11岁时，以天资颖异，皇帝特命召试，授秘书省正字，入馆阁读书。后官至翰林学士、户部侍郎。为宋初"西昆体"诗派的代表人物。

⑥请外：请求为外官（地方官）。表辞：所上辞职表的言辞。今存杨亿《武夷新集》卷十四有《求解职领郡表》与《再乞解职表》，前者600余字，后者近千字。

⑦忝：谦词，自称愧居某官位之意。甘泉：指汉武帝时的甘泉宫。此以喻皇宫、皇帝。从臣：侍从之臣。宋代诸殿阁学士、直学士、待制及翰林学士、六部尚书、侍郎皆称侍从官。

⑧若敖之馁鬼：各本"若敖"皆作"莫敖"，今从洪迈《容斋续笔》改。若敖即若敖氏，指春秋时楚国令尹子文之族。馁鬼：饿鬼。《左传》宣公四年载：子文临终，知其从子越椒之狼子野心将导致其族大难，故嘱其族速行，并泣谓："鬼犹求食，若敖氏之鬼，不其馁而！"后人因以"若敖鬼馁"比喻绝嗣。

⑨从者之病莫兴：此用传说的孔子典故。相传孔子晚年周游列国时，曾在陈、蔡之间被困，多日不得食，跟随他的弟子们也都饿病了，以致不能起身。兴：起。

⑩方朔之饥欲死：此用西汉东方朔典故。《汉书·东方朔传》载其

初为公车待诏时，曾因俸禄微薄，自称“臣朔饥欲死”。附按：本条末所引两联文字，与杨亿《再乞解职表》不同，盖出于传闻的概括。杨氏表辞原文如下：“汉臣之饿且欲死，难免侏儒之嗤；孔徒之病不能兴，敢怀子路之愠。行作若敖之馁鬼，徒辱甘泉之从官。”其文大意是说：汉臣（东方朔）俸薄而饿得要死，难免被侏儒嘲笑；孔子的弟子们病饿得不能起，又哪还敢有子路的恼怒。（我）行将成为像若敖氏一样的饿鬼，白白辱没了侍从甘泉官的职位。

京师百官上日[①]，唯翰林学士敕设[②]用乐，他虽宰相，亦无此礼。优伶[③]并开封府点集。陈和叔[④]除学士，时和叔知开封府，遂不用女优。学士院敕设不用女优，自和叔始。

【注释】

①京师：今河南开封。上日：上任之日。

②敕设：特指皇帝下旨安排的宴会。凡宴会所用帐幕、食品、酒醴、茶果等，皆由御用机构供给陈设，故称“敕设”。有时还安排杂戏。

③优伶：古代杂戏及歌舞演员之称。此实指有乐籍的歌舞艺人。

④陈和叔：即陈绎（1021—1088），字和叔，开封人（一说洛阳人）。历翰林学士、权知开封府事，晚年曾兼任经略安抚使。

礼部贡院试进士[①]日，设香案于阶前，主司与举人[②]对拜，此唐故事也。所坐设位供张[③]甚盛，有司具茶汤饮浆[④]。至试学究[⑤]，则悉彻[⑥]帐幕毡席之类，亦无茶汤，渴则饮砚水，人人皆黔其吻[⑦]。非故欲困之，乃防毡幕及供应人私传所试经义。盖尝有败者，故事为之防。欧文忠[⑧]有诗：“焚香礼进士，彻幕待经生。”以为礼数重轻如此，其实自有谓[⑨]也。

【注释】

①贡院：宋代科举考试的事务管理机构和试场。进士：宋代凡应进士科考试的举人均称“进士”，已登科者则自称“前进士”。宋承唐制，科举考试有乡试、礼部试、殿试，殿试合格即授进士及第等出身，是谓

“登科”。

②主司：即知举官，包括知贡举、同知贡举。职掌主持礼部试，决定合格举人名次。举人：宋代凡应贡举考试的各科士人均称“举人”，俗称“举子”。

③设位：预先安排的位置。举子参加考试，皆有单独的隔离空间。供张：指帐幕、毡席等一应物品的供给陈设。

④茶汤饮浆：茶水和饮料。

⑤学究：别本或作“经生”。北宋贡举有学究科，试《诗》《书》《易》三经经义，神宗熙宁间罢去。

⑥彻：通“撤”。

⑦黔其吻：染黑了嘴巴。

⑧欧文忠：当作“欧阳文忠”，即欧阳修（1007—1072），字永叔，庐陵（今江西吉安）人。北宋文坛领袖，官至参知政事。谥文忠。

⑨谓：理由，原因。

嘉祐中，进士奏名[①]讫，未御试[②]，京师妄传王俊民[③]为状元，不知言之所起，人亦莫知俊民为何人。及御试，王荆公时为知制诰[④]，与天章阁待制杨乐道[⑤]二人为详定官。旧制，御试举人设初考官，先定等第；复弥[⑥]之，以送覆考官，再定等第；乃付详定官，发初考官所定等，以对覆考之等，如同即已，不同则详其程文[⑦]，当从初考或从覆考为定，即不得别立等。是时王荆公以初、覆考所定第一人皆未允当，于行间别取一人为状首；杨乐道守法，以为不可。议论未决，太常少卿朱从道[⑧]时为封弥官，闻之，谓同舍曰：“二公何用力争？从道十日前已闻王俊民为状元。事必前定，二公徒自苦耳。”既而二人各以己意进禀，而诏从荆公之请。及发封，乃王俊民也。详定官得别立等自此始，遂为定制。

【注释】

①奏名：指礼部试后，贡院将合格举人列出名册奏进皇帝。

②御试：殿试，又称廷试、亲试。礼部试后，合格举人再经殿试，最后被录取者才算真正登科。殿试完毕后，由皇帝主持唱名，授中榜者出身，表示他们为“天子门生”。

③王俊民：字康侯，莱州掖县（今山东莱州）人。北宋嘉祐六年（1061）进士第一，授官未几，得狂病卒。

④王荆公：即王安石（1021—1086），字介甫，号荆公，抚州临川（今江西抚州）人。北宋文学家、改革家，官至宰相。知制诰：见前“旧翰林学士地势清切”条“内外制”注。

⑤杨乐道：即杨畋（1007—1062），字乐道，新泰（今属山东泰安）人。出身于将家，官至龙图阁学士知谏院。

⑥弥：一作“弥封”。宋人称“封弥”，又称“糊名”，即科举考试中为防止评卷作弊，在考生纳卷后密封卷头（或截去卷头），眷录副本以供评阅。

⑦程文：指科举考试的答卷。因按一定程序作文，故称“程文”。

⑧朱从道：字复之，沛县（今属江苏徐州）人。尝历员外郎、郎中。

选人不得乘马入宫门。天圣中，选人为[①]馆职，始欧阳永叔、黄鉴辈，皆自左掖门下马入馆，当时谓之“步行学士”。嘉祐中，于崇文院置编校局，校官皆许乘马至院门。其后中书五房置习学公事官，亦缘例[②]乘马赴局。

【注释】

①为：担任。

②缘例：按照惯例。

车驾行幸，前驱为之队，则古之清道[①]也。其次卫仗，卫仗者，视阑入宫门法，则古之外仗也。其中谓之禁围，如殿中仗。《天官·掌舍》：“无宫，则供人门。”今谓之“殿门天武官”，极天下长[②]人之选八人。上御前殿，则执钺立于紫宸门下；行幸则为禁卫门，行于仗马之前。又有衡门[③]十人，队长一人，选诸武力绝伦者为之。上御后殿，则执挝东西对立于殿前，亦古之虎贲、人门之类也。

【注释】

①清道：清道的职责是清除闲杂人等。

②长：高。

③衡门：衡门的职责是守卫门户。

【导读】

《梦溪笔谈》成书于11世纪末，一般认为是1086年至1093年。作者自言其创作是“不系人之利害者”，出发点则是“山间木荫，率意谈噱”。书名《梦溪笔谈》，取自沈括晚年归退后在润州（今江苏镇江）居处“梦溪园”的园名。

《梦溪笔谈》全书共609条（不同版本稍有出入），内容涉及天文、历法、气象、地质、地理、物理、化学、生物、农业、水利、建筑、医药、历史、文学、艺术、人事、军事、法律等诸多领域。在这些条目中，属于人文科学如人类学、考古学、语言学、音乐等方面的，约占全部条目的18%；属于自然科学方面的，约占总数的36%，其余的则为人事资料、军事、法律及杂闻轶事等，约占全书的46%。

从内容上说，《梦溪笔谈》以多于三分之一的篇幅记述并阐发自然科学知识，这在笔记类著述中是少见的。如《技艺》正确而详细记载了“布衣毕昇”发明的泥活字印刷术，这是世界上最早的关于活字印刷的可靠史料，深受国际文化史界重视。北宋其他一些重大科技发明和科技人物，也赖本书之记载而得以传世。如记载的喻皓《木经》及其建筑成就、水工高超的三节合龙巧封龙门的堵缺方法、淮南布衣卫朴精通历法、登州人孙思恭解释虹及龙卷风、河北“团钢”“灌钢”技术、羌人冷作冶炼中对“瘊子”的应用及“浸铜”的生产等，均属珍贵的科技史史料。沈括本人具有很高的科学素养，他所记述的科技知识往往言简意赅又很吸引人，该书基本上反映了北宋的科学发展水平和他自己的研究心得。

【作者简介】

沈括（1031—1095），字存中，号梦溪丈人，浙江杭州钱塘县人，北宋政治家、科学家。沈括24岁受父荫出任沭阳主簿，随后代行县令，率民开“百渠九堰，得上田七千顷”，一度克服了沭河下游的连年水患，促进了农业的发展。嘉祐八年（1063）进士及第，授扬州司理参军。宋神宗时参与熙宁变法，受王安石器重，历任太子中允、检正中书刑房、提举司天监、史馆检讨、三司使等职。元丰三年（1080），出知延州，兼任鄜延路经略安抚使，驻守边境，抵御西夏，后因永乐城之战牵连被贬。晚年移居润州，居于梦溪园，作《梦溪笔谈》。该书内容丰富，涉及的天文历法、地理、物理、数学、生物部分，总结了中国古代，特别是北宋时期的科学成就，被称为“中国科学史上的里程碑”。《梦溪笔谈》对文化艺术、历史、社会生活、军事、典制礼仪、工程技术等，都有较为翔实的记载。

人事一

沈括

景德[①]中，河北用兵，车驾欲幸澶渊[②]，中外之论不一，独寇忠愍[③]赞成上[④]意。乘舆方渡河，虏骑充斥，至于城下，人情恟恟[⑤]。上使人微[⑥]觇[⑦]准所为，而准方酣寝于中书，鼻息如雷。人以其一时镇物[⑧]，比之谢安[⑨]。

【注释】

①景德：宋真宗赵恒年号（1004—1007）。

②澶渊：古代湖泊名，故址在今河南濮阳西。

③寇忠愍：寇准，字平仲，宋华州下邽（今陕西渭南）人。

④上：封建时代称君主为上，文中指宋真宗。

⑤恟恟：同“汹汹”，也写作“匈匈”，骚扰不安的样子，这里是“惊恐不安”的意思。

⑥微：秘密，暗中。

⑦觇：看，窥视，文中是“窥探”的意思。

⑧镇物：使众人镇定，文中指能控制局面、稳定人心。

⑨谢安：东晋人，字安石，孝武帝时曾任宰相，以有“雅量”、处变不惊著称。《世说新语·雅量》中就有几处谈到谢安“镇物”的故事，如：“谢太傅（按：即谢安）盘桓东山时，与孙兴公诸人泛海戏。风起浪涌，孙、王诸人色并遽，便唱使还。太傅神情方王，吟啸不言。舟人以公貌闲意说，犹去不止。既风转急，浪猛，诸人皆喧动不坐。公徐云：‘如此，将无归。’众人即承响而回。于是审其量，足以镇安朝野。”

许怀德[①]为殿帅[②]，尝[③]有一举人，因[④]怀德乳媪求为门客，怀德许之。举子曳襕[⑤]拜于庭下，怀德据座[⑥]受之。人谓怀德武人，不知事体[⑦]，密[⑧]谓之曰：“举人无没阶之礼[⑨]，宜少降[⑩]接也。”怀德应之曰：“我得打乳媪关节[⑪]秀才，只消如此待之！”

【注释】

①许怀德：字师古，宋代祥符（今河南开封）人，曾任殿前指挥使。

②殿帅：职官名，即殿前指挥使。

③尝：曾经。

④因：通过，依托。

⑤襕：古时上下衣相连的服装。

⑥据座：这里指坐在座位上。

⑦事体：这里指事理、礼仪。

⑧密：暗地里，悄悄地。

⑨无没阶之礼：是指接见举人时，主人虽然不必从庭堂的台阶上完全走下来，但应该从庭堂的台阶上往下走几节，以示尊重。

⑩少降：略微从庭堂的台阶上往下走一点。

⑪关节：指通贿请托，即“托关系”“说人情”的意思。

郑毅夫[①]自负时名，国子监以第五人选，意甚不平。谢主司启[②]词，有“李广事业，自谓无双；杜牧文章，止得第五”之句。又云：“骐骥已老，甘驽马以先之；巨鳌不灵，因顽石之在上。”主司深衔[③]之。他日廷策[④]，主司复为考官，必欲黜落[⑤]，以报其不逊。有试业似獬者，枉遭斥逐；既而发[⑥]考卷，则獬乃第一人及第。

又嘉祐中，士人刘几，累[⑦]为国学第一人。骤为怪崄[⑧]之语，学者翕然[⑨]效之，遂成风俗。欧阳公深恶之。会公主文，决意痛惩，凡为新文者一切弃黜。时体[⑩]为之一变，欧阳之功也，有一举人论曰：“天地轧，万物茁，圣人发。”公曰：“此必刘几也。”戏续之曰：“秀才刺，试官刷。”乃以大朱笔横抹之，自首至尾，谓之“红勒帛”，判大纰缪[⑪]字榜之。既而果几也。复数年，公为御试考官，而几在庭。公曰：“除恶务本，今必痛斥轻薄子，以除文章之害。”有一士人论曰：“主上收精藏明于冕旒[⑫]之下。”公曰：“吾已得刘几矣。”既黜，乃吴人萧稷也。是时试《尧舜性仁赋》，有曰：“故得静而延年，独高五帝之寿；动而有勇，形为四罪之诛。”公大称赏，擢[⑬]为第一人，及唱名，乃刘辉。人有识之者曰：“此刘几也，易名矣。”公愕然[⑭]久之。因欲成就其名，小赋有“内积安行之德，盖禀于天”，公以谓“积”近于学，改为“蕴”，人莫不以公为知言。

【注释】

①郑毅夫：即郑獬（xiè），字毅夫，宋安陆（今属湖北）人。少负才气，后中进士，宋神宗时为翰林学士，知开封府，后因不肯用新法，开罪王安石，出徙杭州，后又徙青州。著有《郧溪集》。

②启：陈述，也有“书函”的意思。

③衔：藏在心里，文中是“怀恨”的意思。

④廷策：廷试。

⑤黜落：使之落选。

⑥发：启封公布。

⑦累：多次。

⑧怪崄（xiǎn）：指语词怪异艰涩。崄：同“险”。

⑨翕然：书面语，形容言论、行为一致。

⑩时体：指当时的文体、文风。

⑪纰缪：错误。

⑫冕旒（liú）：古代皇帝的礼帽和挂于礼帽前后的玉串。

⑬擢：拔，提拔。

⑭愕然：吃惊的样子。

王文正[①]太尉局量[②]宽厚，未尝见其怒。饮食有不精洁者，但[③]不食而已。家人欲试其量，以少埃墨投羹[④]中，公唯啖[⑤]饭而已。问其何以不食羹，曰：“我偶不喜肉。”一日又墨[⑥]其饭，公视之曰：“吾今日不喜饭，可具粥。”其子弟愬[⑦]于公曰：“庖肉为饔人[⑧]所私，食肉不饱，乞治之。”公曰：“汝辈人料[⑨]肉几何？”曰：“一斤，今但得半斤食，其半为饔人所廋[⑩]。”公曰：“尽一斤可得饱乎？”曰：“尽一斤固当饱。”曰：“此后人料一斤半可也。”其不发人过皆类此。尝宅门坏，主者彻屋新之，暂于廊庑下启一门以出入。公至侧门，门低，据鞍俯伏而过，都不问。门毕，复行正门，亦不问。有控马卒，岁满辞公，公问：“汝控马几时？”曰：“五年矣。”公曰：“吾不省[⑪]有汝。”既去，复呼回曰：“汝乃某人乎？”于是厚赠之。乃是逐日控马，但见背，未尝视其面；因去见其背，方省也。

【注释】

①王文正：即王旦，字子明，谥文正，北宋大名莘县（今属山东）人，宋太平兴国五年（980）举进士，曾以著作佐郎参与编修《文苑英华》。宋真宗时，王旦先后知枢密院、任宰相，很受宋真宗信任。

②局量：这里指一个人的器量、度量。

③但：仅仅，只。

④羹：带汁的肉。

⑤啖：吃。

⑥墨：这里用作动词，是“将饭弄黑”的意思。

⑦愬（sù）：同“诉”，告诉，这里有“投诉”“告状”的意思。

⑧饔人：这里指负责烹调菜肴的厨人。饔：烹调菜肴。

⑨料：量，称量。

⑩廋（sōu）：藏，隐藏。

⑪省：明白，醒悟过来。

李士衡[①]为馆职，使高丽，一武人为副。高丽礼币赠遗[②]之物，士衡皆不关意，一切委于副使。时船底疏漏，副使者以士衡所得缣帛藉[③]船底，然后实己物，以避漏湿。至海中，遇大风，船欲倾覆。舟人大恐，请尽弃所载，不尔，船重必难免。副使仓惶，取船中之物投之海中，便不暇拣择。约投及半，风息船定。既而点检所投，皆副使之物，士衡所得在船底，一无所失。

【注释】

①李士衡（959—1032）：字天均，秦州成纪（今甘肃天水）人。官至尚书左丞。

②币：丝织品礼物。遗（wèi）：赠送。

③藉：垫。

旧制，天下贡举人到阙，悉皆入对，数不下三千人，谓之“群见”。远方士皆未知朝廷仪范，班列纷错，有司不能绳勒[①]，见之日先设禁围于著位[②]之前，举人皆拜于禁围之外。盖欲限其前列也，至有更相抱持，以望黼座[③]者。有司患之，近岁遂止令解头[④]入见，然尚不减数百人。嘉祐中，予忝在解头，别为一班，最在前列，目见班中唯从前一两行稍应拜起之节，自余亦终不成班缀而罢。每为阁门[⑤]之累，常[⑥]言殿庭中班列不可整齐者唯有三色，谓举人、蕃人、骆驼。

【注释】

①绳勒：依例控制。

②著位：指事先安排好的举人拜见皇帝时的站位。

③黼座：皇帝的座位。代指皇帝。

④解头：亦称解元、解首，乡试的第一名。

⑤阁（hé）门：阁门司，掌礼仪的机构。

⑥常：通“尝”，曾经。

孙之翰[①]，人尝与一砚，直三十千。孙曰：“砚有何异，而如此之价也？”客曰：“砚以石润为贵，此石呵之则水流。”孙曰：“一日呵得一担水，才直三钱，买此何用？”竟不受。

【注释】

①孙之翰：即孙甫（998—1057），字之翰，阳翟（今河南禹州）人。官至三司度支副使。

王荆公[①]病喘[②]，药用紫团山人参[③]，不可得。时薛师政[④]自河东还，适[⑤]有之，赠公数两，不受。人有劝公曰：“公之疾非此药不可治，疾可忧，药不足辞。”公曰：“平生无紫团参，亦活到今日。”竟不受。公面黧[⑥]黑，门人忧之，以问医。医曰：“此垢污[⑦]，非疾也。”进澡豆[⑧]令公颒[⑨]面。公曰：“天生黑于予，澡豆其如予何！”

【注释】

①王荆公：即王安石，字介甫，号半山。北宋政治家、文学家，宋神宗熙宁年间任宰相，后退居江宁，封荆国公，因此世称荆公。

②喘：哮喘。

③药用紫团山人参：这里指药方中需要用到紫团山出产的人参。

④薛师政：即薛向，字师政，谥恭敏。宋元丰年间知枢密院，善于经商和管理财务。

⑤适：刚巧，正巧。

⑥黧（lí）：黑。

⑦垢污：即污垢。

⑧澡豆：古代用来供洗涤用的粉剂，以豆末配合其他药物制成，用来洗脸洗手，据说可以使皮肤光洁润滑。

⑨颒（huì）：洗脸。

王子野[①]生平不茹[②]荤腥，居之甚安。

【注释】

①王子野：即王质，字子野，宋莘县（今山东莘县）人。曾任天章阁待制，知陕州。据说王质虽然家富、待客热情，但自己的生活却很简朴，以素食为乐。

②茹：吃。

淮南孔旻[①]，隐居笃行[②]，终身不仕，美节甚高。尝有窃其园中竹，旻愍[③]其涉水冰寒，为架一小桥渡之。推此则其爱人可知。然余闻之，庄子妻死，鼓盆而歌。妻死而不辍[④]鼓可也，为其死而鼓之，则不若不鼓之愈也。犹邴原[⑤]耕而得金，掷之墙外，不若管宁不视之愈也。

【注释】

①孔旻（mín）：字宁极。据王安石《孔处士墓志铭》，孔旻隐居汝州（今河南临汝）。他待人宽厚，即使对奴仆也不忍心加重语气说话，粮食、衣物、田地有多余时，就赠送给乡里人，向他借贷而不能归还的，他也不加追问。

②笃行：行为惇厚。笃：忠诚，厚道，坚定。

③愍（mǐn）：同“悯”，哀怜，怜悯。

④辍：中止，停止。

⑤邴（bǐng）原：又称邴君，字根矩，东汉北海人，与华歆、管宁齐名，时称三人为一龙，以年龄排序，“谓歆为龙头，宁为龙腹，原为龙尾”。《世说新语》中载有三人事迹，如《德行》篇中有“管宁、华歆共园中锄菜，见地有片金，管挥锄与瓦石无异，华捉而掷去之”，以此认为华歆的德行不及管宁。据此，“得金捉而掷之”的应该是华歆，而不是邴原。但在这条笔记里，沈括将“得金捉而掷之”一事记在了邴原账上，不知所本为何，也许是因为事近而误吧！

郭进[①]有材略，累有战功，尝刺邢州[②]。今邢州城乃进所筑，其厚六丈，至今坚完。铠仗精巧，以至封贮亦有法度。进于城北治第，既成，聚族人宾客落[③]之，下至土木之工皆与。乃设诸工之席于东庑，群子之席于西庑。人或曰：“诸子安可与工徒齿[④]？”进指诸工曰：“此造宅者。”指诸子曰：“此卖宅者，固宜坐造宅者下也。”进死未几，果为他人所有，今资政殿学士陈彦升[⑤]宅，乃进旧第东南一隅也。

【注释】

①郭进（922—979）：宋初将领，博野（今河北保定）人。官至都部署。

②刺邢州：为邢州（今河北邢台）刺史。

③落：行落成典礼。

④齿：并列。

⑤陈彦升：即陈荐，字彦升，邢州人。官至资政殿学士。

真宗皇帝时，向文简[①]拜右仆射。麻下[②]日，李昌武[③]为翰林学士，当对[④]。上谓之曰：“朕自即位以来，未尝除仆射。今日以命敏中，此殊命也，敏中应甚喜。”对曰：“臣今自早候对，亦未知宣麻，不知敏中何如。”上曰：“敏中门下，今日贺客必多。卿往观之，明日却对来，勿言朕意也。”昌武候丞相归，乃往见。丞相方谢客，门阑[⑤]悄无一人。昌武与向亲近，径入见之。徐贺曰：“今日闻降麻，士大夫莫不欢慰，朝野相庆。”公但唯唯。又曰：“自上即位，未尝除端揆[⑥]，此非常之命。自非勋德隆重，眷倚殊越，何以至此？”公复唯唯，终未测其意。又力陈前世为仆射者勋劳德业之盛、礼命之重，公亦唯唯，卒无一言。既退，复使人至庖厨中，问今日有无亲戚宾客饮食宴会，亦寂无一人。明日再对，上问：“昨日见敏中否？”对曰：“见之。”“敏中之意何如？”乃具以所见对。上笑曰：“向敏中大耐官职。”（向文简拜仆射年月，未曾著于国史。熙宁中，因见《中书题名记》：“天禧元年八月，敏中加右仆射。”然《枢密院题名记》：“天禧元年二月，王钦若加右仆射。”）

【注释】

①向文简：即向敏中（949—1020），字常之，开封人。官至宰相，进右仆射。

②麻下：指宣布任命书。唐宋皇帝诏书用麻纸书写，颁诏又称“降麻”。任命宰相用白麻纸。

③李昌武：即李宗谔（965—1013），字昌武，饶阳（今属河北）人。官至翰林学士。

④对：入对，晋见皇帝。

⑤门阑：大门前的栅栏。

⑥端揆：指尚书省长官，即仆射。

晏元献公[1]为童子时，张文节[2]荐之于朝廷，召至阙下[3]。适值御试进士，便令公就试。公一见试题，曰：“臣十日前已作此赋，有赋草[4]尚在，乞别命题。”上极爱其不隐。及为馆职时，天下无事，许臣寮[5]择胜燕饮[6]。当时侍从文馆士大夫为燕集，以至市楼酒肆，往往皆供帐[7]为游息之地。公是时贫甚，不能出，独家居，与昆弟[8]讲习。一日选东宫官，忽自中[9]批除[10]晏殊。执政莫谕[11]所因，次日进覆[12]，上谕之曰：“近闻馆阁臣寮，无不嬉游燕赏，弥日继夕[13]。唯殊杜门[14]，与兄弟读书。如此谨厚，正可为东宫官[15]。”公既受命，得对，上面谕除授之意，公语言质野[16]，则曰：“臣非不乐燕游者，直[17]以贫，无可为之。臣若有钱，亦须[18]往，但无钱不能出耳。”上益嘉其诚实，知事君体，眷注[19]日深。仁宗朝，卒至大用。

【注释】

①晏元献公：晏殊，字同叔，宋临川（今江西抚州）人。景德年间进士，庆历年间任集贤殿学士、同平章事兼枢密使，谥元献。北宋著名词人，尤擅长小令。

②张文节：即张知白（956—1028），字用晦，宋沧州清池（今河北沧州东南）人。宋仁宗时以工部尚书同平章事，谥文节。

③阙下：京城。阙：皇宫门前两边的楼。

④赋草：所作赋的草稿。

⑤臣寮：文中指群臣。寮：通“僚”。

⑥燕饮：举办宴会，聚在一起喝酒吃饭。燕：同“宴”。

⑦供帐：这里是“张挂帷帐以供人举办宴会”的意思。

⑧昆弟：兄弟。昆：哥哥。

⑨中：这里指禁中、皇宫内。

⑩批除：这里是（皇帝）下手谕晋升（某人官职）的意思。批：公文的一种。除：拜官授职。

⑪谕：明白。

⑫覆：回复，复命。

⑬弥日继夕：整天，夜以继日。

⑭杜门：闭门。

⑮东宫官：辅导皇太子的官职。

⑯质野：朴实率直，不加文饰。

⑰直：这里用作副词，是“仅仅”的意思。

⑱须：应当。

⑲眷注：垂爱关注。

石曼卿[1]喜豪饮，与布衣刘潜[2]为友。尝通判海州[3]，刘潜来访之，曼卿迎之于石闼堰[4]，与潜剧饮。中夜[5]酒欲竭，顾船中有醋斗余，乃倾入酒中并饮之。至明日[⑥]，酒醋俱尽。

每与客痛饮，露发跣足[⑦]，着械[⑧]而坐，谓之“囚饮”。饮于木杪[⑨]，谓之“巢饮”。以稿[⑩]束之，引首[⑪]出饮，复就束，谓之“鳖饮”。夜置酒空中，谓之“徒饮”。匿于四旁，一时入出饮，饮已复匿，谓之“鬼饮”。其狂纵大率[⑫]如此。廨[⑬]后为一庵，常卧其间，名之曰“扪虱庵”。未尝一日不醉。仁宗爱其才，尝对辅臣言，欲其戒酒。延年闻之，因不饮，遂成疾而卒。

【注释】

①石曼卿：即石延年（994—1041），字曼卿，北宋宋城（今河南商丘）人。据《宋史·石曼卿传》记载，石延年官至中允、秘阁校理，与欧阳修交友甚笃，喜饮酒，读书通大略，为文劲健，工诗善书，有《石曼卿诗集》。

②刘潜：石曼卿的朋友，字仲方，北宋定陶人，少卓逸，有大志，好为古文，后举进士，知蓬莱县。文中称其为布衣，当指刘潜尚未为官时。

③通判海州：担任海州通判。

④石闼（tà）堰：地名。

⑤中夜：半夜时分。

⑥明日：第二天。

⑦跣（xiǎn）足：光着脚。

⑧着械：戴上枷锁。械：镣铐、枷锁之类的刑具。

⑨木杪（miǎo）：树枝的细梢。

⑩稿：谷类植物的茎秆。

⑪引首：文中指伸出脑袋。

⑫大率：大概，大致。

⑬廨（xiè）：古代官署的通称。

朝士[①]刘廷式[②]，本田家。邻舍翁甚贫，有一女，约与廷式为婚。后契阔[③]数年，廷式读书登科[④]，归乡闾[⑤]。访邻翁，而翁已死；女因病双瞽[⑥]，家极困饿。廷式使人申[⑦]前好，而女子之家辞以疾，仍[⑧]以佣耕，不敢姻士大夫。廷式坚不可：“与翁有约，岂可以翁死子疾而背之？”卒与成婚。闺门极雍睦[9]，其妻相携而后能行，凡生数子。廷式尝坐小谴，监司欲逐之，嘉其有美行，遂为之阔略[10]。其后廷式管干[11]江州太平宫而妻死，哭之极哀。苏子瞻[12]爱其义，为文以美之。

【注释】

①朝士：泛指在朝廷任职的官员。

②刘廷式：字得之，宋齐州（今山东济南）人。进士出身，曾任齐州通判，后监江州太平宫，老于庐山。

③契（qiè）阔：离合，聚散，偏指离散。

④登科：科举时代考中进士为登科，也称登第。

⑤乡间：犹乡里，指家乡、故乡。

⑥瞽（gǔ）：瞎，眼睛失明。

⑦申：陈述，说明，这里是“重新提起”的意思。

⑧仍：依旧，仍然。

⑨雍睦：和睦。

⑩阔略：宽恕。

⑪管干：管理。

⑫苏子瞻：即苏轼，字子瞻，号东坡居士。宋代大文豪。

清

祭妹文

袁枚

乾隆丁亥冬①，葬三妹素文于上元之羊山②，而奠以文曰：

呜呼！汝生于浙，而葬于斯，离吾乡七百里矣；当时虽觭梦③幻想，宁知此为归骨所耶？

汝以一念之贞，遇人仳离④，致孤危托落⑤，虽命之所存，天实为之；然而累汝至此者，未尝非予之过也。予幼从先生授经，汝差肩而坐⑥，爱听古人节义事；一旦长成，遽躬蹈之⑦。呜呼！使汝不识《诗》《书》，或未必艰贞若是。

余捉蟋蟀，汝奋臂出其间；岁寒虫僵，同临其穴⑧。今予殓⑨汝葬汝，而当日之情形，憬然⑩赴目。予九岁，憩⑪书斋，汝梳双髻，披单缣⑫来，温《缁衣》⑬一章；适先生奓户⑭入，闻两童子音琅琅然⑮，不觉莞尔⑯，连呼“则则”⑰，此七月望日⑱事也。汝在九原⑲，当分明记之。予弱冠粤行⑳，汝掎裳悲恸㉑。逾三年，予披宫锦㉒还家，汝从东厢扶案出，一家瞠视㉓而笑，不记语从何起，大概说长安登科、函使报信迟早云尔㉔。

凡此琐琐，虽为陈迹，然我一日未死，则一日不能忘。旧事填膺㉕，思之凄梗，如影历历，逼取便逝。悔当时不将嫛婗㉖情状，罗缕㉗记存；然而汝已不在人间，则虽年光倒流，儿时可再，而亦无与为证印者矣。

汝之义绝㉘高氏而归也，堂上阿奶㉙，仗汝扶持；家中文墨，眣㉚汝办治。尝谓女流中最少明经义、谙雅故㉛者。汝嫂非不婉嫕㉜，而于此微缺然。故自汝归后，虽为汝悲，实为予喜。予又长汝四岁，或人间长者先亡，可将身后托汝；而不谓汝之先予以去也！

前年予病，汝终宵刺探，减一分则喜，增一分则忧。后虽小差㉝，犹尚殗殜㉞，无所娱遣；汝来床前，为说稗官野史可喜可愕之事，聊资一欢。呜呼！今而后，吾将再病，教从何处呼汝耶？

汝之疾也，予信医言无害，远吊扬州；汝又虑戚吾心[35]，阻人走报；及至绵惙[36]已极，阿奶问："望兄归否？"强应曰："诺。"已予先一日梦汝来诀，心知不祥，飞舟渡江，果予以未时[37]还家，而汝以辰时[38]气绝；四支犹温，一目未瞑，盖犹忍死待予也。

呜呼痛哉！早知诀汝，则予岂肯远游？即游，亦尚有几许心中言要汝知闻、共汝筹画也。而今已矣！除吾死外，当无见期。吾又不知何日死，可以见汝；而死后之有知无知，与得见不得见，又卒难明也。然则抱此无涯之憾，天乎人乎！而竟已乎[39]！

汝之诗，吾已付梓[40]；汝之女，吾已代嫁；汝之生平，吾已作传[41]；惟汝之窀穸[42]，尚未谋耳。先茔在杭，江广河深，势难归葬，故请母命而宁汝于斯，便祭扫也。其旁，葬汝女阿印[43]；其下两冢：一为阿爷侍者[44]朱氏，一为阿兄[45]侍者陶氏。羊山旷渺[46]，南望原隰[47]，西望栖霞[48]，风雨晨昏，羁魂[49]有伴，当不孤寂。

所怜者，吾自戊寅年读汝哭侄诗后[50]，至今无男；两女牙牙，生汝死后，才周晬[51]耳。予虽亲在未敢言老[52]，而齿危发秃，暗里自知；知在人间，尚复几日？阿品[53]远官河南，亦无子女，九族[54]无可继者。汝死我葬，我死谁埋？汝倘有灵，可能告我？

呜呼！生前既不可想，身后又不可知；哭汝既不闻汝言，奠汝又不见汝食。纸灰飞扬，朔风野大，阿兄归矣，犹屡屡回头望汝也。呜呼哀哉！呜呼哀哉！

【注释】

①乾隆：清高宗（1736—1795）的年号。丁亥：指乾隆三十二年（1767）。

②素文：名机，字素文，别号青琳居士。上元：清代县名，属江宁府，1912 年并入江宁县，今属南京市。羊山：位于今南京市东。

③觭（jī）梦：即噩梦。觭：通"奇（jī）"，命运不好。

④遇人：遇人不淑的省略，意思是嫁了不好的人。仳（pǐ）离：妇女被遗弃而离去。

⑤孤危：孤独忧伤。托落：落拓，失意。

⑥差肩而坐：依次并肩而坐。

⑦遽：骤然。躬蹈：亲身实践。

⑧同临其穴：同到埋葬蟋蟀处凭吊。临：哭吊死者。

⑨殓：给死人穿衣入棺。

⑩憬然：醒悟的样子，清清楚楚地。

⑪憩：休息。

⑫单缣：细绢的单衫。

⑬《缁衣》：《诗经·郑风》中的篇名。

⑭奓（zhà）户：开门。

⑮琅琅然：清脆响亮的读书声。

⑯莞（wǎn）尔：微笑。

⑰则则：赞叹的声音。

⑱望日：夏历每月十五日。

⑲九原：春秋时晋国卿大夫的墓地名。后亦泛指墓地。

⑳弱冠：古代男子20岁行冠礼，表示已成年。粤行：乾隆元年（1736）春，袁枚20岁时，曾去广西看望他的叔父袁鸿。

㉑掎（jǐ）：拖住。恸：痛哭。

㉒披宫锦：唐代进士及第后，披宫袍，以示荣耀。后遂称中进士为“披宫锦”。袁枚于乾隆四年（1739）中进士，选为翰林院庶吉士，冬请假南归完婚。

㉓瞠视：瞪着眼看。

㉔长安：国都的代称，此指北京。登科：考中进士。

㉕填膺：充塞胸怀。

㉖嫛婗（yī ní）：指年幼。

㉗罗缕：详细排列。

㉘义绝：指离婚。

㉙阿奶：指袁枚母亲章氏。

㉚眣（shùn）：以目示意。

㉛明经义、谙雅故：了解经书的意义，懂得古训的道理。

㉜婉嫕（yì）：柔顺。

㉝小差：病稍好些。差：同“瘥”。

㉞殗殜（yè dié）：病而不甚重，半卧半坐。

㉟虑戚吾心：怕我心忧。

㊱绵惙（chuò）：指病情沉重，气息微弱。

㊲未时：下午 1 点至 3 点。

㊳辰时：上午 7 点至 9 点。

㊴而竟已乎：终于这样完了吗?

㊵付梓：刻版。袁枚将素文的诗，附刻于《小仓山房诗文集》中。

㊶作传：袁枚曾作《女弟素文传》，见《小仓山房文集》卷七。

㊷窀穸（zhūn xī）：墓穴。

㊸阿印：素文有两女，一名阿印，早死；一由袁枚代嫁。

㊹阿爷：作者的父亲袁滨，曾为幕僚，早已去世。侍者：侍妾。

㊺阿兄：袁枚自称。

㊻旷渺：空旷辽阔。

㊼原隰（xí）：平原低洼的地方。

㊽栖霞：山名，在今南京市东。

㊾羁魂：寄居他乡的灵魂。

㊿戊寅：乾隆二十三年（1758），袁枚丧子，素文曾写哭侄诗《阿兄得子不举》以哀悼。次年，素文死。袁枚写此文时，尚无子，两年后得男。

51周晬（zuì）：周岁。

52亲在未敢言老：《礼记·曲礼上》云，“夫为人子者，出必告，反必面，所游必有常，所习必有业。恒言不称老。”作者此时母亲尚健在。

53阿品：袁枚的堂弟，名树，当时任河南正阳县令。

54九族：一说是上自高祖、下至玄孙，即玄孙、曾孙、孙、子、身、父、祖父、曾祖父、高祖父。一说是父族四、母族三、妻族二，父族四是指姑之子（姑姑的子女）、姊妹之子（外甥）、女儿之子（外孙）、己之同族（父母、兄弟、姐妹、儿女）；母族三是指母之父（外祖父）、母之母（外祖母）、从母子（娘舅）；妻族二是指岳父、岳母。

【导读】

袁枚任沭阳县令时政绩卓著，对沭阳的风土人情、地理环境、政事、生产等方面进行细致的查访，颇有实政；并注意选拔和培养人才，亲自编写教材供学子使用，使沭阳人民生活安定，民风大振。

祭文有固定的格式，其内容和形式都容易公式化，鲜有佳作为后人传诵。但袁枚的《祭妹文》却不拘格式，写得情真意切，生动感人，为后人传诵。

袁素文名机，字素文，康熙五十九年（1720）生。袁素文“幼好读书”，针线旁边常放着书卷，善作诗，精通琴棋书画，容貌出众，脾性温柔，待人贤淑有礼。

在她未满一周岁时，其父曾仗义救助亡友衡阳县令高清的妻儿，为高清平反了其生前一起因库亏而入狱的冤案。高清的胞弟高八为此感激涕零，表示自己即将出生的孩子若是男儿，就与袁素文婚配，以示报答袁家大恩。不久高八生了个儿子，于是送来金锁作为聘礼。

当双方成年后，男方却久久不提嫁娶之事，到乾隆七年（1742）袁素文 23 岁时，高八突然捎来书信说，因为儿子有病不宜结婚，希望解除婚约。袁素文的态度是：“一闻婚早定，万死誓相随。”不久高八病死，高清的儿子高继祖特来说明真相，原来高八之子高绎祖并非有病，而是“有禽兽行”，并且屡教不改，其父怕以怨报德，才托言儿子有病解约。可是袁素文为了固守旧礼教的“一念之贞”，竟坚持嫁给高八之子，一时被誉为“贞妇”。

25 岁时，才貌双全的素文嫁到了如皋高家。高八之子高绎祖，容貌丑陋，性情暴戾，品行恶劣，整天吃喝嫖赌，把素文的诗稿烧毁，不准她读书和做针线。他为了外出嫖妓，卖尽家产后又向袁素文逼索嫁妆，不答应就拳打脚踢，还用火烧灼袁素文，婆婆前来救护，他连母亲一起殴打，甚至把母亲的牙齿都打下来了。面对这样的虐待，素文一一忍受，在高家委曲求全，恪守妇道。后来，高绎祖聚赌输钱，要卖掉袁素文抵债。她被逼无奈，逃到尼姑庵，请人通知娘家。袁父接到书信，心痛欲裂，当即赶到如皋告到官府。判决离婚后，他把女儿和外孙女阿印领回了杭州老家。那年素文 29 岁，结婚才不过 4 年。

袁素文回家后，一方面悉心侍奉父母兄长，另一方面还惦念着婆母，经常寄赠衣食问安。三年后袁枚定居南京随园，素文也随着全家一起迁徙。由于婚姻极不美满，心灵上受到创伤，素文终日郁郁不乐，生病也不愿求医，在乾隆二十四年（1759）病死，年仅 39 岁。

袁枚在《哭三妹五十韵》里写道："彩凤从鸦逐，红兰受雪欺。""汝死我葬，我死谁埋？汝倘有灵，可能告我？""生前既不可想，身后又不可知；哭汝既不闻汝言，奠汝又不见汝食。纸灰飞扬，朔风野大，阿兄归矣，犹屡屡回头望汝也……"

袁素文这位贤淑的才女，受礼教荼毒，导致了这场悲剧婚姻。她从"淑女""贤妇"到差一点成了被卖掉的"弃妇"，并因此早逝，这与她自幼受到的礼教教育是分不开的。袁枚作为她的兄长，也看到了这一点。他在《祭妹文》中说："呜呼！使汝不识诗书，或未必艰贞若是！"这种无可奈何的叹息，正是既沉痛又委婉的控诉。袁素文留在人间的，除了一个悲婉的故事，还有一本《素文女子遗稿》。

文章起笔交代亡妹所葬之地、祭奠时间、祭者身份等，紧接着"呜呼"一转，直呼亡妹，为全文奠定了凄切哀婉的悲怆基调。接着，叙述妹妹的死因："以一念之贞，遇人仳离，致孤危托落。"说明是封建诗书的腐朽观念侵害了素文，使她饱受苦难，英年早逝。

接下来，作者追忆与妹妹共度的难忘时光。童年相伴读书，"差肩而坐"，温馨之情溢于言表；同捉蟋蟀，同葬蟋蟀，则体现了妹妹性情温厚善良。其描述真实生动，一个天真活泼善良的孩童凸现于眼前。作者把追忆与现实联系起来，当年兄妹同葬蟋蟀，后来孤兄独葬亡妹，物换星移，昨是今非，让作者潸然泪下。

年长些时，袁枚远行广西，妹妹不忍与哥哥分离，掎裳拽衣，放声大哭。当年有妹送兄行，后来唯独兄送妹归，令作者十分伤痛。袁枚考中进士，衣锦还家，妹妹惊喜万分，扶案而出，家人瞠视而笑。妹妹为哥哥中考得官而欣喜之情，和盘托出，手足之情可见一斑。往日种种琐事，历历如在作者眼前。"然而汝已不在人间，则虽年光倒流，儿时可再，而亦无与为证印者矣。"时光不可倒流，昔日也不再重来了。

随后，记妹妹归返母家的种种情形，服侍母亲，治办文墨。袁枚染病在床，妹妹"终宵刺探"，还想方设法让哥哥高兴，兄妹感情深厚。

而后，记妹妹病危和亡逝的情况。素文病入膏肓，大限将至，但不让人给哥哥报信，以宽兄长之心。"忍死待兄归"，然而素文终等不及哥哥归来含憾而终，死不瞑目。"已予先一日梦汝来诀，心知不祥，飞舟渡江。"袁枚已预感不祥，急赶归家，在妹妹逝去几小时后赶到家中，其时素文四肢尚温，却未能与妹妹说上一句话，只怪自己轻信医言，远吊扬州，自责之情溢于言表，把对妹妹的思念、同情、内疚、哀痛统统浓缩在伤心欲绝的悲叹中。

最后，简述妹妹亡后料理事宜，并随感而发："汝死我葬，我死谁埋？汝倘有灵，可能告我？"末段，作者把视线拉回到眼前，回到祭奠的墓地。"哭汝既不闻汝言，奠汝又不见汝食。"逝者已逝，生者十分凄切哀伤。"纸灰飞扬，朔风野大，阿兄归矣，犹屡屡回头望汝也。呜呼哀哉！呜呼哀哉！"对妹妹的怀念和挚爱之情表达得淋漓尽致。

袁枚将整篇文章写得有灵性又不事雕琢。作者在回忆童年与妹妹同度的琐事时，信手拈来，清灵隽妙；悲悼亲人的遽然长逝时，又字字珠玑，句句血泪，真挚动人，感人肺腑。他在叙事中寄寓哀痛，行文中饱含真情，同时还穿插些许景物描绘，将痛惜、哀伤、悔恨、无可奈何之情有机地揉和在一起，具有很强的艺术感染力。

【作者简介】

袁枚（1716—1798），字子才，号简斋，晚年自号仓山居士、随园主人、随园老人，世称"随园先生"，浙江钱塘人，祖籍浙江慈溪。清朝乾嘉时期代表诗人、散文家、文学评论家和美食家。乾隆四年（1739）进士，授翰林院庶吉士。乾隆七年（1742）外调江苏，先后于溧水、江宁、江浦、沭阳任县令 7 年，为官勤政颇有声望，但仕途不顺，无意吏禄。乾隆十四年（1749）辞官隐居于南京小仓山随园，吟咏其中，广收弟子，女弟子尤众。袁枚倡导"性灵说"，与赵翼、蒋士铨合称为"乾嘉三大家"（或"江右三大家"），又与赵翼、张问陶并称"性灵派三大家"，为"清代骈文八大家"之一。文笔与大学士直隶纪昀齐名，时称"南袁北纪"。主要传世的著作有《小仓山房文集》《随园诗话》《随园食单》《子不语》《续子不语》等。散文代表作《祭妹文》，哀婉真挚，流传久远，古文论者将其与唐代韩愈的《祭十二郎文》并提。

李通判[1]

袁枚

广西李通判者，巨富也。家蓄七姬[2]，珍宝山积。通判年二十七，疾卒。有老仆者，素忠谨，伤其主早亡，与七姬共设斋醮[3]。忽一道人持簿化缘，老仆呵之曰："吾家主早亡，无暇施汝。"道士笑曰："尔亦思家主复生乎？吾能作法，令其返魂。"老仆惊，奔语诸姬，群讶然。出拜，则道士去矣。老仆与群妾悔轻慢神仙，致令化去，各相归咎[4]。

未几，老仆过市，遇道士于途。老仆惊且喜，强持之请罪乞哀。道士曰："我非靳[5]尔主之复生也，阴司[6]例：死人还阳，须得替代。恐尔家无人代死，吾是以去。"老仆曰："请归商之。"

拉道士至家，以道士语告群妾。群妾初闻道士之来也，甚喜；继闻将代死也，皆恚[7]，各相视噤不发声。老仆毅然曰："诸娘子青年可惜，老奴残年何足惜？"出见道士曰："如老奴者代，可乎？"道士曰："尔能无悔无怖则可。"曰："能。"道士曰："念汝诚心，可出外与亲友作别。待我作法，三日法成，七日法验矣。"

老仆奉道士于家，旦夕敬礼。身至某某家，告以故，泣而诀别。其亲友有笑者，有敬者，有怜者，有揶揄不信者。老仆过圣帝庙，素所奉也，入而拜且祷曰："奴代家主死，求圣帝助道士放回家主魂魄。"语未竟，有赤脚僧立案前叱曰："汝满面妖气，大祸至矣！吾救汝，慎弗泄。"赠一纸包曰："临时取看。"言毕不见。老仆归，偷开之：手抓五具，绳索一根。遂置怀中。

俄而三日之期已届，道士命移老仆床与家主灵柩相对，铁锁扃门[8]，凿穴以通饮食。道士与群姬相近处筑坛诵咒。居亡何[9]，了无他异。老仆疑之。心甫动，闻床下飒然有声，两黑人自地跃出，绿睛深目，通体短毛，长二尺许，头大如车轮。目睒睒[10]视老仆，且视且走，绕棺而行，以齿啮棺缝。缝开，闻咳嗽声，宛然家主也。二鬼启棺之前和，扶家主出。状奄然若不胜病者。二鬼手摩其腹，口渐有声。

老仆目之，形是家主，音则道士。愀然[11]曰："圣帝之言，得无验乎！"急揣怀中纸。五爪飞出，变为金龙，长数丈，攫[12]老仆于室中，以绳缚梁上。老仆昏然，注目下视，二鬼扶家主自棺中出，至老仆卧床，无人焉者。家主大呼曰："法败矣！"二鬼狰狞，绕屋寻觅，卒不得。家主怒甚，取老仆床帐被褥，碎裂之。一鬼仰头，见老仆在梁，大喜，与家主腾身取之。未及屋梁，震雷一声，仆坠于地，棺合如故，二鬼亦不复见矣。

群妾闻雷，往启户视之。老仆具道所见。相与急视道士。道士已为雷震死坛所，其尸上有硫磺大书"妖道炼法易形，图财贪色，天条决斩如律令"十七字。

【注释】

①通判：官名，配置于地方建制的府或州，辅助知府政务，分掌粮、盐、都捕等。

②姬：指妾。

③斋醮：道教仪式，设坛摆供，焚香、化符、念咒、上章、诵经、赞颂，并配以烛灯、罡步和音乐等仪式，以祭告神灵，祈求消灾赐福。

④咎：责备。

⑤靳：不肯给予。

⑥阴司：冥界地府。

⑦恚：恼恨；发怒。

⑧扃门：关门。

⑨居亡何：过了不久。

⑩睒睒：目光闪烁的样子。

⑪愀然：容色改变的样子。

⑫攫：用爪抓取。

【导读】

本文选自袁枚撰写的文言短篇小说集《子不语》。《子不语》的正集大约成书于乾隆五十三年（1788）前，后来又有些陆陆续续的篇章，汇为续集。

《子不语》的书名出自《论语·述而》"子不语怪力乱神"一句，后来作者发现元人说部有同名者，遂改为《新齐谐》，本于《庄子·逍遥游》："齐谐者，志怪者也。"元人说部之同名书早已失传，故后人仍多沿用《子不语》之名。它仿照六朝志怪小说及《聊斋志异》而写，文章大都言鬼神，谈怪异，部分篇章从偶然、猎奇的角度写不怕鬼的故事。全书文字简练、语言自然、亦庄亦谐，展现了光怪陆离的世间百态。

《子不语》成书于乾隆年间，这是封建文化专制极其严重的时代。乾隆皇帝坚持以文治来控制天下百姓的行为和思想，要求“思不出其位”，满朝官员不敢妄谈时政，读书人不敢轻易著述。乾隆朝所发动的文字狱数量多、波及广、历时久。在前所未有的文化高压和紧张的社会氛围下，小说作为街谈巷语和道听途说的“小道之言”，只要不涉及当朝的政治问题，被查禁的尚属少数，但这也极大地限制了文言小说的创作题材和风格。一部分文人于是转向以想象和虚构为特征的文学创作，如清初出现的《聊斋志异》，对同时期和后期文学作品有着深远影响。

与蒲松龄借书抒愤和《聊斋志异》的“托鬼言志”不同，袁枚虽仕途不甚顺利，没有实现心中的预期，但是他一生生活无忧，对人间冷暖的体察感悟多是闲情、温情，而非悲情。袁枚在《子不语》的序言中说：“余生平寡嗜好，凡饮酒、度曲、樗蒲，可以接群居之欢者，一无能焉。文史外无以自娱，乃广采游心骇耳之事，妄言妄听，记而存之，非有所惑也。”可以看出，袁枚创作《子不语》基本上是出于自己的兴趣，记录奇闻逸事也多是为了娱乐的需要，为自己和读者都提供了轻松的消遣。

鲁迅在《中国小说史略》中这样评价《子不语》：“其文屏去雕饰，反近自然，然过于率意，亦多芜秽，自题‘戏编’，得其实矣。”

【作者简介】

见《祭妹文》。

《随园食单》选

袁枚

海参三法

海参无味之物，沙多气腥，最难讨好。然天性浓重，断不可以清汤煨也。须检小刺参，先泡去沙泥，用肉汤滚泡三次，然后以鸡、肉两汁红煨极烂。辅佐则用香蕈、木耳，以其色黑相似也。大抵[①]明日请客，则先一日要煨，海参才烂。尝见钱观察家，夏日用芥末、鸡汁拌冷海参丝甚佳。或切小碎丁，用笋丁、香蕈丁入鸡汤煨作羹。蒋侍郎[②]家用豆腐皮、鸡腿、蘑菇煨海参亦佳。

蒸鸭

生肥鸭去骨，内用糯米一酒杯，火腿丁、大头菜丁、香蕈、笋丁、秋油、酒、小蘑麻油、葱花，俱灌鸭肚内，外用鸡汤放盘中，隔水蒸透，此真定魏太守[③]家法也。

红煨肉三法

或用甜酱，或用秋油，或竟不用秋油、甜酱。每肉一斤，用盐三钱，纯酒煨之；亦有用水者，但须熬干水气。三种治法皆红如琥珀，不可加糖炒色。早起锅则黄，当可则红，过迟则红色变紫，而精肉转硬。常起锅盖，则油走而味都在油中矣。大抵割肉虽方，以烂到不见锋棱，上口而精肉俱化为妙。全以火候为主。谚云："紧火粥，慢火肉。"至哉言乎！

剥壳蒸蟹

将蟹剥壳，取肉、取黄，仍置壳中，放五六只在生鸡蛋上蒸之。上桌时完然一蟹，惟去爪脚。比炒蟹粉觉有新色。杨兰坡明府，以南瓜肉拌蟹，颇奇。

蒋侍郎豆腐

豆腐两面去皮，每块切成十六片，晾干用猪油熬，清烟起才下豆腐，略洒盐花一撮，翻身后，用好甜酒一茶杯，大虾米一百二十个；如无大虾米，用小虾米三百个；先将虾米滚泡一个时辰，秋油一小杯，再滚一回，加糖一撮，再滚一回，用细葱半寸许长，一百二十段，缓缓起锅。

水粉汤圆

用水粉和作汤圆，滑腻异常，中用松仁、核桃、猪油、糖作馅，或嫩肉去筋丝捶烂，加葱末、秋油作馅亦可。作水粉法，以糯米浸水中一日夜，带水磨之，用布盛接，布下加灰，以去其渣，取细粉晒干用。

冬芥

冬芥名雪里红。一法整腌，以淡为佳；一法取心风干，斩碎，腌入瓶中，熟后杂鱼羹中，极鲜。或用醋煨，入锅中作辣菜亦可同，煮鳗、煮鲫鱼最佳。

豆腐皮

将腐皮泡软，加秋油、醋、虾米拌之，宜于夏日。蒋侍郎家入海参用，颇妙。加紫菜、虾肉作汤，亦相宜。或用蘑菇、笋煨清汤，亦佳。以烂为度。芜湖敬和尚，将腐皮卷筒切段，油中微炙，入蘑菇煨烂，极佳。不可加鸡汤。

【注释】

①大抵：大概。

②侍郎：官职名，与尚书同为中央政府各部的长官，地位次于尚书。

③真定：今河北正定县。太守：清代对知府的别称。

【导读】

本篇文章选自《随园食单》。袁枚在治学之余对饮食文化也情有独钟。他在士林的声望与地位，使得他常常成为各地门生故旧、社会名流宴请的对象。而他每次遇上美味佳肴都要让自己的家厨向主人的厨师学习烹饪之法，40多年积累了大量珍贵的食谱，于是就有了《随园食单》。

《随园食单》出版于乾隆五十七年（1792）。全书分为须知单、戒单、海鲜单、江鲜单、特牲单、杂牲单、羽族单、水族有鳞单、水族无鳞单、杂素单、小菜单、点心单、饭粥单和菜酒单 14 个方面。须知单中提出了既全且严的 20 个操作要求，戒单中提出了 14 个注意事项。接着，书中用大量的篇幅详细地记述了从 14 世纪至 18 世纪中流行的 326 种南北菜肴饭点，也介绍了当时的美酒名茶，从选料到品尝都有所叙及。从中可以看出，中国菜肴几百年来没有多少根本性的变化，袁枚推崇的美食，如今仍然广受追捧，可见《随园食单》非常实用。

《随园食单》文字简单清爽，人人都可照着去做，作者还将某菜做法，出自何人何家大都写了出来，实在是一本美食家的必读之书。但是，从书中言辞可以看出，袁枚并不会亲自下厨。

【作者简介】

见《祭妹文》。

第三单元　当代散文篇

运河水韵

川流子

在大运河边生活了几十年，是因为生计苦苦奔波而无暇顾及呢？还是因久住而熟视无睹呢？还从不曾仔仔细细地打量过她，也还不曾认认真真地琢磨过她，当然更还不曾实实在在地感受过她。

近年来，许是进入老年了吧，万虑渐清，心地平淡了许多，也多了一些闲适。阅历了半个多世纪的风风雨雨，许多事情都不免重新审视起来。对人生、人味、人世获得了不少新的情趣。于是，再到运河边散步，已不再为咕咕的鹧鸪啼叫而凝神，也不再为飘飘的杨柳飞花而注目。看见学子们面水背诵文章，会偶尔颦眉，听到渔翁的吱呀划桨声也会若有所思。那水色时明时暗，那水波时浑时清，那水声时亢时轻，那水流时疾时缓，那水气时升时沉，那船只时聚时散，这不断变换着的河上风景，以她特有的韵味，引发了纷乱的遐思。从古至今，运河这条长长的磁带，录制了多少历史人物、历史故事、多少人间悲喜剧？

运河的水大多时间是浑浊的，如同浑浊的历史一样，几时清明过？那海晏河清不过是马屁精们媚时媚上的谀词罢了。特别是多雨的夏季，狂风暴雨之后，河水暴涨，惊涛拍岸，浊浪中草木漂浮，那景象便使人想到一场场可怕的血腥战争。运河从公元前五世纪春秋末期开凿以降，两千多年来，在她身边发生过多少战事呢？已无法确计了。但单凭吴王夫差、越王勾践的争霸战，汉王刘邦（沛县人）、霸王项羽（宿迁人）的夺鼎战，三国的魏、蜀、吴的逐鹿战，西晋南北朝的螳螂黄雀战，隋唐间的混乱，北宋时童贯、宋江征方腊，及宋、金马拉松战，朱元璋的灭张士诚、方国珍、陈友谅……这么多的大战役，运河畔掩埋了多少万多少亿生灵的头颅？运河里流淌着多少万多少亿生灵的鲜血？这些大砍大杀的英雄们，哪一个不是毁灭了千千万万无辜者而铸造了自己的辉煌呢？

面对运河，人们自然而然会想到的另一个人物，那就是隋炀帝杨广。他的名字和命运紧紧地和运河联系在一起。他于公元 604 年 7 月杀父即位，605 年、608 年、610 年三次发百万郡民，开凿和疏通运河，完成了运河北从北京南达杭州五千多里的连通工程。他开运河的目的何在呢？

且看：605 年 8 月，隋炀帝游江都赏琼花，所乘龙舟四层，高 45 尺，长 200 尺。上层设正殿内殿东西朝堂。中间两层一百二十间，皆饰金玉，为嫔妃宫女居住。随行其他船只数千艘，首尾二百多里。挽船士八万余人。所经州县，五百里内皆令献食，极水陆奇珍。无水处，用谷类铺垫供船滑行通过。可见隋炀帝穷奢极侈到何等地步！公元 616 年，隋炀帝第三次游江都，令江都造巨船数千艘（旧船被叛军杨玄感焚烧），大臣任宗、崔民象、王爱仁力阻被砍了脑袋。隋炀帝还写诗留别宫人："我梦江南好，征辽亦偶然。"可见这位腐败透顶的帝王，根本无心政事，专寻吃喝玩乐，他的腐朽糜烂，导致官叛民反。"十八家反王，七十二路烟尘"，天下大乱。618 年，他被叛臣宇文化及、司马德戡吊死在江都宫中。这个历史上有名的"无愁天子"，他开凿大运河美化了自己的生活，结果也把自己的性命和一度极为繁荣的大隋江山断送了。

当凄风苦雨拍打着运河的时候，河面上阴霾笼罩，河水呜咽，如泣如诉。那是冤魂的血泪控诉呢？还是对隋炀帝之流的达官贵人的胡作非为嘲弄呢？大概都是。

运河最美的时候，是春花夜、秋月宵了。水波不惊，轻烟如纱，杨柳飘丝，芦苇唱晚风，鸥鸟听明月，情人悄语，鱼咬银波，虫声唧唧，这时，你也许会沉醉在运河的诗情画意之中，你也许会数起古今诞生在运河边的杰出的文学艺术家来。汉赋家枚乘、枚皋，大学问家刘向，唐朝大诗人刘禹锡、杜牧，苏门四学士之中的张耒、秦少游，名臣、大诗人范仲淹，元杂剧代表作家关汉卿、马致远、王实甫，以郑板桥为首的书画家"扬州八怪"，以唐伯虎为代表的"江南四才子"，《西游记》作者吴承恩，《三国演义》作者罗贯中，《水浒传》作者施耐庵，清代短篇小说家蒲松龄，近、当代文化名人章太炎、瞿秋白、刘天华、阿炳、梅兰芳、周信芳、刘绍棠、汪曾祺……这一串串闪光的名字，哪一个不是喝运河水长大的呢？灿烂的中国文化不都记载着他们的风采吗？

顺带说一句，运河还孕育了中国戏剧的精华——国戏——京剧。二百多年前，京剧的前身，以著名的戏曲艺人高朗亭为台柱的"三庆"徽班，以及后来的"四喜""春台""和春"徽班，都是从扬州被召经大运河入京的。

所以说，隋炀帝完成大运河，既是罪魁，又是功臣。大运河一面为恶势力服务，另一方面又为两岸的黎民百姓造福。她毁灭了古代的经济和文化，又创造了今天的经济和文化。站在运河边，望流水悠悠，听流水淙淙。我们当然不会忘记震动当今世界的一位伟人——周恩来。这个新中国缔造者之一的政治家、思想家、外交家，他领导的政府不是多次疏通大运河，并在江都、淮安建造了水利枢纽工程吗？大运河的新生融进了他多少心血？

站在大运河边，遥想两岸繁华，我们更会把中国的希望、大运河的未来，寄托在大运河畔未来的儿女们身上。

运河从遥远的古代流来，又向遥远的未来流去，运河的水韵正在丰富着多姿多彩的生活。运河儿女将在她的磁带上继续演出一幕幕可歌可泣的人生。历史老人将会公正地把运河已经发生的和将要发生的一个一个故事一代一代地传讲下去！

（选自《楚苑》1998 年第二期，有改动）

【导读】

作为在大运河滋养下成长的宿迁人，作者用饱含情感的话语倾诉了对大运河的深情，也回顾了大运河千百年来的复杂历史。作者是著名诗人，该文许多语句非常诗歌化，读来颇具美感，回味悠长。

【作者简介】

川流子（1943—2007），本名刘钟，笔名川流、川流子、冰人，号桃源散人、浮阳居士。江苏泗阳人。国家二级编剧，中国戏剧家会员、中华诗词学会会员、江苏省诗词学会及江南诗词学会理事。宿迁市戏剧家协会原主席，泗阳文化馆副馆长。代表作有《二空赶集》《十里香》《采桑女》《微津集》等。

游子的祝福

徐贻广

“少小离家老大回，乡音无改鬓毛衰。儿童相见不相识，笑问客从何处来。”一天，我那四岁小儿，吟起从幼儿班学来的贺知章这首《回乡偶书》。我虽好笑小儿的稚气，却也为这首诗而心动。

别离故乡十年，几乎未曾回乡认真探望。繁忙的工作，紧张的生活，许多凡夫俗事已把我的故乡往事厚厚地尘封。小儿不经意地吟唱，犹如一阵春风，拂去这厚厚尘埃，故乡情愫又浮于心海。

我的故乡，位于苏北平原。在这块大地上，陈毅元帅曾率部横戈铁马，苦战三年，并吟就了著名的《梅岭三章》。解放战争三大战役之一的淮海战役的烽火，曾弥漫在这块平原上。京杭大运河，在故乡腹地东西横贯，敬爱的周总理就是在奶妈的抚育下，吃着这运河水成长的。被中华民族称作母亲河的黄河，也曾从我故乡大地由西北向东南咆哮而去，从此留下了被故乡人民称作废黄河的黄河故道。它留下的千里黄滩，已被世世代代勤劳的故乡人民改良成肥沃的良田。现今，深夏仲秋，运河两岸，麦浪翻滚、稻穗金黄；废黄河两岸，白杨成林涌绿波，水果飘香缀枝头。

也许因为童心的天真无邪，记忆中的童年故乡最为美丽。小时候，废黄河两岸广袤的田野，便是我们戏耍的天地。初春时节，便和小伙伴们结伴来到田野，割猪草，挖野菜，采野花。夏天，我们尽情在河里游戏，逮鱼摸虾；芦苇荡里捉迷藏，捣鸟窝，极尽顽皮。秋天，是一个收获的季节，我们便做父母的帮手，收获成熟的庄稼，分享大人们的喜悦。冬天，大雪纷飞，堆雪人，打雪仗自是乐事；更使人难以忘怀的是，废黄河两岸广袤的大地，均为瑞雪覆盖，白雪皑皑连绵起伏，真是“江山如此多娇”。如果这时有雁阵鸣叫着飞过，这一白一黑，一片一线，一动一静，一默一响，便构成了一幅壮观的“瑞雪映大地，归雁号长空”的图画。

童年的牧趣也使我难忘。小时候，课余假日，除了雨雪封野，我们总要帮家里放牧牲畜。我们把猪、羊、牛赶到旷野，任其觅食，只要不伤害庄稼即可。我们便垫上一张油纸，背朝黄土脸朝天，看云舒云卷，观鸟飞鸟栖，听风止风起……说不出的惬意。傍晚，我们赶着牲畜回归。

那晚霞把西边的天际染得五彩缤纷，夕阳把我们牧归的身影拉得很长很长。放歌的牧童，欢奔的牛羊，缤纷的晚霞，纵横的阡陌……构成了苏北平原特有的牧归图景。这图画虽没有北方的粗犷豪放，也没有南国小桥牧笛的细腻悠扬，却特有苏北平原的旷达。

（节选自《楚苑》1998—1999 年合订本）

【导读】

作者回忆了幼年时在宿迁乡村生活的经历，字里行间满是深情。

下草湾随想

陈斯高

一

寒风冷雨，草枯树黄。大自然的又一次轮回就要结束，新的一次轮回即将开始。

下草湾，这个在县级地图上也找不到名字却令考古界大吃一惊的小地方，依然是那么冷寂，那么荒凉，甚至有点远古洪荒的苍茫之气。空气中弥漫着的潮湿气息，灌木枯草散发的清香，沁人肺腑，令人陶然。河堤上的荒草在冷风中震颤摇曳，瑟瑟作响，唱着一支古老的歌。下草湾河清波细浪，从容舒缓，流向淮河，流向洪泽湖，再流入大海。

我站在下草湾大桥上，一襟风雨，一怀纷纭。冷风吹来，我有点冷。小雨，濡湿了我的衣，也濡湿了我飞驰的思绪。就像丹青妙手们任淡墨浓彩在宣纸上浸润出一片空蒙和邈远。我被小雨浸染的思绪也随着下草湾的碧水流向远方，流向未来。

二

这是一片神秘的土地。

两千多万年前，这里是一片汪洋和一片森林。汪洋中是巨鲸、河狸和种种鱼类的乐园；森林里奔跑着虎、豹、猿猴。阳光下，石洞边，老猴子们在晒太阳，小猴子们在嬉戏。森林中的大量野果摘也摘不尽，采也采不完，于是，猴子们便将这些吃不完的野果堆放在洞中。野果经潮变热、发酵，流出了甘甜的果汁，散发出醉人的芳香。它们喝着这些果汁，吃着发酵的野果，一个个醉倒在洞中。有些永远也再未醒来。两千万年后的二十世纪八十年代，科学家们在这里发现了大量的中新世醉猿的化石。这些被命名为“双沟醉猿”的化石群震惊了中外考古学界。这里也因此被世界考古学界誉为“古猿化石的宝库”。中外科学家争相来这里考察，寻觅人类进化的足迹。

又过了许多万年，这里变成了一片丘陵。由醉猿进化而来的古人类在这里繁衍生息。他们用石刀砍柴，用石箭射鹿，在水中捉鱼，在林中狩猎，这就是“下草湾人”，他们是江淮流域现在江苏、安徽一带人类的祖先。五十年代初，中国科学院的科学家们在这里发现了旧石器时代晚期新人的股骨化石，定名为“下草湾人”。后来在这里发现同期细古器遗址，大都是这些下草湾人用的刮削器、尖锐器等征服自然的工具。

站在下草湾大桥上，循着人类进化的足印，一股豪气顿然从我胸中升起。正是这片土地，孕育了遍及世界的江淮人种，创造了灿烂的华夏文明乃至世界文明。那近在咫尺的明祖陵石刻及东方庞贝城——水下泗州城，那三十里外的管仲、鲍叔牙分金亭遗址及他们的分金佳话；那名震寰宇的中国名酒双沟大曲等等，这些不正是下草湾的后代们创造的灿烂文明的闪光点么！

三

我终于明白了，下草湾的真正意义在于它是一种丰厚的文化沉淀。两千万年的进化与发展，两千万年的创造与文明都在这里积存，在这里沉淀，在这里孕育成一种新的爆发。

上个月，我应邀去参观了双沟酒厂。

双沟大曲，是闻名遐迩的中国名酒。双沟酒人用千年流淌的淮河之水酿造了“天下第一流”的醇醴佳酿，同时也酿造出了灿烂的文明。由于双沟酒人的勤奋与聪颖，双沟酒厂已由原来的作坊式小企业发展成总资产 6.2 亿元、年销售收入 6.5 亿元、年利税总额 2 亿元的国家大型一档企业，连续六年跻身于中国最大工业企业 500 强。由于双沟酒人的勤奋与聪颖，双沟镇已由原来的一条狭长小街发展成纵横六七条街的苏北重镇，市面上高楼林立，商贾如云，霓虹闪耀，俨然一片繁华。

望着那雄伟的新厂区，望着那在现代化流水线上工作的双沟酒人，我突然想到了双沟醉猿。两千多万年前，醉猿们用自己酿造的果汁醉了自己，两千万年后，这些醉猿的子孙们又酿出了如此甘美的酒，不但醉了自己，而且醉了世界。这里，是基因的遗传，还是环境的使然？抑或是一种文化的渊源？

我想，双沟酒人的骄人成就应该看作千万年下草湾文化沉淀孕育的一种爆发。

四

文明和野蛮、进步和落后、富裕和贫困从来都是一根枝条上的两个果实，一个红亮，一个黑烂；一个芳香，一个腐臭。

在漫长的历史发展中，人类为了生存，总是和自然界、和周围环境进行着不屈不挠的斗争。下草湾人及他们的子孙亦是如此。历史上，这里是有名的洪水走廊，一年年的水患不知夺去了多少人的生命。清康熙十九年的那场大水彻底淹埋了曾经无限繁华的泗州城和明代第一陵——明祖陵，使无数生灵葬身鱼腹。一九九一年，淮河流域的一场大水，使得安徽江苏的几千万亩良田被淹，几千万间房屋被毁。历史上，江淮平原又是兵家必争之地。日本侵略者一次就在双沟屠杀了三百多人。那三百多人的累累骨殖至今还堆埋在双沟北街的一个大坑里，成为对后人的一种警示。水患、战争加上其他天灾人祸使这里至今仍然十分贫穷。下草湾的所在地泗洪县仍然是江苏省的贫困县之一。改革开放以来，这里发生了很大的变化。一座座工厂在建造，一幢幢新楼在落成，一条条马路在铺设，经济在飞快地发展。经济发展也带来了一些问题。一些人受贪欲和功利思想的驱使，不顾大局，不顾环境和资源的保护，盲目地上马一些项目，野蛮生产。一九九六年，淮河上游大大小小造纸厂的废水残渣肆无忌惮地排入淮河，造成淮河水质严重污染，人不能饮用，水不能浇地，鱼虾大量死亡，原本清冽的淮河水变得一片黑黄，散发着阵阵臭气。

人啊！为什么就不能少点贪欲，少点功利，而多点环境保护意识，多点历史的眼光呢！

五

历史，总是在向前进的。就像下草湾人终于进化成现代人一样，没有任何力量能阻止人类历史前进的脚步。

面对着一天的云霭、雨雾和已穿透这雨雾的夕阳的光束，我的思绪又一次飞扬起来。前方，在那光秃秃的岗岭上，推土机的巨大轰鸣惊动了山峦、大地、空气和河流，也正在改变着下草湾的历史。那是正在修筑的徐州到南京的高速公路。这条路将把下草湾和世界联结起来，这是一条消灭贫困的光明之路，是通向小康的富裕之路。在中央、国务院的直接干预下，上游已关停了所有不具备环保条件的生产厂家，淮河水已经变清变净，达到了饮用水的标准。国家重点项目淮河入海水道工程已经启动，这个工程完工之后，淮河流域将永远告别千万年来的巨大威胁——水患，成为富饶的鱼米之乡。东方庞贝城水下泗州城的挖掘工作已通过专家论证，不久将正式启动。挖掘修复工作完成之后，以水下泗州城、明祖陵为中心的洪泽湖旅游风景区将吸引世界各地的亿万旅客来这里瞻仰中华文明。下草湾历史新的一页已经翻开。下草湾人的后代们，正在创造着比他们祖先创造的要灿烂得多的文明和历史！

雨，未住；风，未停。然而，我不再感到冷寂。我的胸中澎湃着一股热浪，升腾着一种浩气。我全身发热，激动不已。那早已沉寂的指点江山的豪迈之气又回到了我的胸中。我想呐喊，我想祝福。为下草湾的昨天，也为下草湾的今天，更为下草湾的明天！

（选自《楚苑》1999 年第二期）

【导读】

作者从历史的角度，由古及今，抒发了对下草湾，对古泗州，对宿迁这一方土地的热爱。

【作者简介】

陈斯高，笔名秋潭，号嚣嚣斋主人，江苏宿迁人。江苏省作家协会会员，中华诗词学会会员，中国散文学会会员。著有《陈斯高诗文集》《义门陈的传说》等。

临淮抒怀

陈斯高

依湖傍河的临淮古镇，自东汉至今，已经走过了风风雨雨近两千年沧桑岁月。淮河，在她不远处流淌，洪泽湖，在她面前铺开，古老的汴河在她眼皮底下汇入洪泽湖。碧波里映着红楼，桨声中夹着笑语，四月的临淮头，生机盎然。我站在汴河入湖口船塘高高的大堤上，眺望万顷烟波，倾听汴河水声，一览如林帆樯，任饱含鱼腥的潮湿的风吹打着胸膛。我一怀纷纭。渔家的心语撩拨着我的情丝，历史的足音牵扯着我的思绪，一种不可名状的沧桑感涌上心头。一刹那间，徐偃王叱咤风云的雄姿，季札子挂剑于徐君墓的虔诚，隋炀天子的龙舟，一个个古老的话题缠绕心间，萦回脑际，久久不能散去，我从心底产生了和历史对话的强烈欲望。

我问汴水：还记得隋炀帝吗？那个骄奢淫逸、横行无忌的风流天子，为了南下看琼花、寻美女，不顾老百姓的死活，征役数十万，挖凿了这条汴河，并在汴河两岸遍植杨柳，广种花草，从而柳烟朦胧，浓荫匝地。隋炀帝前后数次乘豪华龙舟顺河南下，并在沿岸建造许多座隋离宫。传说中还征召五百名金童玉女为龙舟拉纤。至枯水季节，船无法行走，就征调大量稻谷倾倒在河床内，让龙舟在稻谷上慢慢地滑行。解放初期，疏浚老汴河时，在河床底还挖出过石化的稻谷，厚厚的一层。隋炀帝的奢靡无道终于引来了天怒人怨，历史把丧失民心的他送上了断头台。

隋炀帝的灭亡能给历史提供点什么？我想问汴河。千年流淌的汴河清波碧浪，汩汩依然，无言作答。

我又想起了和这块神秘土地有牵连的另一个历史人物季札。春秋时期，季札是吴国的公子，素以敦厚温良著称。一次他出使鲁国，途经徐地，徐君看中他的佩剑，季札答应自鲁还时奉赠。可是，待季札从鲁返，徐君已逝。季札到徐君墓上，一番祭拜之后，取下自己的佩剑，挂在徐君墓上，飘然而去。后人崇尚季札这种重信守义，一言九鼎的高风亮节，在徐君墓旁高筑一台，取名“挂剑台”。“挂剑台秋风”曾是古泗洲十大景观之一，吸引着万千游人。“挂剑台”将季札挂剑的故事流传千古，成为后人心目中的一种崇高行为。以致后人只知道有挂剑台而忘记徐君墓了。

季札挂剑的故事能千古传扬，说明什么呢？我又想问汴河。千年流淌的汴河依然轻歌慢吟，无言作答。

我站在高高的船塘大堤上，极目远眺。洪泽湖万顷烟波，在远处与天相接，浑茫苍然。夕阳的光波把青碧的湖水染得一片金黄。在汴河与洪泽湖交汇处，有一小片狭长的高地，上面丛生着芦苇和茅草。春风中，那飘飘洒洒的芦苇花在不停地摇曳，茅草瑟瑟作响，仿佛在讲述着动人的故事。我想起了曾经率领新四军洪泽湖芦苇荡中浴血抗战的彭雪枫将军，想起了“雪枫堤”。

在那艰苦的战争年代，洪泽湖曾经是一片战场。以彭雪枫为代表的洪泽湖地区的共产党人那种以国家民族利益为己任，全心全意为老百姓服务的磊落情怀深深地温暖着穷苦人的心。一九四四年八月，雪枫同志在离这儿不远的大柳巷参加会议，恰逢淮河圩堤决口，他迅速率领与会人员奔赴险区，带头跳进决口，和战友们一道用自己的身体挡住了洪水，保住了大堤，保住了老百姓的生命财产。后人将大柳巷周围的淮河大堤命名为“雪枫堤”，以期让历史永远记住这位视人民利益高于一切的共产党人。

晚风习习，炊烟袅袅，临淮头船塘泊着的千百只大小渔船上一片笑语欢歌。电视机里，正在播送着《雍正王朝》的主题歌，刘欢用他那雄浑高亢的男中音把“得民心者得天下”的歌词唱得明亮饱满，饶有气势，传播得很远很远。

是啊，古往今来，“得民心者得天下”，这古老而沉重的历史话题曾经牵扯过多少政治家、为官者的心，成为他们毕生追求的目标。然而，由于阶级的、历史的、思想体系的局限，千百年来，真正能获得民心的政治家、为官者却寥若晨星！只有那些全心全意为人民服务的共产党人中才能大批出现像周恩来、彭雪枫、孔繁森、焦裕禄这样的公仆。也只有他们，才能永远获得人民的拥戴。

（选自《楚苑》2006—2007 年合订本）

【导读】

作者从临淮古镇的历史和眼前的风光讲起，抒发对当地历史的感慨，对重要历史事件和人物进行评价。

【作者简介】

见《下草湾随想》。

吊御史公墓

吕述谡

早听说沭阳县潼阳镇境内有一座唐朝时期的御史公墓，却未能亲眼所见，此前探询过多人，均说不知。然而《沭阳县志》又有记载，寻找御史公墓成了心中的一个结。后听说杨鹤高老师曾陪同省考古工作队考察过该墓，便相约前去探个究竟。

2005年10月25日，我和杨老师，潼阳镇文广中心张主任、胡先生一行驱车前往潼阳镇扎埠村寻找御史公墓。御史公墓距公路约一公里，墓侧有一排一至两米高的石雕人像柱石，标志非常明显。然而，我们在扎埠村的一片田野中寻找很久却不见其踪，后问一村民才知石人已所剩无几，在他的指引下，我们找到了御史公墓的所在。

如今的御史公墓已被夷为平地，上种庄稼。整个墓碑掩藏于藤蔓荆棘之间，幸亏杨老师来过，知道大体方位，不然我们就是来此，也会与之失之交臂的。徒手拨开藤棘，古老的墓碑映入眼帘。墓碑突出地表宽约1米，高约1.5米，厚约25厘米，墓顶部为三角形。碑体上苔痕深累，几经岁月的风蚀，字迹模糊，但却依稀可辨，上书魏碑体“王氏御史公墓”字样，也未注明御史公名号谥讳，这给我们留下一个悬念，也增添了几分神秘。为何只有姓氏，职务，却未镌刻名讳，百思不得其解。

墓西侧立一石人，约1.2米高，石人身体呈八角形，头颈部各约20厘米，头部为椭圆形，因年代久远，几经风沙侵蚀，已辨不清容颜。据村民回忆，石人原为一排，现只剩其一，后又于田间发现一石人，倒伏后掩埋于地下，仅露出头部少许。触摸石人，惊奇地发现其颈部有一条深深的凹痕。据传是在上个世纪四十年代，一当地人想将石人破坏当做他用，就在他于石人的颈部凿下这一凹痕的次日，便暴毙家中。村人以为是御史公显灵惩罚此人，在烧香磕头、顶礼膜拜之后，再也没有人敢动这石人的主意了。此说法虽然荒谬，但也说明此中有机缘巧合的因素。这件事无意之中保护了御史公墓，在那个“破四旧”的年代，其他文物毁坏殆尽，唯独御史公墓完好无损。

御史公墓的由来有三个版本，一种为村民所讲的御史公墓为汉朝时葬于此地，至唐朝时墓碑风化，后人重新立碑，但由于字迹难辨，故只知晓为“王氏”；另一说法是为唐朝御史公墓。此说于1986年经江苏省考古工作队证明，《沭阳县志》也有记载；还有一种说法是据《三槐王氏族谱》记载："我沭北王氏，乃琅岈王氏后裔。始祖御史公于明季初叶以御史职受封地来扎寨埠定居。迄今已传二十余世，五百来年。"扎埠村王氏族人王士槐先生说此前御史公墓附近有九座一般大小的坟墓，可能是为防盗墓贼而筑，具体哪座是真哪座是假无从得知，如今仅剩一座，真假更是扑朔迷离。墓基一侧散落着深青色的古砖残片，不禁肃然，姑不论墓的真假，但仅凭残砖判断，其年代已很久远。

眼前的石人沉默无语，空洞的目光又如睿智的哲人，大智若愚，没于这荒野田间，他是想向我们诉说什么呢？抑或什么都不想说。

（选自《楚苑》2006—2007 年合订本）

【导读】

作者通过述说寻访御史公墓的过程，叙述御史公墓的情况，既凭吊古人，也述说历史。

【作者简介】

吕述谡，1976 年生，现任沭阳县新闻中心主任。代表作品有散文集《月满沭河》、报告文学集《心中洒满阳光》《杏林奇葩》《关爱女孩》。2008、2012 年被新华日报社授予"双十佳通讯员"称号；2008、2011 年荣获宿迁市政府颁发的"宿迁新闻奖"。

过乾隆行宫

杨程

初夏时节，来到坐落于宿城西郊的乾隆行宫。感受名胜被称为“第一江山春好处”的“好”的意蕴。走过高大的牌门，向北远眺，整个行宫如一座座沉吟已久的古代诗章，高低错落的明清建筑群，给人一种既气派又雅致的感觉。

走进“海晏”，对面是“河清”，右侧是戏台，左侧是“行宫”正门，也称为“安澜龙王庙”。那青砖黑瓦，那红褐色的围墙，连成一道递接历年的驿站，啊！这里不仅曾是百姓为求得息波，免去水患的祈祷之地，还曾是一代名君，乾隆皇帝在这里留宿五次的行宫之地。所以来这里心中倒有了几分荣耀，毕竟作为一个凡夫俗子，也可与皇帝一样的平步进入行宫，想这眼前的这一座座殿宇，也在无声地呓语，和着随风而响的风铃，还有乾隆皇帝亲手题写的石碑，石碑两侧时常响起的晨钟暮鼓，想是当年乾隆五次中的任何一次来到这里都有的盛大的场面：成群的侍卫、美丽的妃子，和那些在龙王庙前祈祷风调雨顺的黎民百姓……

常常听说在晨钟和暮鼓的熏陶下的人，其灵魂能得到洗礼。一年年，正的、邪的、黑的、白的、真的、假的……辩证地编织着历史，人总是生活在错综复杂的现实中，处处都在制造着冲突，化解着矛盾，斗争成了历史向前发展的一个原动力。在这些战斗中，由于受古庙香火、钟声的影响，也许是受到晨钟暮鼓带来的另一种内心的体验，也有连皇帝也不想做的清代顺治帝和南唐后主李煜，他们宁可舍弃自己的生命，也不愿意被卷入纷争，坐皇帝的位子。坐在石板上小憩，看到了一拨又一拨操不同地方口音的人们成群经过，在相机的不停地按动快门声中，加深他们对于这处风景的记忆。他们总是在不厌其烦地议论着，特别是乾隆的御碑亭前，据说这御碑亭和左右的晨钟暮鼓是整个行宫建筑群的中心，中间的御碑亭最高，两边的钟楼、鼓楼较矮，搭配成一个三点，构成一个“心”字结构。心居中间，是天下为官者的公正的表现。想必当年建设这座行宫的人，是明白乾隆下江南私访的目的的。监督天下官员公正为官，才能带来风调雨顺，永保国泰。向前就是龙王庙了，龙王庙前左右是五湖四海一井神的居位。龙王庙前香火很旺，这里曾是人声鼎沸，前来祈求的百姓比肩接踵。乾隆皇帝到此，前呼后拥，繁华空前，可现在这里却是那样的宁静，想人世间的荣辱终归烟消云散，逐名求利的人们，有什么不可以让心灵在浮华中获得宁静呢?

这个行宫的建筑群最后端是大禹殿，登上楼梯，宽大的楼上也只是一张朴素之极的“龙床”，经年累月，早让这龙床增添了几分古老，这当年在行宫中被看作至高无上的床铺，今天看来不过如寻常百姓家的旧床铺一般，难怪刘禹锡感慨，旧时王谢堂前燕，飞入寻常百姓家。所谓百姓与高官，就像是一种血肉相连一样，在中国封建社会君臣关系地位中，百姓与上层的生活相离甚远，对高要求的居所不敢去奢望，可历朝历代的百姓都在用自己的汗水积累着物质文明，以不停止的劳作积淀社会的精神文明。官员与百姓，百姓与官员，无数次的轮回，写就了一部千古兴衰史。尘世如网，在历史的烟云散尽后，留下的是值得人去回味的典故。行走在这乾隆行宫，更多的是让我在宁静的守望中，仿佛目睹了当年四乡百姓，长跪于此，祈求免除水患的壮观之景。民以食为天，无论为民，还是为官，其根皆为民。不论是经历宦海沉浮的官员，还是像乾隆放弃皇宫优越生活不要，到这乡村住宿，为官者的彼岸在哪儿?是民心！风调雨顺是民心，清廉公正是民心，为民请命是民心，国泰家安更是民心。

一座乾隆行宫，实质上是一座祈祷退洪水的庙宇。有了君臣对于龙王的虔诚，便带来了无水患的安宁。第一江山春好处的好在哪儿，终于在无意间读出了含义——民心所向，国泰家安。尽管在初夏，中午的阳光依然很热，偶尔来几阵清风，让人格外地舒展。风儿吹过行宫，吹响殿宇一角悬挂着的风铃，发出清脆的声音，这声音在讲述着历史，也在祝福着现实。

（选自《楚苑》2006—2007年合订本）

【导读】

这是一篇游记，作者通过游览乾隆行宫，详细描写了名胜古迹，也阐发了自己对于相关历史事件的观点。

走马项王故里

徐群

是巧合？还是天意？去苏北，每每天高气爽的秋。

多年前的那个秋日，当我第一次踏上这块父性的阳刚与母性的柔媚完美结合的土地，感觉走进一幅画：澄澈如洗的蓝天下，稻谷飘香，棉花堆雪。而田畴卫士，那些层层叠叠的意杨，因了季节轮回艳阳照耀，枝叶焕发美轮美奂的金灿灿光泽。

钟情这片土地，还有一种英雄情结。这块诞生刘邦、韩信的土地，是以怎样的精血孕育出这等威震天下彪炳千古的丈夫？尤其那个不以成败论英雄的项羽？

血，是热的，更是红的。自古英雄与血色交融，陡增一份壮烈。

霸王别姬，人间悲情。揣摩项羽、虞姬厮守难，别也难的复杂心绪，最好在秋日静谧的晨昏：红日如血，斜挂意杨梢头，湿湿的水汽凝成薄薄的雾模糊了大地，一位长剑在手的威武男子，一位白裙飘逸的婀娜女子，并肩渐行渐远……诚如年岁已久的照片，他们的面容难以辨别，但执子之手的知遇，以及身后斑斑猩红折射的苍凉，催生后世不尽的叹息。

宿迁，中国意杨之乡，项羽、虞姬的故里，江苏大地我最后涉足的城市，这个金秋的清早，汽车载着我沿着朝旭的指向前行，思绪于绵延不绝的意杨绿浪中信马由缰。

四通八达的高等级公路，缩短了城市距离。从南京出发，两小时车程，宿迁就到了。

沿着发展大道，自西向东，黄河故道、大运河间隔的城市，意杨林般方方正正，棱角分明。宽阔的街面，人流、车流熙来攘往；清澈的水路，货船、渔船如梭穿行。奇怪，宿迁闹市，咋就安静得能听见自己的心跳？细思寻，是葱茏蓊郁的绿化带，降低了喧嚣的分贝，捎来宁静与从容。

绿，生态优劣的标尺。下榻的饭店，一座绿树环抱的建筑，曾因绿化不力受到通报“表扬”。推窗，或远或近的建筑，绿，为其裙摆，簇拥城市渐次成长，直至一处爽心悦目的生态家园。时间给予了肯定。精心养护城市心肺，今日宿迁人的自觉行动。

去宿迁，必当拜谒项羽，与这位两千年前将生命定格在31岁的天之骄子促膝，笑谈“生当作人杰，死亦为鬼雄”的豪迈！

黄河故道大堤东侧的项王故里，有项羽当年亲手所植，如今依旧枝繁叶茂的“天下第一槐”；有一声嘶鸣敌胆寒的霸王坐骑乌骓马的拴马槽；有司马迁《史记·项羽本纪》巨型碑刻，诉说不以成败论英雄的项王伟业……而我，最是亲近那尊不怒自威的项王塑像。

塑像，当地艺人所为。许是血脉相通，当对先贤的景仰上升到穷尽心血追逐的高度，一块本无思想的顽石，在匠人手下苏醒，眉宇间英气凝聚，宛如秋阳下昂首挺立的意杨，闪耀人性的辉光。

项羽是威武雄壮的。骆马湖呢？这个位居江苏四大淡水湖之列，有着375平方公里水面的湖泊，以她母性的温情，悉心维护着楚汉大地的风调雨顺。

用什么词汇描绘向晚骆马湖的风韵？烟波浩渺，形容其博大宽宏；渔舟唱晚，满载而归的渔船，往一湖安详的夕照里注入动感的诗意；银盘玉波，展示湖畔马陵山上的石英石经历雨水冲刷流入湖中，形成可与北海银滩相媲美的白色沙滩景观；水中白银，那通体透明如玉的银鱼，连同湖中盛产的其他55种鱼类，献给沿岸的富庶……

骆马湖，秀色可餐。同样秀色可餐的，还有骆马湖畔的宿迁儿女。

坐在农家乐餐馆品尝骆马湖水产，同行者中有见年轻的服务员身手敏捷是个可塑之材，试探女孩愿不愿意南下发展？待落落大方地问清待遇，女孩回答肯定。

在文化高度融会的今天，不从束缚人性发挥的禁锢中跳出，勇敢地尝试，生活永远是一潭死水。宿迁儿女俨然前辈项羽、虞姬，敢作敢为！

秋走春意在，满目是生机。大运河畔，乾隆下江南五次歇脚的皂河古镇龙王庙乾隆行宫，乃皇家建筑极品。其间，乾隆寝室前一字排开长势旺盛的柏、柿、桐、椿、槐、杨六棵古树尤为神奇。取谐音，四棵树一组连在一起诵读，分别是“百世同春”“百世淮杨”，昭示怎样的一种气势与前程啊！难怪乾隆皇帝盛赞宿迁为“第一江山春好处”。

以往，每去一处，归途总有介绍当地文化的书籍相伴。而宿迁不需要。因为，她像一棵入画的意杨，浅笑盈盈地在我心之土壤扎根。

（节选自《楚苑》2006—2007年合订本，原文题为“苏北二题”）

【导读】

该文节选自作者的《苏北二题》，为作者游览苏北时所作。全文描写了作者秋日中游览宿迁的所见所感，情、景与历史交融，读来可见作者对宿迁的喜爱，对宿迁历史的赞叹之情。

【作者简介】

徐群，中国散文学会会员，江苏省作家协会会员，江苏省杂文学会会员。

静静的芦苇荡

杜怀超

A

“敕勒川，阴山下，天似穹庐，笼盖四野。天苍苍，野茫茫……”这句诗应该是我试图对洪泽湖湿地上万亩芦苇解读的序幕。苍苍、茫茫，漫天卷地，齐刷刷地弥漫上来，此时的我，压迫成了一条游鱼，迷失于鸟鸣啾啾的芦苇荡。

湿地，万亩芦苇，是洪泽湖碧水卷起的诗句，是伫立的帆樯，是大湖母亲孕育的杰作。从江苏省泗洪县城往南出发，车行不足半小时，便抵达洪泽湖湿地，抵达气势恢宏的芦苇荡，风中的芦苇，漫天卷地，此起彼伏，涌起惊天波涛，有着宽广的胸怀。“海纳百川，有容乃大”。大运河缠绕、洪泽湖孕育的苏北，习惯处处弥漫着酒乡豪放的大地，居然深藏着一个待字闺中的妙女，犹抱琵琶半遮面，掀起风尘里一阵阵人喧马叫的漩涡。是的，的确，令人诧异，在无数暗夜里沉默不语的女子，充满着神秘，充满着野性。对于久居城市的人来说，声色犬马、觥杯交错和歌舞升平已厌倦，落满灰尘的心灵，渴望原生态的洗涤，无须酒肉，更不需美色，就一口新鲜的氧气，窥一眼自然的原始面容，瞬间就会有顿悟之感。这时，或许你会迷惑，在空旷里，苍苍的芦苇，清粼粼的湖水，还有水中的游鱼、空中的白鹭以及万亩的散发清香的接天莲叶。这时，你会涌起一种羡慕的情愫，人要是如这芦苇、莲叶或者那鸟、那鱼多好啊，少了一份俗世的纷扰和虚伪，多了一份生命的本真与自由。

家乡洪泽湖身边的芦苇，以泼皮的个性，在荒芜的滩涂上，涂抹出一幅惊世骇俗的景观。在饱受水深火热的地方，她以辽阔的方式填补人们喧闹心灵的空白，释放生命的隐语，衍生绿色和希望。枝头的鸟鸣，是灵动的词语，是母亲湖的眸子，是翻动日子的动词。芦苇荡是粮仓，是渔湾，是无数炊烟汇聚的广场。只等待秋天一声令下，村庄就燃起一种叫黄金的火焰，凝聚一个冰封季节的暖温。

B

我对家乡洪泽湖湿地的芦苇一直怀有深深的敬意。黄河夺淮，造成了一种洪水的泛滥成灾，大地，在苏北的中部，变呈出丰腴的泥土，一把揽过水的温柔。洪水放弃的地方，是荒凉。而芦苇，就是从荒芜里站起来的战士，繁衍着生命的博大与精深。我至今不知道芦苇从何处来，是一株、两株还是无数株；也不知道是空中鸟儿嘴里的遗失，还是从千里迢迢的水路漂泊至此，芦苇以史诗般的壮观呈现在世人的面前。生命的旺盛，就是这样被证明的。

揭开她的面纱也只是近几年的事情了。可以设想一下，也许芦苇它早就存在了很多年，那些寂寞的日子里，它们没有张扬，没有颓废，没有自暴自弃，在浅水里，蜿蜒着生命的痕迹。其实，它们有的是伴侣与伙伴，风儿是千里而来的朋友，鸟儿是苍穹里的来客，而鱼儿呢，则是甜蜜私语的情人。

我迫不得已去过湿地两次，因我一直想看看听听深处的风景。一次深冬，万木萧瑟，鱼翔浅底，芦苇飘逸着无言的思想，挺立在水中，那么团结，那么相互扶持。让我读到了久违的温情。我似乎看到一种火的物质马上升起，直到一种生命的温度自身体上升；还有一次是夏季，我选择了它最旺盛的时候，当我站在它面前的时候，我以为脆弱是它的本质，没有想到，原来，脆弱是属于人类的词语。它的无边，它的浩瀚，它的汹涌涛声，“惊涛拍岸，卷起千堆雪”，而芦苇卷起的不是雪，是生命的翡翠。

那时，我在芦苇的身边逗留了一会儿，耳边只听到极其寂静的鸟鸥和深处若隐若现的涛声，怒吼在芦苇荡的内心里。

我无法用笔墨描绘出铺天盖地的芦苇浩浩荡荡的壮观场面，更无法想象大水中芦苇生存的姿势。作为湿地芦苇，与水结缘，但又怎抵挡灭顶之灾？每当洪水来临时候，芦苇一头扎进水中，在水的深处煎熬、忍耐，经过漫长的时间，水退之后，只有荒芜的沙滩。而我们的芦苇，又从泥土的深处冒出来，以迅雷不及掩耳之势席卷滩涂，转眼又是一片辽阔的风景。

“咬定青山不放松，立根原在破岩中。千磨万击还坚劲，任尔东西南北风。”郑板桥的诗写出了岁寒三友之一山竹的坚忍不拔。自古以来，很少有赞美芦苇的诗句，但当你我面对湿地芦苇时，此时你不觉得这首赞美山竹的诗句，不也写出了芦苇的风骨吗？

芦苇为什么能够在这洪水的环境中生长？细细地观察这芦苇，你可以发现，这些芦苇之所以茎秆都特别粗壮，枝叶都特别茂盛，关键在于它的根系特别发达。正是因为它们的根深深地扎入泥土，扎入泥土的深处，把自己与泥土紧紧地连在一起，才吸取了大地的营养，才抵御了洪水的洗礼。

原来，芦苇源自大地的滋润，芦苇因挫折而坚韧与挺拔。

芦苇，一种再平凡不过的植物，依水而生，沐光而长。她有着柔软而坚韧的躯体，而隐藏在这种柔弱之下，却是坚忍不拔和刚强的品格。她是刚与柔最完美的结合。

C

走近湿地，如果你带着对大自然深深的眷念，你会发现高挑的芦苇，是我们梦中的家园、生活的知己。它有着男人的伟岸，粗壮而高大的芦秆把结实饱满的穗举向蓝天，像是一支支巨大的笔，注定要写出豪情篇章。笔锋挥洒，饱蘸阳光，涂抹云天。远远望去，气势非凡。如果大风刮来，挺直的芦枝上连着淡褐色的穗，正如一面旗，迎风猎猎，尽情飘扬！它也有着女人的温情。那是一些已经开花的浅灰色芦花。朵朵柔绒浮在茂密的芦苇丛中，像是雾里一片透明的云，又像雨中一团迷蒙的雾。几分朦胧，几分娇媚，似乎太阳下吹一口气就会化为无影，令你的心绵软不已。更多的时候，我们会看到，一大片低矮芦苇布满星星点点的小花穗。穗子不安分，永远在跳动。和着秋风的节拍跳着劲舞。你跳你的，我跳我的，她们的舞步虽然零散，却动感极强，充满激烈的生命节拍，让你领略到自然界“大音无声”的震耳欲聋！莽莽苍苍的苇田之上，连绵不断的白色芦花恣意怒放，穗花丰满，绒絮成团，白得晶莹，白得柔美……

秋天，是湿地芦苇四季中最得意的杰作，它们在长空雁叫的西风里，以最庄严宏大的场面给我们来一场作别的盛典，黄金的盛典。它让我们看到，这些曾经“羽扇纶巾，雄姿英发”的绿色生命，如何在大自然的舞台上向秋天谢幕，没有落幕的一丝苍凉。原来，告别同样可以充满欢乐、飘逸、奔放……生命的消失不是躯体，而是没有精神与灵魂的空虚。芦苇短暂作离别的空隙，总会有纷飞的芦花一直飘荡在你我的眼前。

洁净无瑕的雪白芦花，在秋的舞台上肆意张扬，纵情翻飞，无所约束，皆为秋狂！面对就要到来的萧瑟冬季，即便是战旗破碎，它们脚下的鼓点仍然昂扬，站立的姿势仍然挺直！我很喜欢芦苇，因为芦苇成熟后便会开出雪白的花，风吹过时，芦苇很缓慢地摇着，伤感而美丽。每一支芦苇都是温柔的，消瘦的温柔，很苍凉。而大片的芦苇在一起，就以它的规模表现出了壮美的气势，便也具备了一种千军万马般的阔大的悲壮。“风萧萧兮易水寒”，想必那易水岸边一定也长满了蓬蓬勃勃的、开着白花的芦苇了。

D

芦苇，也叫蒹葭，早见《诗经》，在二千五百年前就从“蒹葭苍苍，白露为霜。所谓伊人，在水一方”的诗行里走来，带着爱情的原始，铺设着感情的草甸，那弄篙荡舟的少年，在洄流中，追寻在水一方的窈窕淑女。而两岸芦苇茂盛，就像那古典含蓄的植物，在望穿秋水的守望和追逐中，织就了五千年最优美的爱情。爱情的天空，是那一望无垠的芦苇，道破了秋天的密藏。白絮飘飞的芦苇，是樵子柴担上悠然飘起的一缕秋光，是村姑眉宇间挥之不去的一抹苍凉的妩媚。多少年来，引得衣香鬓影的女子情牵萦绕，千古绝唱。

家乡湿地的芦苇荡，依旧是爱情滋生的天堂，是当初《诗经》里“关关雎鸠，在河之洲”的地方。

天气晌晴或者淫雨霏霏的日子里，幸福的恋人们，在这片原始的翠绿中撑一把古典的伞，荡舟在芦苇深处谈情说爱，恰似女词人李清照少女的时光，“常记溪亭日暮，沉醉不知归路。兴尽晚回舟，误入藕花深处。争渡，争渡，惊起一滩鸥鹭。”那是怎样的一幅画面啊！爱情在流水的两岸生长，正如芦苇越长越高，爱情还要用芦苇中的鸟儿来点缀，那是多么回味悠长的爱情啊！在这样的爱情里，即便是分离也是美的。因为有这么多无涯的芦苇会轻抚那些忧伤的心。风是流动的，心情也是变化的，忧伤会随着河流流向远方，芦苇丛中鸟儿的轻声鸣叫也会让人忘记伤感。眼前浮现熟悉的《蒹葭》：蒹葭苍苍，白露为霜，所谓伊人，在水一方……

眼前升起一幅清淡诗意的画面：白雾升起的清晨，郁郁蒹葭的岸边，一位男子在翘首以待。

其实，这首经典的爱情诗，极富内涵的诗词不只囿于一个“男女之情”的狭小空间，而我更愿意将这种追寻和守候解读成一种对生命的不可捉摸与缺憾美。

眼前迷茫的白雾，可望而不可达的女子则在水中央，你“溯洄从之”

还是“溯游从之”，这位心仪的女子总是游离于你掌握之外，因为“她”本身就是不存在的，正因为如此，所以“她”又是无处不在的，但是你却永远无法企及，只能是隔着青纱迷雾看到她“在水中央”而已。也许，这是诗人对生命、对理想的不可知不可求的悲哀与劫数，或佛家所谓的“缘分”？

E

蓬蓬勃勃的芦苇荡，绿色的宝藏，牵系着生命里丝丝缕缕的缠绕。

艾青老诗人云，“一支芦笛，拿当年法国大元帅的拐杖也不换”。浓缩着生命所有枝节的芦苇，在贫穷的风声里发出一声或两声歌唱，也许，这是生命的最好底色。

家乡这片原始的芦苇荡里，我至今保存的是童年的趣事，还有日子的沉重。那时我常跟同伴们去芦苇丛中里寻找野鸭蛋、鸟蛋和捉野鸡。清清的湖水荡涤着五月碧绿的芦苇，湖水暖暖的，清澈见底。沿着青草铺设的小阡陌，一路深入，两边的芦苇不断地向我挤压过来，宛如绿色的帏帐，躺在苇叶上，定然是一次大自然绝顶的按摩与保健，舒服极了。微风吹过，万亩芦苇，波涛层层叠叠，像大自然这位书画家在旷野里涂抹立体的书法，在阳光的折射下露出恢宏的容颜，四围的湖水一闪一闪，此起彼伏，给这幅书画作品镶上绝好的边框，把大自然的美表现得淋漓尽致。有时逢到软草地带，我们还可以赤脚，让小脚亲吻着青草与泥土，水波漫过，清爽爽的，如果此际少作停留，还会有鱼儿来惠顾呢，让你白皙的脚掌痒酥酥的，让你惊奇不已。芦苇丛中，生长着许多无名的水草，盛开着各种各样的野花，给整个绿海绣上星星点点的白帆或插上彩旗。

让我们倍感欣喜的是，芦苇荡里，只要用心寻找，总会逮到鱼。很多鱼会沿着水路一路顶风作浪，赶到浅滩上来。我们只要在清晨的时候，手拿着鱼兜，一顿鲜汤是跑不掉的。每逢端午节前夕，家乡的人总爱驱车来到这里，打上几折天然的芦叶，包上几个粽子，芦叶包出的粽子，除了米香，还有一种薄荷的清香随着粽子飘散开来，让人垂涎三尺。

正是因为荒芜，造就了一片芦苇荡，也给家乡的人们一席生存的空间。秋末初冬，长辈们就开始收割芦苇，万亩芦苇，附近的人们时常割一个冬季也没有割完，更多的光阴里，任其自生自灭。沿湖的人家几乎对芦苇都情有独钟，一株芦苇在手，他们可以玩出很多花来。他们可以用来盖房子，打折子，编织逮鱼的虾笼或者睡觉的粗席。湿地不荒，却用不太丰满的胸脯营养湖滩上的人家。当来年＂竹外桃花三两枝＂时，无数芦芽又会破土而出，露出尖尖的芽，淡淡的黄，嫩嫩的绿，像刚出土的竹笋，煞是迷人。生命又将翻开湿地新的华章。

F

帕斯卡尔说过这么一句话：“人是一株脆弱的会思考的芦苇。”这是流传很广的一句名言。他说人的全部尊严来自于思想，“思想使我们囊括宇宙”。“人只不过是一根芦苇，是自然界最脆弱的东西，但他是一根能思想的芦苇。”

我不由自主地想起苏轼“纵一苇之所如，凌万顷之茫然”的名句。

这根能思想的芦苇，就是你，就是我……人是孱弱的，如同一管芦苇；但人又是坚强的，从柔弱中焕发出无穷的韧性，陪伴着我们一路前行，因此我读帕斯卡尔的《思想录》时，也仿佛是在听一个智慧的邻人闲谈。

在我看来，芦苇固然有脆弱的一面，就是人也有脆弱的本质，当然芦苇更有坚韧的一面，那种命里的坚贞，即使风吹雨打火烧，春天召唤的时候，又是一片绿色的海洋。芦苇最高层次的，我以为应该是它的诗意。我们的一生都在追求，求温饱，求富贵，求事业有成，求名垂青史，但这一切，都没有“诗意地栖居在大地上”来得有境界。这是因为，生命是短暂的，甚至是无意义的。我们一出生都在向自己的墓地走去，也就是说人生只有过程，没有目的，其最终目的地只有一个，那就是死亡。但我们珍惜这个过程，要在走向自己目的的旅途上，让自己开心一点，闲适一点，让心灵的感受美妙一点，于是我们行走着，歌唱着，观赏着，感受着，这就是人生的诗意了。

随着乡村城市化的进程、旅游业的兴起，家乡的湿地以及海洋似的芦苇会不会因此而消失？但人类依旧念念不忘的，不是坚强的象征，也不是思考的雕塑，更不是眼前的那无数的芦苇丛，而是它那秋天时头顶的一头思绪，在黄昏里翻飞着生命的诗意……

（选自《楚苑》2006—2007年合订本）

【导读】

该文为宿迁市第三届“分金亭杯”青少年文学作品大奖赛获奖作品，作者杜怀超时为泗洪县育才实验学校教师。

【作者简介】

杜怀超，男，生于1978年，民盟盟员，中国作家协会会员。有《一个人的农具》《苍耳：消失或重现》《大地册页——一个农民父亲的生存档案》和《大地无疆》等作品；曾获紫金山文学奖、老舍散文奖、林语堂散文奖、孙犁散文奖等。

沧桑骡马街

史文贵

作为宿迁人，你也许知道那座世界名城——意大利的“罗马城”，但你知道泗阳县的“骡马街”吗？

骡马街是泗阳县城众兴镇的一条历史悠久的名街。凡名街，大都因有一段传奇而出名，骡马街也不例外。但骡马街的传奇和高骡大马关系不大，骡马街的出名，和小小的蚊子有关。

热气如蒸，响蚊如雷。那时候，在乡下，蚊帐还是稀罕物，因而，仲夏夜之梦，是很难做成的。人们不得不从闷塞的破屋中逃出来，希图寻找一块安宁的乐土以卸载积聚了一天的疲惫。然而，“普天之下，莫非‘蚊’土”，这种奢求当然是不可能如愿的。

但孩子们是幸福的。他们享受着亲人们营造的“小环境”，慈母或者是慈祖母那永不疲倦的破蒲扇会把他们带入梦乡……比这更甜蜜的是，还未入睡时，“四腿喇叭叉”地躺在那片黄褐色已经零落掉一多半的破席头上，在悠悠“蒲风”中，还会享受到世世代代口耳相传的“民间文学”的滋润。那些有关骡马街的故事，就是这样在亲人的呵护中而“随风潜入夜”的……

“我们县城众兴镇有一条骡马街，热闹不说，更奇的是，那儿没有蚊子！”“什么？怎么会？没有蚊子！”孩子们会激动得跳起来。身处蚊丛，备受煎熬，是多么向往那没有蚊子的地方啊！老祖母眯缝着浑浊的老花眼，雪白的头颅在瞌睡虫的按摩中一点一点地，絮絮地说起那过去的事情：

那一年，乾隆爷下江南，路过众兴，就在骡马街住宿。蚊子们胆大包天，居然敢在龙体上大开夜宴。“九五”之尊，却也“难奈小虫何”，咬得急了，也只能像草民一般一声叹息：“这儿要是没有蚊子就好了。”说来真怪，就这么一说，说时迟，那时快，骡马街的蚊子忽然就消失得无影无踪了……啊，原来皇帝是“金口玉言”，越是在无意之中，越是会“一说就灵”！

从那时起，蚊子就再也不沾骡马街。

啊，没有蚊子的、皇帝曾经驻跸的骡马街，一定是“市列珠玑，户盈罗绮”，金碧辉煌，美轮美奂吧！白天，街道上车水马龙，人声鼎沸，被繁华所淹没……晚上呢？“银烛秋光冷画屏，轻罗小扇拍流萤”——既然没有蚊子可拍，也就只好去拍拍流萤了。这时候的骡马街，一定可以媲美天上的街市吧。嘿，“天街夜色凉如水”，幸福的骡马街人啊，也许正在悠然地“卧看牵牛织女星”呢！

新中国成立不久，作为一个乡下穷小子，父母要我到众兴镇探望一个亲戚。带着满身被蚊虫叮咬的红疙瘩，一脚踏进众兴镇后，我没有奔向亲戚家，而是直扑骡马街，骡马街！

这就是骡马街？如投石击水，轰然一声，残酷的现实击碎了我孩提时代对这条名街的梦幻。

那时正临掌灯时分，在我这陌生人的眼中，渐浓的夜色像一块逐渐加厚的黑幕，总想遮住这条老街的丑陋，但这是徒劳的。骡马街像一个满脸菜色的老妪，那褴褛的衣衫总让她捉襟见肘。昏黄的路灯下，土街凹凸不平，像被火灾毁容后的人脸上的麻斑。一间间低矮破旧的草房子，垂头丧气地蹲在街道两旁，墙面是编织的芦苇再抹上泥巴围成的，所以连屋顶上那朽木烂草也承载不住，总是病恹恹的样子，东倒西歪。转角，遇到一个半堆着破铜烂铁又被漫泼着剩菜残羹等垃圾的死水塘，正像闻一多先生所描写过的那塘死水：这是一沟绝望的死水，清风吹不起半点漪沦，破铜绿成翡翠，铁罐上绣出了几瓣桃花，油腻在水面上织成了一层罗绮，霉菌又蒸出了几许云霞，死水酵成了一沟绿酒，泛起的白沫又被偷酒的花蚊咬破……哟，说到蚊子，这里的蚊子一点也不比乡下的蚊子差啊，就像当年日寇侵略中国的轰炸机一般，黑压压地扑向无辜的人们。这就是现在的骡马街！原来，经过了乾嘉盛世，骡马街和我们的祖国同命运，盛极而衰，如今，已零落成泥碾作尘，只有“名”如故了。

六十年艰苦建设，三十年改革烽烟。骡马街浴火重生！

经过重建，骡马街被带进了时空隧道。现在你若走上这条大街，你的感觉是一脚踏进了历史——明清时代。这种感觉的形成，是因街头石雕中男人们的长长辫子和飘飘长衫吗？是因那位栩栩如生的老者所戴的瓜皮小帽和古式眼镜吗？是因石雕中的那把被几百年的岁月风烟磨得发亮的古旧算盘吗？还是街中心的那一对对静静地一线低垂着的六角宫灯？都不尽然。这些古迹留香，其实都只是历史的一鳞半爪。真正滋润眼球的，当然是古街的整体风貌了。那一座座紫墙黛瓦、雕梁画栋的宫殿式建筑，廊腰缦回，檐牙高啄，轩昂巍峨，迤逦相连，直向天际涌去……抬眼望去，大街仿佛沉浸在一片茫茫无垠的紫色云雾中，富丽而高贵，烘托出极具厚重历史积淀的明清古韵。由西向东，穿过两座庄重典雅的牌楼，眼前忽地凌空耸起一座直刺云天的七层宝塔！“塔势如涌出，孤高耸天宫。登临出世界，磴道盘虚空。四角碍白日，七层摩苍穹。下窥指高鸟，俯听闻惊风！”雄伟壮丽的宝塔，如画龙点睛，给骡马街抹上了一层最浓重深厚的古典色调！东街尽头，那片死水已被改造成碧水清池，一湾秀水犹如一片散发着皎皎清辉的菱花宝镜，清晰地倒映着婆娑垂柳和巍巍塔影。再往东，穿过全镇最繁华的人民路的南端，大街恰和泗阳最大的公园——“爱园”相衔接，绿水高树细草，亭榭台阁小桥，与长街相伴相映相衬，使骡马街平添秀色三分……“日照锦城头，朝光散花楼，金窗夹绣户，珠箔悬银钩，飞梯绿云中，极目散我忧。”李白的《登锦城散花楼》诗句，今天读来，就好像特为我们的骡马街而作似的。

入夜，古街又是一番景象。纵是炎炎夏日，蚊子们也真的很少在这里肆虐了，这当然不是因为乾隆的金口，而是人民做了“乾隆”的原因。华灯初上，众兴人的夜生活开始了，骡马街迎来了一天中最热闹的时候。各家店铺里顾客盈门，熙熙攘攘。车辆喇叭、行人笑语、露天舞乐、歌厅歌喉……汇合成天籁般的悦耳市声；从酒店饭馆中飘来的酒香、鱼肉香，从帅哥靓妹们身上透出的衣香、脂粉香，在街道的夜空中盘旋环绕，缠缠绵绵地撩人不休；凝眸处，万家灯火闪闪烁烁，各类车灯明明灭灭，更有那七彩霓虹灯的炫目光亮，如晶莹剔透的串串珍珠，细腻地勾勒出楼之廓、廊之边、塔之形……使整条骡马街犹如飘浮在氤氲夜气中的仙山琼阁，神秘而动人。“两层帘幕垂天地，一片笙箫起半空，九重宫阙玉露冷，十里楼台落月明”，夜幕下的骡马街，美得令人销魂失魄……

骡马街——一条钟灵毓秀的街，一条堆金积玉的街，一条如诗如梦的街……

啊，家住骡马，不羡罗马！

（选自《楚苑》2010 年第一、二期）

【导读】

骡马街位于泗阳县城西南侧的京杭大运河畔，离泗阳最繁华的地区“花园口”仅百米之遥。街侧是泗阳京杭大运河桥，桥的另一侧是泗阳的烈士陵园“爱园”。

据《泗阳县志》记载，元代，骡马街原为驿站，因风景优美，交通便利，故商贾云集。传闻乾隆下江南时曾在此地停留，品尝小吃，赞不绝口。后因战乱，古建筑毁于战火，现在的骡马街为泗阳县政府重建而成。

大湖魂

魏书林

这些年，每当荷花怒放的时节，我都无一例外地到洪泽湖边采风，名曰采风，实际上是去给一位故人送酒，去了却一桩心愿，去体味一种精神，去会晤至今令我刻骨铭心的大湖魂。

今年，我又来到这辽阔的大湖边。

荷花依旧、湖水依旧，但却是星移斗转，早已物是人非了。我抚摸着耸立在洪泽湖边这块被飞溅的浪花浇透了的墓碑，方真真切切地痛惜：你真的远远地去了。其实，无须为你树碑立传的，这秀的湖、游的鱼、飞的鸟、绿的树都是你的碑。大地作证、大湖作证、每一朵浪花为你作证。这大湖边，多少人几代同堂却都在撒手人寰之后平平静静地淹没在平坟还田的浪涛里，甚至平静的像一朵白云消失在天际的尽头，没在大地上留下一丝痕迹。而你，孑然一身，形影相吊。与轻风为伍、和大湖相伴，这些非亲非故的人们却在这旷古的洪泽湖畔为你雕塑了永恒。哦，你说过：死了也要站在洪泽湖边，守大堤、望大湖。不能让那些鸡鸣狗盗之辈抢了子孙的饭碗。

多年前，为了写散文《湖畔听雨》，在一个淫雨潇潇的清晨，我来到这江天寂寥的大湖边。就是那天，你铸进了我的心田。

早年闹饥荒，人们疯拥洪泽湖，毒药、炸药、丝网，用尽各种罪恶的捕捞手段。上堤乱砍滥伐，下湖肆虐狂捕，许多被国家明令禁猎的鸟类如白鹭、大鸨及数十种大湖飞禽被数以万计地毒杀在洪泽湖边。掠夺性砍伐、捕捞的狂风弥漫在洪泽湖面。一时间，堤上树墩遍地，水中残叶满湖。洪泽湖上乌烟瘴气、遍野哀鸿。当地政府深知问题严重，急令生产大队实行“湖管”，在当时，这种低报酬、恼乡亲的差事自然谁也不干，大队干部几经周折，没有下家。于是找到了你这个当过兵、学过武的贫农后代。一捆行李，一支扑枪（梭镖），你欣然上任，驻守七沟。从此，不管风雨如磐还是月黑风高，这水上栈道便立着一个守湖人，这广袤无垠的洪泽湖上便多了一叶小舟，固定这只小舟的是这躺在床上都能欣赏满天星斗的两间破茅棚，从此，政府所辖的这一方湖面上复又渔歌唱晚、百鸟啁啾，花红柳绿，郁郁葱葱起来。也从此，你和这浩瀚大湖结下了不解之缘。

你原本有个家，就因你那个大湖的情愫。那个该属于你的老婆嫌你离不开湖，骂你是“活六叶子”，管湖六亲不认离你而去。从此你便和婚姻无缘。

那天，你没让我走，三杯老酒，几条活鱼，外加一只自己爬上门的老鳖。你说：我可好久没沾酒啦，今天你陪陪我。河水炖河鱼，原汤化原食，你那城里哪有，在我这，管够。

那天，我们傍着大湖的胸膛，海阔天空，吹得无遮无沿。我静静地听你神侃当年勇，怎样湖上遇险，似“浪里白条”和电网捕鱼的违法分子船上相搏，直到把数名犯罪分子掀入大湖并要其保证不向大湖再伸黑手。你讲得眉飞色舞，我听得荡气回肠。

远处，一群白天鹅在湖上嬉戏，不时能看到一条条白练似的鱼儿跃出水面。

在扯到家庭时，你已是醉眼惺忪，你手指湖上万顷荷花和睡莲对我讲：“人们说女人是花，你看这湖里有多少花。人哪，知足常乐吧。”

侃归侃，说是说，我还是没从你那老眼浑浊的眸子里读出长乐，相反，我似乎从那深长的叹息中抚摸到了忧伤。你手指远方烟雨迷蒙的一个小岛对我说：“看到没？那是穆墩，当年穆桂英屯兵的地方。你莫看这怂地方只有屁股大，一泡尿能箍它三圈，这地方故事多啦。老辈人说这一片地当年是穆桂英的练兵场，到清康熙十八年才因黄河漫堤让这里变成了大湖。”我笑了：“又来了，你喝高了吧，咱改喝水吧，以水代酒。”我说：“你不能喝酒却偏喜欢喝酒。”你一愣神：“刚才你说什么，你说我不能喝酒？”眼睁得鳖蛋般圆，一把从我手里夺过酒瓶：“早年公社开劳模会，表彰先进湖管员，公社书记亲自给我戴花。你知道那个时候的公社书记吗？像皇帝，走路都骑脚踏车，老百姓十有八九见都没见过，能给我挂花，啧啧。”你咂咂嘴：“知道吗，从那以后，庄上那些人看到我说话都不一样。那天真开心，我一个人吹了一瓶双沟大曲。醉得我没翘头睡了一天。没想到一觉醒来，你猜怎么着，有几亩地荷塘让那些狗日的给祸害了。你知道吗？这荷叶梗子要是戗了水，藕都跟着烂。悔啊。赌咒，从此不喝酒。今天，是你来了，多少年啦，头一回开戒。”

“好汉不提当年勇啊。”我再一次从你手里夺下酒瓶。

这次，你没有抢回酒瓶。深深地叹了口气："是啊，老啦，腿脚也不听使唤啦。

你对我说："这地方，风水宝地。要管好啊，你信不信，将来这地方没准能是洪泽湖上最热闹的地方。到那时，逢年过节，城里喜欢开洋荤的人领着家人到这吃个小鱼锅贴，看看满湖荷花，那多得味啊！"你摇摇头："只可惜，我恐怕是看不见了。"

说这话时，你黯然神伤，似乎每一根花白的头发都摇晃着忧伤。

你还对我说："哪天死了，芦席裹尸都无所谓，但要树块碑，高点的，能看到湖面。真的变成鬼，我不是还活在大湖上么——还有，死后就埋在这荷花旁，死在荷花下，做鬼也风流啊。"

"——可是，谁来埋我啊？"你又凄然了。

"我哇！"我脱口而出。

你眼珠子顿时像通了电："当真？"

"当真！"

"你赌咒。"

小酒喝至二八盅，斯文早已扫地。我把正啃着的老鳖盖子往桌上使劲一扣：我要不来埋你，给你立碑，就是这玩意下的，王八蛋！

你仰天大笑："交你这么个读书人，我没白活啊，从此后，我每年请你一回酒！"你端起碗，一饮而尽。然后拉着我的手哭一阵笑一阵。那令人心酸的脸庞，那满脸纵横的老泪，多少年在我眼前挥之不去。

无家人，没后人，我自然知道你心里想什么。追求，就这么简单。生活，就那么平淡。已经这般度过一世，还想如此度过来生。

有多少人，耗完心血，算尽机关，为自己营造完美家园。而这个守湖人的一生却像是顺手捡了枝荷花梗在地上随便画了个圈。这个圈包含的内容又有几个人能解读完全。

光阴荏苒，沧海桑田。一晃，又过去许多年。后来的洪泽湖上也有了开着快艇拿着工资的专职湖管员。你依旧用你两间茅棚和茅棚后面挂着果实的南瓜蔓无怨无悔地拴着你那装满小船的大湖情结。你无意于人们对你的忘却，撑着几十年也没有改悔的小木划子，船头上依然插着那支鲜红的红缨枪早出晚归，巡视湖面，俨然大湖之魂。其实，地方湖管部门领工资的花名册上，根本就没有你的名分。

与大湖相伴，你毫不寂寞。一如真的厮守红粉佳人。忙时巡视湖面，闲时漫步柳堤，雪花飘舞，冰封湖面的季节，满身疮痍的洪泽湖在坚冰的盔甲下酣然入睡。也只有这个季节，你才能得以稍事休息。有时，你也砸一冰窟，枪挑金钩“独钓寒江雪”，一任钓上的红鲤在冰面上跳跃翻腾，优哉游哉倒也诗意无限。可惜，好景不长，随着全球气温回暖，洪泽湖也不再封湖，加之湖水不断污染，你愁肠百结，你说大湖里十六科八十四种浮游水族能倒背如流，如今背是背得出，能活在湖里的种类，怕是不够数了。还不仅于此，一些见利忘义的不法之徒经常在大湖一隅用电捕器捕鱼，电捕器所到之处，赶尽杀绝，所有浮游生物死亡殆尽，无一幸免。你说：打哑巴，挖祖坟，半夜偷敲寡妇门，我都能原谅，就是不能原谅抢吃子孙饭的这帮狗日的。于是，花甲之年，你又犯起年轻时的“六叶子”病，手持扑枪，轻舟独往，威慑违法分子。

整天日不歇、夜不寐。终于在一个无人知晓的夜晚，你带着一生疲惫融进浩瀚大湖……

按照约定，和几个铁杆兄弟将你送至家园。每年一回酒依旧，定在清明节，就在墓碑前。

没想到的是，当年你竟一语成谶。如今，子孙们真的兑现了你的诺言。大湖经过开发已经成了洪泽湖上最美丽的乐园，洪泽湖湿地更是风情万种，让无数游人忘返流连。

其实，你看到了。你就像一股轻轻的风，从来就没离开过洪泽湖边。遥望浩瀚大湖，你脸上已经没有当年的忧伤。你抬头远望，神情悠然……

当地政府、后代儿孙，代代相续，血脉绵延。你没有儿孙，你更厚待儿孙。你不懂什么叫生态平衡，但你知道大湖日出斗金，让大湖不受毁损，才能造福万代子孙。而这一份古朴和凝重，正在被大湖的子孙传承……

如今，人们很少知道你的名字，只缘你当过兵，尽干傻事，都叫你傻兵，于是，傻兵的美名便像这荡荡湖水至今在这洪泽湖畔流传。

安息吧，傻兵。

安息吧，大湖魂。

白天游人的笑靥，夜晚璀璨的群星，都会和你相依相伴。哪管清明时节雨纷纷，我也会来给你提瓶老酒，送些纸钱，和你无忌唠大湖、款款话儿孙，述说当年你梦想中的一个个美好夜晚。

（选自《楚苑》2010年第六期，有删减）

【导读】

作者用第二人称的口吻回忆与老友的往事，笔端满含深情，读来令人动容。

黄河记忆

吴宗强

一条河从我家乡流过，流得浩阔。一条河在我家乡死去，死得悲壮。

据《清史》记载：顺治元年，公元1644年，黄河北去后又自复故道，自开封破堤，经徐州、宿迁，东至云梯关，一头扎进大海，永不复回。

我原籍宿迁。家住皂河南十里，居河之南堤下，村名苗圩。水在河道里流，盛水期躺在家里床上，可听到黄河浪涛的咆哮声。

我就在那样一个灰色的小村子，几间草屋里出生。我不知道我的第一声哭是笑还是哭，只听后来母亲说，声音像牛犊叫，有黄河味。我父母都是黄河边上的人，当然都具有黄河的基因。我在母亲腹中就喝黄河的水，声音怎能没有黄河的味？

自古人依河而居，水是人的生命之源，于是那些依河而建的小村子，一个个像灰色蘑菇一样绽放在黄河的堤下。村屋全是从河里割来的芦苇盖的，一律的土墙，石灰压脊，有绿树衬着。站在堤顶看，如浪一样涌，听似有水在吟。不知是黄河的浪声？还是村屋的低语？阳光下村屋有些灰，但灰到不俗——雅。月光下倒有几分清净、朦胧，如村妇含羞。村屋建得不太有章法，但符合阴阳八卦。显然村民们选宅盖屋是看过风水的。

堤是老堤，抓一把土有舜的智慧；捡一粒石子，许是禹凝固的汗滴；岸边每一片土地都是黄河留下的爱。一条河浩浩淼淼，我不知它从哪里流来？又流到哪里去？它留给我的记忆太深太深。我常在梦中梦见它，我仍像孩子躺在她的臂弯，投入她的怀抱，让她抚摸由她塑造的这一坨肉身，让她吻遍由她给予的灵魂。我想在水中化作一朵浪花，跟在她的后面，流入大海永不复回。她给我的记忆太美好，忆起她，我就想起天上的星星、月亮。星星向我眨眼，朦胧的月光照着我，母亲摇着蒲扇，那灰色的影子在月色中，雕塑在我的记忆里。她一下下将黄河水面送来的凉风用蒲扇送到我的身上。听着黄河在远处不停的脚步入眠。想起家乡就想起家乡这一条河，也就想起母亲和家乡的亲人。

正如歌里所唱的："太阳还是那个太阳，月亮还是那个月亮。"时间在朝夕轮回，一般的早晨和一般的夜暮。黄河边上的早晨和夜暮与城里有太多的不同，现在与过去又是多么的相异。觉得那时早晨的阳光特别的亮，阳光从村屋那一方狭窄的窗洞照进来，那条光束斜斜地照到我的床上。那束光是我一生中见过最美的光，比我以后见过的所有光都要美。后来那束光化作村屋里一盏孤灯，照着敝衣裹着的清瘦身影，伴着我度过了少年时光。我离开了这几间村屋后，在我人生的路上点起它，高擎着照亮着前进的路，走过我的前半生。记得一天早晨，暖洋洋的阳光照着睡熟的我，在梦中我听到母亲遥远的呼唤，觉得母亲从床上拎起我，在我的屁股蛋上轻轻地拧了一把，说“太阳照屁股了——儿子！”这一下感觉中的记忆，记忆中的感觉，我的皮褪去千层万层，岁月增加了一岁又一岁，也未将记忆褪去，它已化进了我岁月的年轮。老房子拆了，也拆除不掉我的记忆，记忆停留在那个美好的早晨。在我的记忆中，它已变作疯子梵高笔下一幅油画定格在那里，正如黄河把时间和经历都沉积在泥土里一样。就这样一个蝼蚁一样微小而平庸的生命，一个喝着黄河水长大的小不点儿走在黄河边的小道上，听黄河涛声激烈奔放，看黄河东去迅疾奔涌。一条河流逝了多少像我这样平庸的生命？一条河又流失了多少像我这样鲜活的岁月？我不知道看过多少次太阳从东边河面升起，又从西边河里坠下。小时候，我总觉得太阳是河的儿子，就像我母亲晚上把我抱上床，早晨又把我从床上拎起来，在光溜溜的屁股蛋上轻轻拧了一下，成了太阳永久的记忆。所以太阳的升起、落下永远不变。我走在黄河边的小道上，小道河流一样弯曲逶迤，在月光里的小道，就像一首莫扎特小夜曲的五线谱，轻轻地、静静地向远方飘去。小路到了河边一头扎进了河里。小时，我以为小路也要洗澡，一头扎进水里，又从对岸河边潜出，就像河流一样流向远方。我在小路上走，那是我进入了生命的历程的起点。走到现在，我只记得走过路起点的一段和终点的一段。人是多么的奇怪啊，难道这是黄河交给我的记忆吗？是黄河边上人固有的记忆吗？

黄河经历了多少灾难和战火？只要黄河的水在流，黄河堤下就有炊烟，而炊烟下边总有人在劳作，有母亲在烧火。都有一张被黄河水滋润得如花似玉一样母亲的脸，这张脸又在炊烟中渐渐枯萎，枯干如干果一样。城里很少见到炊烟。现在黄河边上炊烟也少了。我记得那炊烟就像黄河水流一样软，扶摇而上，袅袅娜娜，像嫦娥的水袖。又如母亲的灰发，写满了尊严和苦难在我面前飘舞，它又像母亲的头巾，旗帜一样在我面前摇动。记住了黄河的水也就记住母亲的灰发；记住母亲的灰发也就记住家乡的那条河，也就记住了受黄河水滋润，又在炊烟中枯干的母亲的面容。

最高亢莫过于黄河的涛声，最亲切莫过于黄河边母亲唤儿乳名的呼唤。她们喝过黄河的水，受过黄河的滋润，她们的声音辽阔如草原，激越如流水，轻柔如细流，滋润如春雨。她是黄河边高亢的号角，是黄河边上村屋中的特有的音符。母亲的呼唤源自黄河，又归于黄河。当我沉醉在波兰作曲家德沃夏克交响乐《自然之诗》那绵长的音乐之声中时，总觉得像生命的河流在绵延不绝地流淌。这音乐之声就有黄河母亲唤儿的音韵，贯穿着母亲强烈的爱，在这生命之河中流淌。它就像教堂的颂歌，它产生于人间，来自于天堂。它又像号角，时时吹响在这片土地上。每当民族处于危难之时，只要听到这召唤之声，凡是喝过黄河水的儿女，远在他乡的子孙，都会奋起、自豪，舍生忘死，都会在黑暗中摸索，用生命点亮火把，都会唱着一首歌“起来，不愿做奴隶的人们”，胸中都会滚动一种声音“风在吼，马在叫，黄河在咆哮”。它一定能走出黑暗，迎来平和的日出，黄河边就有袅袅炊烟，就伴有母亲唤儿声。

水成之于天，行之于地，《易经》云：“天一生水。”《玄中记》曰：“天下之多者水也，覆天载地，天下无所不至，万物无所不润”。天生水其势高之于天、行之于地。住在黄河边上的人都知道，夏季暴风雨来临的气势：天空乌云翻滚，上接天下连地，风吹云涌，电闪雷鸣，雨云滚滚压来。身处黄河旷野，你会觉得小如一枚叶，一株草，除了敬畏之外，你已荡然无存。整个绿野都在翻腾，只有黄河在兴奋。它敞开胸怀，拥抱乌云、雷电。这时雨滴牵着天，系着地过来，分不清天和地，河流和旷野。几天之间，沟满河平。好一条江一样的河，好一条河一样的江，浩浩兮，淼淼兮。又可唱“大江东去，浪淘尽，千古风流人物”了，又可观“乱石穿空，惊涛拍岸，卷起千堆雪”了。

我心中的河就是这样的变化无常，我家乡的河就是这样气势如虹。我和一群小伙伴，赤着脚，光着屁股，围着河堤边跑边叫喊着，追着河流，追着河中的白帆，同时河流也教会我学会追求。当天晴水退，跟着母亲来到河边割草，可以在缓坡和水流缓慢的地方下水洗澡。那是我们孩子的世界，可以泡在水里，和河水亲昵。水在流动中抚摸着我们的肌肤，柔柔的清凉就像母亲的抚摸。

河中心的水流澎湃激荡，岸边的水流款款。河有水就有船，船从上游顺流而下，那白帆出现时，在天水相连处，就像几枚羽毛从天边慢慢飘来。后来读了李白“孤帆远影碧空尽，唯见长江天际流”的诗句，也就想到小时看黄河的风帆和长江的风帆没有什么不同。船在河水中逶迤而来，慢慢地才知是帆，那帆在河水的一曲一弯中时隐时现，到眼前形如雁翼，船速如箭。一个汉子立于船尾，头戴竹笠，浑身闪着阳光色彩，楔在船上，如法国雕塑家罗丹的作品《行路人》。目送着船淹没在下游的水光中，当时的我不明白水为什么不能浮起一粒小小的石子、一个小人人？为什么能漂起那么重的船呢？什么地方才能装得下那么多的河水……黄河给我的问号太多太多。后来我才知道，人类进步的动力靠的是对世界的好奇，对好奇不断的探索。人为了了解世界要走好长时间的路。他从认识自己的器官开始，不断地认识世界。最后还是带着对自己认识的盲点离开这个世界。

在水里泡足的我，从水里跳上岸，就是一片洁白如雪的沙滩。沙滩镶嵌在一片绿色中，一面是水，三面是庄稼和绿草。沙滩是河水留在岸边的一席梦，在阳光下灿烂，在月光里朦胧。沙滩是水的固体。躺在沙滩上，我把自己埋在沙里。沙是那样的温暖，沙在身下流动，像水一样。望着默默苍穹，白云悠悠，你会觉得白云长了翅膀。躺在沙里，就像睡在河水的梦里，躺在母亲的怀抱。直到现在那感觉仍记录在我的生命之中。

黄河把清凉留在水里，把温暖留在沙里。在沙滩上，我好像又回到儿时的岁月，小时每一个黄河岸边的母亲把这些洁净如面粉一样的沙装回家，给自己的宝宝装在“土裤”里，晋日三次，便溺都被沙吸干，胜过现在的“尿不湿”。所以出生在黄河边上的人乡情重，因为出生就坐土。仿佛小时的感觉油然而生，仿佛母亲又给我穿上了“土裤”，暖暖的、柔柔的沙使我惬意极了。天空如洗，几缕白云在蓝天上游弋，云如河水一样地纤细。苍穹默默，神秘难究，四周的绿被风推来搡去，发出轻微的窸窣声，像风与那些绿舞蹈一般。云雀飞向天空，身后留下水珠一样的野叫。它在空中上下沉浮，高高低低的清叫，爆叫于空，散之于野，传得很远很远。有鹤从头上掠过，是否是“昔人已乘黄鹤去，此地空余黄鹤楼”？鹤留下几声唳鸣，在黄河的水面上漾去。

我们的祖先提出“天人合一”，人何以欺天？水是生命之源。古人云：“天地者，生之为本。”今人为利，污三江，染九河。这是逆天道，暴殄天物，怎能不遭天罚？子在川上曰：“逝者如斯夫。”宋朝词人在他的词中说：“唯有长江水，无语东流。”哪里是无语，水只是表现形式不同罢了。哪里没有水声？悠扬的、高亢的、细微的，记忆中河水流动的声音最为真切，当大水来临，形如白练，从高处扑下，轰隆沉闷，跌宕起伏，气势如山。它们前赴后继，百折不回，在行进中它们经过死，在死中生，在死中蜕变，在挫折中磨砺，在磨砺中沉寂。它们生之于天，行之于地。它们经峡谷，穿岩隙，不为阻碍而止步，不为碎骨而不前。它们大怒、大悲，大寂、继而成其大气、大势。它们沉默了吗？不。听那直冲蓝天的云雀那一串水珠一样的鸣叫，听那船工的号子，听那母亲的呼唤，都有水的气势，空旷与孤寂，也有春雨润无声的缠绵。男人的一半是女人，女人的一半为什么就不是男人？女人的笑声响彻天地之间，男人的号子响彻在大河大川之上。它们都有水的韧性、水的坚强、水的欢乐、水的淡定。水啊，你无所不在。

静静地等待，等待亲人的来临，默默地眺望，眺望情人已逝的面容。

水绕着山流淌着，逶迤着，回望着，来路迢迢，去路茫茫。君未读：“君问归期未有期，巴山夜雨涨秋池？”君可知：“问君能有几多愁？恰似一江春水向东流？”君可记“风萧萧兮易水寒，壮士一去兮不复还？”就这样，水流进了诗人的心田里，就生出水一样的诗，水一样的情，水一样的愁，愁一样的水。水啊，你无处不到，无处不润。你漾在女人的脸上，那脸就带有水一样的光泽，她们的双眸总是含情脉脉；水漾在孩子的眼里，就清澈无邪；水漾在男人的胸膛，就宽广如垣：水漾在老人的脸上，那里就有深壑沟渠；水漾在音乐家的心田，就有“高山流水”，也就有“未被污染的世界”；水漾在中华民族子孙的血管里，就是走了千里万里，也有乡愁缕缕。

我记忆中的河流——黄河，我记忆中的绿洲——被河流浸透的湿地。那湿地里长着芦苇，河水在芦苇丛中穿行，芦苇在水里茂盛。芦苇丛是鸟的故乡，鸟有芦喳鸟、白鹭、野鸭……我知名的和不知名的，它们都在围着几丛芦苇做巢、歌唱，它们的鸣叫如水一般的晶亮、一般的清明、一般的高亢。它们飞起如云，落下如雨，像雨滴淹没在一片绿里。芦苇丛像凝固的水，在水中遥遥如绿岛，那是河流的梦，绿玉一般的梦。水吻过去，芦苇在颤动，水漾开去，像村妇的媚眼。水不停地扑打着堤岸，岸接住水，水扑向岸，每一次扑接都是一次爱的燃烧，每一次扑接都是一次生命的升华。当岸禁不起河水汹涌的扑打，岸就让开。水就寻找一个宁静的地方，染绿一片草地，一片山坡，迎日升，送日落。水累了，它不流动了，躲在一处，千年万年，过着清闲隐居的生活。愿奔入大海的，就进入大海。愿留下的，就是一片湖，一片湿地。水孕育了白云，白云才有水一样透明，水一样的丝丝缕缕，才能如水一样流动。水孕育星星，星星才像鲜花一样绽放在夜空，鱼儿一样活跃在天河里。河流孕育了月亮，月亮才带有几分朦胧，几分清静。河流孕育了蓝天，蓝天才如水一样的蓝。河流，天地之母！

盛夏过去，秋冬来临，河水渐渐萎了下去。万顷芦花伴一泓清水，一痕清流，袅袅娜娜。夏天的激烈汹涌荡然无存，一河雪一样白的芦花，风抚之荡荡，月照之洁白。到这时芦苇收割了，直到现在我仍觉得那砍杀声不绝于耳，那是何等的悲壮？过后，河里流的是一河的孤寂。

一泓清流逶迤在茫茫河套里，一弯一曲柔美可餐。小时，经常在夕阳中站在桥上，看夕阳落到那一泓水中，河水真可以说色如金汤，光芒四射。谁又能说太阳不是大河孕育而生。水火相克相生，水孕育了火，当大火燃烧时，又需水用它的爱来浇灭它，世界大爱才可创造大美，“上善若水”，河水创造了大美。

冬天不知不觉来了，风在河套里肆虐，风吼如狼嚎一般。河、水仍不失其温柔，不失其庄重，不失其矜持，同时又不失其含蓄。放眼望去不见首尾。澎湃过后，是这样的静如处子，温文尔雅，漫步在大地之上。我要是男子，我想随其到天涯海角，度过一个燃烧的黄昏，迎来一个朝日的早晨，让生命来之于水，归于水。让喧嚣与欲望化为乌有。与河水保持一段距离，视之可见，触之可及。周围是它创造的绿地、树林和山坡。我愿融于湖水，永在它的视线里；我愿变作一株树，永远站立在她的身边，汲取它的爱；我愿融入草地，随它枯荣；我愿变作山岗，永远拥有它的拥抱。它是那样的流着，清着，变幻着。美哉河流！美哉河水！

冬天来了，漫天大雪，上下一白。人们蹲在屋里，燃一炉火，屋里顿时暖暖的。芦苇生之于水，来之于水。外面是个洁白的世界，唯有河水一痕，村庄数点。雪生之于水，来自于天，仍归于水。谁能无视水的存在，河流的存在？雪花飞芒一般，如烟如雾。给大地盖了一层厚厚的洁白，给大山披上一层厚厚的雪白的风衣。水把世界装扮得一片银白。河流不愿叫大地、大山长时间的裸露，四季给他们穿上不同的衣裳。它要孕育春天、夏天、秋天、冬天。人类享受着四季的变化，四季告诉人类，变化是万物不变的真理，生与死也是人类不变的定律。它告诉人类，勿为一滴之利染一河之水，勿为一人之欲损万代大美。天地生为本，这也是不变的定理。洋洋大美，河之所为，洋洋大美，水来孕之。

黄河在我有记忆时，已北去了，只留下余威，使我一生顶礼膜拜。我现在回家时，已空有一河的悲壮。现在河里的那片湿地已荡然无存，只有那些一洼一洼的鱼塘，像泪点点滴滴。风带着往日的壮阔、往日的激荡、往日的淡定游走四方，传扬开去。但往昔的黄河仍活在我的心里，往昔黄河的号歌仍响在我的耳畔。

我那思乡的愁绪“剪不断，理还乱”。一忆起黄河，我就双膝疲软，就想遥遥地跪下，我愿变作一枚跪石，向蓝天、向月亮、向大地、向你——死亡的河流跪下。

黄河——我记忆中的河，让我化作一滴水吧，能否重新唤醒你的沉睡，引来你一泓清流、一河绿波、一河月色、一河阳光。我愿……

（选自《楚苑》2011 年第四期）

【导读】

作者从儿时写起，写了记忆中的黄河，经黄河又串联起了对母亲和家乡的思念，最终写回黄河四季的风景和自己思乡的愁绪，抒发了内心深处对黄河、对故乡宿迁的深挚情感。

主要参考文献

1. 刘向著．新序 [M]．上海：商务印书馆，1936.

2. 乐史著．太平寰宇记 [M]．上海：商务印书馆，1936.

3. 司马迁著．史记 [M]．北京：中华书局，2013.

4. 班固撰；颜师古注．汉书 [M]．北京：中华书局，1975.

5. 司马光著．资治通鉴 [M]．北京：中华书局，2012.

6. 陈寿撰，裴松之注．三国志 [M]．北京：中华书局，1959.

7. 鲍照著．鲍参军集注 [M]．上海：古典文学出版社，1958.

8. 韩愈著．韩昌黎集 [M]．上海：商务印书馆，1933.

9. 中华书局编．全唐诗 [M]．北京：中华书局，1999.

10. 李白著；王琦注．李太白全集 [M]．北京：中华书局，2015.

11. 萧统著；胡绍煐笺证．昭明文选笺证 [M]．扬州：江苏广陵古籍刻印社，1982.

12. 傅璇琮等主编；北京大学古文献研究所编．全宋诗 [M]．北京：北京大学出版社，1991.

13. 钱钟书著．宋诗选注 [M]．北京：人民文学出版社，1989.

14. 唐圭璋编纂；王仲闻参订；孔凡礼补辑．全宋词 [M]．北京：中华书局，1999.

15. 苏轼著；王文诰辑注．苏轼诗集 [M]．孔凡礼，点校，北京：中华书局，1982.

16. 苏轼著；冯应榴辑注．苏轼诗集合注 [M]．黄任轲，朱怀春，校点．上海：上海古籍出版社，2001.

17. 洪迈撰．容斋续笔 [M]．北京：国家图书馆出版社，2018.

18. 沈括撰；胡道静校注．新校正梦溪笔谈 [M]．北京：中华书局，1957.

19. 袁枚著．袁枚全集 [M]．王英志，校点．南京：江苏古籍出版社，1993.

20. 喻文伟修；江苏省宿迁市宿豫区地方志编纂委员会办公室编．万历宿迁县志 [M]．扬州：广陵书社，2017.

21. 戴仁修；钱崇威纂. 修民国重修沭阳县志 [M]. 南京：江苏古籍出版社，1991.

22. 严型修；冯煦纂. 民国宿迁县志 [M]. 南京：江苏古籍出版社，1991.

23. 王君文主编. 宿城诗韵 [M]. 2006.

24. 吴宗越编著. 沂沭泗河览胜 [M]. 北京：长江出版社，2006.

后 记

本书记载了宿迁深厚的历史文化底蕴、灿烂的文化硕果和昂扬的人文精神。希望通过本书，可以让读者更加了解宿迁这片美丽的土地。

在编撰过程中，我们选择了大家的优美诗词文章，力争留下关于宿迁最好、最美的文化记录。我们尽可能地选取有代表性的优秀作品，注重作品的思想性、艺术性与可读性。作者大多为有定评的大家，作品内容涵盖宿迁的山川名胜、史迹文物、名家贤人、精神传统与乡风民俗。

鉴于诗歌、古文作者离世久远，其时代背景与人生经历为读者所陌生，故诗文均加上了必要的注释。由于工作量大，编注中难免有疏漏之处，祈请各位读者批评指正。

编 者

2022 年 2 月

致著作权人：

因条件所限，我们未能与部分作品的相关著作权人取得联系。为了充分尊重、保护著作权人的利益，上海社科院长三角城市历史文化研究中心真诚敬启：请相关著作权人与研究中心联系，我们将依照国家有关规定及时付酬。感谢您的理解与支持。

联系地址：上海市中山西路 1610 号

邮政编码：200235

联系电话：16605722666

图书在版编目（CIP）数据

宿迁乡土语文 / 陈武，陈晓岩主编．-- 镇江 ：江苏大学出版社，2023.8
ISBN 978-7-5684-1943-7

Ⅰ．①宿… Ⅱ．①陈… ②陈… Ⅲ．①中国文学一作品综合集 Ⅳ．①I211

中国国家版本馆 CIP 数据核字（2023）第 150765 号

宿迁乡土语文
Suqian Xiangtu Yuwen

主　　编／ 陈　武　陈晓岩
责任编辑／ 宋燕敏
出版发行／ 江苏大学出版社
地　　址／ 江苏省镇江市京口区学府路 301 号（邮编：212013）
电　　话／ 0511-84446464（传真）
网　　址／ http://press.ujs.edu.cn
制　　版／ 湖州文华制版设计有限公司
印　　刷／ 湖州日报印务有限责任公司
开　　本／ 710mm×1000mm 1/16
印　　张／ 20.5
字　　数／ 340 千字
版　　次／ 2023 年 8 月第 1 版
印　　次／ 2023 年 8 月第 1 次印刷
书　　号／ ISBN 978-7-5684-1943-7
定　　价／ 55.00 元